核 心 素 养 阅 读

经典名著 轻松读

林家铺子

Linjia Puzi

茅 盾/著

金 帆/编

新课标
无障碍
阅读

天津出版传媒集团

天津人民美术出版社

图书在版编目（CIP）数据

林家铺子 / 茅盾著；金帆编. -- 天津：天津人民
美术出版社，2018.5 （2019.7重印）
（经典名著轻松读）
ISBN 978-7-5305-8704-1

Ⅰ. ①林… Ⅱ. ①茅… ②金… Ⅲ. ①短篇小说－小
说集－中国－现代 Ⅳ. ①I246.7

中国版本图书馆CIP数据核字(2018)第094109号

林家铺子

出 版 人：李毅峰
责任编辑：刘 岳 陈玉洁
技术编辑：刘庆锋
出版发行：天津 人民美术出版社
地 址：天津市和平区马场道150号
邮 编：300050
电 话：（022）58352963
网 址：www.tjrm.cn
经 销：全国新华书店
印 刷：北京市松源印刷有限公司
开 本：720毫米×1000毫米 1/16
版 次：2018年5月第1版
印 次：2019年7月第3次印刷
印 张：14
印 数：10001-15000
定 价：26.80元

在读书上，数量并不列于首要，重要的是书的品质与所引起的思索的程度。人生漫漫，变化无常，我们往往不能决定我们遇到什么样的人，也不能决定自己这一辈子走什么样的路。然而，幸运的是，我们可以决定读什么样的书，读多少书。

目前，有一个词在国家自上而下的大力推广下，成了社会热词，这个词就是"全民阅读"。"全民阅读"是一件很好的事情，有国家的提倡，更容易在社会上引起阅读的潮流，弘扬传统文化，接收世界文明，塑造国民性格，提升国民素质。作为中小学生，更应该养成读书的习惯，因为青少年时期是一个人价值观、世界观和个人性格形成的关键时期，而阅读对人生正确的价值观的确立起着至关重要的作用。甚至可以这样说，一个人的阅读史就是其价值观的形成史，阅读的内容与方式决定了其价值观的内容与形成过程。价值观的培养必须从青少年抓起。在青少年的成长过程中，他们的阅读数量与质量决定了其成长的方向与速度。

当今社会，电子产品带来的快节奏娱乐已经让人们的心灵变得异常浮躁，他们往往不能静下心来，去慢慢阅读一本书，细品一首诗、一篇散文、一部小说……因而不能体会文字之美、阅读之乐。久而久之，读书成了一件很遥远的事情，而孩子的心得不到书籍的滋润，也将慢慢成为文化沙漠。这对一个国家、一个人来说，是多么遗憾、多么危险的事情啊！

正因为如此，我们国家教育部为中小学生量身定制了一套新课标推荐阅读书目，还把一些世界经典名著列入其中，在考试中加以考查。现在，有了国家对阅读的大力提倡，顺应"全民阅读"的潮流，加上学校和家长对孩子的引导，我相信我们的孩子会慢慢拿起书，悄悄喜欢上阅读，渐渐得到读书带来的快乐。

而且，有了推荐书目的指导，我们就有了阅读的方向和大致的范围，面对浩如烟海的书籍，我们就不会感到无从选择。

但是，阅读也是一门学问。怎么阅读一本书呢？读一本书的时候，我们应该注意什么、抓住什么、体会什么？只有掌握了一定的阅读方法，我们才能从《小巴掌童话》里体会纯真与美善，从《钢铁是怎样炼成的》里感受顽强与坚毅，从《城南旧事》里领略北平的风土人情，从《老人与海》里学习永不放弃的精神……

所以，我们策划出版了这套丛书，教你学习阅读的方法，掌握阅读的技巧，解开阅读的奥秘，从而提高阅读成绩，品尝阅读的快乐，得到生命的滋养。为此，我们做了以下策划：

一 制订名师导读方案和名著阅读导航，帮助学生详细深入理解、体会作品

为了帮助读者快速了解每一部名著的阅读要点，我们聘请教育专家和作家团队，根据中小学生的阅读特点，制订了一整套阅读方案，包括对名著主题、形象塑造、语言风格、艺术特色、作家生平、写作背景、作品评价、名著情节、人物关系、重点章节的总结与归纳等，可以让中小学生迅速把握一本名著的阅读要点，懂得怎么深入理解名著，提高阅读能力与欣赏水平。

❷ 名师撰写点评与赏析，帮助学生把握阅读要点，体会名著之美

名著不同于一般的作品，它的文字往往更具美感，更有深意。为了帮助学生更好地理解、体会与学习，我们特别邀请了一线著名语文教师，根据学生的需要和他们的阅读特点与水平，在文中和文末撰写赏析文字，这里有对精彩语言的赏析，有对人物形象的解读，也有对作品思想与主题的挖掘，可以帮助学生全面体会名著之美。

❸ 设置"考试真题回放"和"阅读达标训练"，帮助学生提高考试成绩

为了适应教育部对中小学生关于阅读世界经典名著的考查，我们特意设置了"考试真题回放""阅读达标训练"两个栏目。"考试真题回放"可以帮助中小学生了解、熟悉考题范围和类型，从而更好地备考。"阅读达标训练"中的训练题，题型丰富，贴近真题，可以巩固练习。相信这二者的结合，一定可以提高学生的考试成绩！

❹ 组织多方面专家，全力为中小学生打造完美的世界名著阅读丛书

在丛书的编写过程中，我们特别邀请了著名作家、中小学一线著名语文教师，从文学和教学的角度对本套丛书进行整体策划、栏目撰写、严格审定，希望把本套丛书打造成中小学生新课标课外阅读读物的首选读本，让中小学生从这里出发，拿起名著，阅读名著，爱上名著，体会名著的语

言之美、人物之美、思想之美，轻而易举地提高阅读成绩！

　　读书是一个人值得用一辈子去做的事情，因为书籍是沙漠中的一抹浓绿，是山间的一缕清风，是夜空的一轮明月……它滋润我们干涸的心田，吹走内心无名的焦灼，照亮暗夜里前行的道路……拿起名著，热爱读书，从这套书开始吧！相信你会收获人生的华枝春满、天心月圆！

目 录
MU LU

名师导读方案

著名作家+著名老师=联合导读

名著阅读四大要点

一　通过文学名著了解丰富的社会生活
二　把握人物形象的塑造
三　品味文学作品的语言
四　体会其他艺术特色

一　通过文学名著了解丰富的社会生活

文学名著往往反映了广阔的历史画面，展现了丰富的社会生活。阅读名著，要注意把握作品的主要内容，了解作品所反映出的社会生活。

❶ 了解作品所展现的社会生活

文学作品往往通过设置重要的情景及典型事件来反映社会问题，揭示出相关的社会本质。阅读名著，要注意把握作品的主要内容，了解作品所展现出来的丰富的社会生活。

以小商业为代表的乡镇经济衰亡曲	→	《林家铺子》描写了在外寇入侵、政治黑暗、社会动荡、农村凋敝等众多因素的作用下，以小商业为代表的乡镇经济走向衰败的必然命运。
底层人民的血泪史	→	《林家铺子》通过对整个社会"缩影式"的描绘，展现了底层人民苦难的生活现状。

❷ **体会作者在作品中所表达的思想和感情**

文学作品在反映社会生活的同时也包含了作者丰富的思想和感情，体现着作者对社会生活的评价和态度，阅读名著时要注意把握作品的中心思想。

作者对社会的控诉 →	反映了城镇小商业者及下层人民的悲惨遭遇，严厉地控诉并抨击了经济衰败、政治腐朽、民生凋敝的旧社会。
普通民众对变革的向往 →	表达了普通民众及各行各业人士渴望社会稳定、生活富足的心愿，表明只有彻底地革命才能改变这黑暗现实愿望。

〔二〕 **把握人物形象的塑造**

人物形象的塑造是评价文学作品的一个重要标准，学会分析、品评人物形象是阅读文学名著能力的体现。阅读文学名著，要抓住人物形象进行解读，深入分析人物的性格特点，从而加深对作品主要内容和中心思想的理解。

❶ **人物形象的主要性格**

评价作者塑造人物成功与否的一个关键就是看人物是否具有鲜明的特点。一个能给读者留下深刻印象的形象必定具有某些不可替代性，一定是一个具有其他人物所没有的个性特征的形象。

林老板：勤劳、本分 →	他善于经营，殷勤地巴结顾客，使用诸多办法促销，尽力还债还息，企图维持生意、保持信用，显示出他勤劳本分、头脑灵活的小商人特点。
林大娘：封建、重利 →	在面对生存的危机时，她寄希望于虚无缥缈的"救苦救难观世音菩萨"；她看重钱财，时时刻刻因为钱财的得失而情绪波动。

❷ **人物性格的多样性**

文学作品总要反映生活的多样性，人物刻画也是如此，一个成功的人物形象不仅要具有鲜明的特点，还要具有多样性。

| 林老板：软弱、自私 | → | 他贿赂党部求得销售日货，而对抵制日货的浪潮气愤不已，对民族危难漠不关心；铺子倒闭时他欠债出逃，表现出懦弱、自私、不顾大义的小资本家的阶级局限性和性格特点。 |

| 林大娘：宠爱女儿、果敢 | → | 她非常疼爱女儿，舍不得林小姐受半点委屈；她坚决拒绝了卜局长娶林小姐做小老婆的要求，果断把林小姐许给寿生；她在林先生出走后留下来应对局面。 |

（三）品味文学作品的语言

语言的成功运用是文学作品成熟的标志，对文学作品语言的把握和理解是阅读能力的一种体现，把握文学作品的语言既可以体会作者个性化的语言特色，也可以体会作者复杂的情感和独到的感受。

| 《林家铺子》语言生动，描写细腻 | → | 小说综合运用了各种描写手法，将人物形象、阶级特征刻画得淋漓尽致；具体、深入的场面描写与环境描写，充分地表现了情节的冲突与发展，如实地反映了当时的各种社会矛盾；笔触细腻的细节描写，贴切、形象地反映了人物的心理和性格特征。 |

（四）体会其他艺术特色

情节叙述的技巧、情景交融的运用、结构的安排都可以增添文学作品的亮点，甚至可以起到点石成金的作用，所以在把握文学作品的语言时，还要注意其他的一些艺术特色。

| 《林家铺子》结构纵横结合 | → | 小说纵向入手，横向展开。各篇几乎都是以时间的推移开篇，再从空间着手展开故事情节，使读者在宏观上掌握清晰的脉络和格局，便于从整体上把握全文，同时也使小说的结构更富于逻辑思辨性。 |

《林家铺子》
多重线索展开 →

小说以林家铺子的兴衰为主线，以林大娘的打嗝和林小姐的婚事为副线。三条线索相互交错、相映成趣、相得益彰，把故事编织得绵密细致，表现出作者高超的艺术创造力。

名著阅读导航

⊙ 作者简介

　　茅盾（1896—1981），原名沈德鸿，字雁冰，1896年7月4日生于浙江桐乡。他是现代著名作家、文学评论家和社会活动家，"五四"新文化运动先驱者之一，我国革命文艺奠基人之一。新中国成立后，茅盾历任文联副主席、文化部部长、作协主席，并任全国政协第四、五届委员会副主席。

　　许多中国作家、政治家的"第一教师"是母亲，茅盾即由其母独自抚养长大。从北京大学预科毕业后，他无力升学，入上海商务印书馆工作。1921年与郑振铎、王统照等发起成立文学研究会，并主编《小说月报》，撰写社会评论和文学评论。1927—1928年，创作了中篇小说《蚀》三部曲（《幻灭》《动摇》《追求》）。1928年夏离开上海到日本，在日期间，完成长篇小说《虹》。1930年回国，参加"左联"，其间他写出了长篇小说《子夜》、短篇小说《林家铺子》、"农村三部曲"（《春蚕》《秋收》《残冬》）。抗战时期，他辗转于多地，发表了长篇小说《腐蚀》和《霜叶红似二月花》《锻炼》和剧本《清明前后》等。1981年辞世。他生前将稿酬捐出定为基金，设立了专门奖励优秀长篇小说创作的"茅盾文学奖"，该奖成为当下中国最重要的文学奖项之一。

　　茅盾的创作实践，为读者提供了认识中国社会的生动教材，显示了革命文学的实绩，标志着中国现代小说的成熟。尤其是《林家铺子》，它将民族战争、城乡经济、社会政治投影在一个小小的店铺、一户小小的人家身上，短短的篇幅却线头纷繁，波澜迭起，细致绵密，称得上是"麻雀虽小，五脏俱全"。

⊙ 写作背景

《林家铺子》是茅盾以1932年江浙农村为背景创作的短篇小说。当时正值"一·二八"事变后社会矛盾十分尖锐的时期，外寇入侵、政治腐败、社会黑暗、经济衰败，统治阶级作威作福，底层人民生活于水深火热之中。他亲眼看到曾经富庶的江南农村及小市镇，呈现出一片萧条的凄惨景象，由此创作了小说《林家铺子》。小说透过林家铺子的悲惨命运，描绘了20世纪30年代中国社会生活的图景，揭示了在帝国主义入侵及国民政府的腐败统治下，在社会动荡、农村凋敝等众多因素的作用下，以小商业为代表的乡镇经济走向衰败的必然命运。

⊙ 作品主题

《林家铺子》通过对林老板等人家庭及命运悲剧的描写，从小市镇、农村的角度，对中国社会进行犀利的剖析，展示了20世纪30年代整个国家经济破败的血淋淋的现实。作者敏锐地抓住了那个时代最基本的矛盾，以1932年"一·二八"事变为背景，描写上海附近小镇上一家杂货店倒闭破产的故事，揭示了在帝国主义入侵及国民政府的腐败统治下，在社会动荡、农村凋敝等众多因素的作用下，以小商业为代表的乡镇经济走向衰败的必然命运。小说主题的深刻之处在于，像林老板这样精于做生意、事业颇有发展前途的小资产阶级，却在风雨飘摇的社会大动荡中遭遇破产的厄运，反映出社会变革的必要性。

⊙ 重点章节

第一章

日本入侵东北三省，全国掀起了抵制日货的运动。林小姐因身上衣物是东洋货而在学校里受到耻笑和威胁。她回到家里为没有可穿的衣服而伤心气愤。由于国人抵制东洋货，林家铺子的生意受到牵连，濒临崩溃，母亲也在为家里卖东洋货而发愁。父亲很沮丧地回来了，母女俩猜到他肯定也在为东洋货而烦恼，林小姐本来打算进一步要求父亲制一件不是东洋货的新衣，但瞧着父亲的脸色不对，便不敢冒昧。党部也借此机会敲诈勒索，林先生不得已，决定当掉金项圈去打点。

第三章

林先生的铺子"大放盘"，表面上生意红火，林大娘和林小姐喜笑颜开，但林先生却是心事重重，因为这是在亏本出售、花钱赚吆喝。而寿生外出收账多日未归，林先生正等着寿生收回的钱来支付欠债和货款。这时，传来日军轰炸上海的消息，顿时人心惶惶。从上海来讨债的客人拒绝了林先生延迟还钱的请求，林先生不得已只好到恒源钱庄去商借，谁知钱庄老板不仅拒绝了林老板的请求，而且还向他索要之前赊欠的六百元。

第五章

凄凉的年关终于过去了。镇上的大小铺子倒闭了二十八家。林先生也有许多账款无法收回，而欠恒源钱庄的账款必须于正月十五还清。林先生家里就像一个冰窖，林家铺子的危机进一步恶化。市场萧条，当铺止当，店里没有钱进货，只剩下一些日用品。这时，从上海逃来许多难民，给林家铺子带来新的商机，生意一时好了起来。刚有转机，债主们便蜂拥而至。林先生没有办法，只得向商会会长求救，没料到商会会长竟提出要林小姐做卜局长小老婆的要求，林先生拒绝了他的要求并感到祸不单行。不久，林先生被党部的人带走了。

⊙ 主要人物

林老板——林家铺子店主。他善于经营，企图在竞争中力挽狂澜，维持生意。他贿赂党部，殷勤地巴结顾客，模仿上海商店诸多促销手段，开创生意的小高峰……这一切显示出他颇善经营的小商人特点，也表现出他胆小怕事、委曲求全的性格。同时，他兼有唯利是图、不顾大义和损人利己这些小资本家的阶级特征和性格特点。如，他对抵制日货的浪潮波及他的铺子感到气愤，对"一·二八"事变颇为冷漠，对国家民族大事漠不关心等等。

林大娘——林老板的妻子，一个情绪敏感、宠爱女儿、看重利益的封建妇女形象。在面对生存的危机时，她寄希望于"救苦救难观世音菩萨"，暗示了当时社会封建主义思想根深蒂固，人民依然没有彻底觉醒的社会现实。

二　鉴赏与品读

⊙ 艺术特色

1．以小见大

作品于广阔的生活画面上落笔，在人物和事件的多角关系中展开故事，对整个社会做"缩影式"的描绘。这里有对帝国主义入侵造成的人民苦难的生活现状的描绘，有对国民党腐败统治加身于市民、农民身上种种祸害的揭露，有对身处社会底层的"小人物"挣扎在死亡线上惨景的叙写，有对难以支撑门面的市镇商人拮据状况的描述……而这些都是通过"林家铺子"的命运起伏表现出来的。以林老板一家之"小"，表现当时中国社会状况之"大"，达到了以小见大的效果。

2．描写细致

小说综合运用了各种描写手法，如创造性的心理描写和语言描写，将人物形象、阶级特征刻画得淋漓尽致；具体深入的场面描写与环境描写，充分地表现了情节的冲突与发展，如实地反映了当时的各种社会矛盾；笔触细腻的细节描写，贴切、形象地反映了人物的心理和性格特征。

⊙ 作品评价

著名散文家、诗人朱自清评价：《林家铺子》写一个小镇上一家洋广货店的故事，层层剖剥，不漏一点儿，而又委曲入情，真可算得"严密的分析"，私意认为这是他最佳之作。

历史作家李强评价：《林家铺子》抓住了当时现实生活中的重大问题，深刻反映了当时的社会历史现实，同时在艺术上也表现得非常出色。

林家铺子

阅读笔记

一

林小姐这天从学校回来就噘起着小嘴。她掼下了书包，并不照例到镜台前梳头发搽粉，却倒在床上看着帐顶出神。小花噗地跳上床来，挨着林小姐的腰部摩擦，咪呜咪呜地叫了两声。林小姐本能地伸手到小花头上摸了一下，随即翻一个身，把脸埋在枕头里，就叫道：

“妈呀！”

没有回答。妈的房就在间壁，妈素常疼爱这唯一的女儿，往常听得女儿回来就要摇摇摆摆走过来问她肚子饿不饿，妈留着好东西呢，——再不然，就差吴妈赶快去买一碗馄饨。但今天却作怪，妈的房里明明有说话的声音，并且还听得妈在打呃[1]，却是妈连回答也没有一声。

林小姐在床上又翻一个身，翘起了头，打算偷听妈和谁谈话，是那样悄悄地放低了声音。

然而听不清，只有妈的连声打呃，间歇地飘到林小姐的耳朵。忽然妈的嗓音高了一些，似乎很生气，就有几个字听得很分明：

---

❶ 呃：打嗝声。

"——这也是东洋货，那也是东洋货，呃！……"

林小姐猛一跳，就好像理发时候颈脖子上粘了许多短头发似的，浑身都烦躁起来了。正也是为了这东洋货问题，她在学校里给人家笑骂，她回家来没好气。她一手推开了又挨到她身边来的小花，跳起来就剥下那件新制的翠绿色假毛葛驼绒旗袍来，拎在手里抖了几下，叹一口气。据说这怪好看的假毛葛和驼绒都是东洋来的。她撩开这件驼绒旗袍，从床下拖出那口小巧的牛皮箱来，赌气似的扭开了箱子盖，把箱子底朝天向床上一撒，花花绿绿的衣服和杂用品就滚满了一床。小花吃了一惊，"噗"地跳下床去，一个转身，却又跳在一张椅子上蹲着望住它的女主人。

林小姐的一双手在那堆衣服里抓捞了一会儿，就呆呆地站在床前出神。这许多衣服和杂用品越看越可爱，却又越看越像是东洋货呢！全都不能穿了吗？可是她——舍不得，而且她的父亲也未必肯为她另外再制新的！林小姐忍不住眼圈儿红了。她爱这些东洋货，她又恨那些东洋人；好好的发兵打东三省干什么呢？不然，穿了东洋货有谁来笑骂。

"呃——"

忽然房门边来了这一声。接着就是林大娘摇摇摆摆的瘦身形。看见那乱丢了一床的衣服，又看见女儿只穿着一件绒线短衣站在床前出神，林大娘这一惊非同小可。心里愈是着急，她那个"呃"却愈是打得多，暂时竟说不出半句话来。

林小姐飞跑到母亲身边，哭丧着脸说：

"妈呀！全是东洋货，明儿叫我穿什么衣服？"

林大娘摇着头只是打呃，一手扶住了女儿的肩膀，一手揉摩自己的胸脯，过了一会儿，她方才挣扎出几句话来：

"阿囡①，呃，你干吗脱得——呃，光落落？留心冻——

---

① 阿囡：方言，对小孩的爱称，这里是林大娘对女儿的称呼。囡，nān。

呃——我这毛病，呃，生你那年起了这个病，呃，近来越发凶了！呃——"

"妈呀！你说明儿我穿什么衣服？我只好躲在家里不出去了，他们要笑我，骂我！"

但是林大娘不回答。她一路打呃，走到床前拣出那件驼绒旗袍来，就替女儿披在身上，又拍拍床，要她坐下。小花又挨到林小姐脚边，昂起了头，眯细着眼睛看看林大娘，又看看林小姐；然后它懒懒地靠到林小姐的脚背上，就林小姐的鞋底来摩擦它的肚皮。林小姐一脚踢开了小花，就势身子一歪，躺在床上，把脸藏在母亲的身后。

暂时两人都没有话。母亲忙着打呃，女儿忙着盘算"明天怎样出去"。这东洋货问题不但影响到林小姐的所穿，还影响到她的所用；据说她那只常为同学们艳羡的化妆皮夹以及自动铅笔之类，也都是东洋货，而她却甚爱这些小玩意儿的！

"阿囡，呃——肚子饿不饿？"

林大娘坐定了半晌以后，渐渐少打几个呃了，就又开始她日常疼爱女儿的老功课。

"不饿。哎，妈呀，怎么老是问我饿不饿呢，顶要紧的是没有了衣服明天怎样去上学！"

林小姐撒娇说，依然那样蜷曲着身体躺着，依然把脸藏在母亲背后。

自始就没弄明白为什么女儿尽嚷着没有衣服穿的林大娘现在第三次听得了这话儿，不能不再注意了，可是她那该死的打呃很不作美地又连连来了。恰在此时林先生走了进来，手里拿着一张字条儿，脸上乌霉霉地像是涂着一层灰。他看见林大娘不住地打呃，女儿躺在满床乱丢的衣服堆里，他就料到了几分，一双眉头就紧紧地皱起。他唤着女儿的名字说道：

"明秀，你的学校里有什么抗日会吗？刚送来了这封信。说是明天你再穿东洋货的衣服去，他们就要烧呢——无法无天的话，咳……"

"呃——呃！"

"真是岂有此理，哪个人身上没有东洋货，却偏偏找定了我们家来生事！哪一家洋广货铺子里不是堆足了东洋货，偏是我的铺子犯法，一定要封存！咄！"

林先生气愤愤地又加了这几句，就颓然坐在床边的一张椅子上。

"呃，呃，救苦救难观世音，呃——"

"爸爸，我还有一件老式的棉袄，光景①不是东洋货，可是穿出去人家又要笑我。"

过了一会儿，林小姐从床上坐起来说，她本来打算进一步要求父亲制一件不是东洋货的新衣，但瞧着父亲的脸色不对，便又不敢冒昧。同时，她的想象中就展开了那件旧棉袄惹人讪笑的情形，她忍不住哭起来了。

"呃，呃——啊哟！——呃，莫哭，——没有人笑你——呃，阿囡……"

"阿秀，明天不用去读书了！饭快要没得吃了，还读什么书！"

林先生懊恼地说，把手里那张字条儿扯得粉碎，一边走出房去，一边叹气跺脚。然而没多几时，林先生又匆匆地跑了回来，看着林大娘的面孔说道：

"橱门上的钥匙呢？给我！"

林大娘的脸色立刻变成灰白，瞪出了眼睛望着她的丈夫，永远不放松她的打呃忽然静定了半晌。

"没有办法，只好去斋斋②那些闲神野鬼了——"

林先生顿住了，叹一口气，然后又接下去说：

---

❶ 光景：表示推测，此处意为看样子。

❷ 斋斋：江浙地方口语，施舍饭给别人。这里指贿赂。

"至多我花四百块。要是党部里还嫌少，我拼着不做生意，等他们来封！——我们对面的裕昌祥，进的东洋货比我多，足足有一万多块钱的码子呢，也只花了五百块，就太平无事了。——五百块！算是吃了几笔倒账罢！——钥匙！咳！那一个金项圈，总可以兑成三百块……"

"呃，呃，真——好比强盗！"

林大娘摸出那钥匙来，手也颤抖了，眼泪扑簌簌地往下掉。林小姐却反不哭了，瞪着一对泪眼，呆呆地出神。她恍惚看见那个曾经到她学校里来演说而且饿狗似的盯住看她的什么委员，一个怪叫人讨厌的黑麻子，捧住了她家的金项圈在半空里跳，张开了大嘴巴笑。随后，她又恍惚看见这强盗似的黑麻子和她的父亲吵嘴，父亲被他打了……

"啊哟！"

林小姐猛然一声惊叫，就扑在她妈的身上。林大娘慌得没有工夫尽打呃，挣扎着说：

"阿囡，呃，不要哭，——过了年，你爸爸有钱，就给你制新衣服，——呃，那些狠心的强盗！都咬定我们有钱，呃，一年一年亏空，你爸爸做做肥田粉生意又上当，呃——店里全是别人的钱了。阿囡，呃，呃，我这病，活着也受罪，——呃，再过两年，你十九岁，招得个好女婿。呃，我死也放心了！——救苦救难观世音菩萨！呃——"

名师伴你读

品读与赏析

本篇围绕东洋货展开，讲述了林小姐因为不能穿东洋货而焦躁烦恼，林大娘也在为铺子不能卖东洋货而发愁。伪善的当权者借此机会搜刮民脂民膏，收受贿赂，威胁这些小生意人。林家铺子因为卖东洋货被党部敲诈勒索，林家铺子的第一次危机开始显现。文章开篇以林小姐和林大娘极具反常的举动设置悬念，悄无声息地吸引读者的好奇心；又以一家人生活中极为寻常的交流带出关键词——东洋货、党部、东三省，开门见山地交代了小说的社会背景，顺理成章地将故事融入内忧外患的历史大环境中。随着描述的深入，整个故事的框架开始清晰，读者心中也对故事背景有了初步的了解——国将不国、社会动荡、人人自危，为下文林家铺子在遭受战乱、党部敲诈、钱庄剥削、同行打压的困境下最终难逃倒闭破产的命运做了铺垫。寥寥数笔的描述、些许小事的衬托、只言片语的交流，塑造了特点鲜明的人物形象，勾画了跌宕起伏的故事情节，编织了环环相扣的发展脉络，以十分自然流畅而又贴切的方式为整篇小说开启了一扇掩着万千精彩的门。

▶ 学习与借鉴

1. **设置悬念**：开篇讲述了文章主要人物一反常态的举动，设下悬念，抓住读者一探究竟的好奇心理。

2. **以小见大**：通过一家人的日常交流，将社会环境、时代背景等宏观场面一一交代，以小见大，做"缩影式"的描绘。

二

第二天，林先生的铺子里新换过一番布置。将近一星期不曾露脸的东洋货又都摆在最惹眼的地位了。林先生又模仿上海大商店的办法，写了许多"大廉价照码九折"的红绿纸条，贴在玻璃窗上。这天是阴历腊月二十三，正是乡镇上洋广货店的"旺月"。不但林先生的额外支出"四百元"指望在这时候捞回来，就是林小姐的新衣服也靠托在这几天的生意好。

十点多钟，赶市的乡下人一群一群的在街上走过了，他们臂上挽着篮，或是牵着小孩子，粗声大气地一边在走，一边在谈话。他们望到了林先生的花花绿绿的铺面，都站住了，仰起脸，老婆唤丈夫，孩子叫爹娘，啧啧地夸美那些货物。新年快到了，孩子们希望穿一双新袜子，女人们想到家里的面盆早就用破，全家合用的一条面巾还是半年前的老家伙，肥皂又断绝了一个多月，趁这里"卖贱货"，正该买一点儿。林先生坐在账台上，抖擞着精神，堆起满脸的笑容，眼睛望着那些乡下人，又带睃着自己铺子里的两个伙计，两个学徒，满心希望货物出去，洋钱进来。但是这些乡下人看了一会儿，指指点点夸美了一会儿，竟自懒洋洋地走到斜对门的裕昌祥铺面前站住了再看。林先生伸长了脖子，望着那班乡下人的背影，眼睛里冒出火来。他恨不得拉他们回来！

"呃——呃——"

坐在账台后面那道分隔铺面与"内宅"的蝴蝶门旁边的林大娘把勉强忍住了半晌的"呃"放出来。林小姐倚在她妈的身边，呆呆地望着街上不作声，心头却是扑扑地跳；她的新衣服至少已经走脱了半件。

林先生赶到柜台前睁大了妒忌的眼睛看着斜对门的同业裕昌祥。那边的四五个店员一字摆在柜台前，等候做买卖。但是那班乡下人没有一个走近到柜台边，他们看了一会儿，又照样地走过去。林先生觉得心头一松，忍不住望着裕昌祥的伙计笑了一笑。这时又有七八人一队的乡下人走到林先生的铺面前，其中有一位年青的居然上前一步，歪着头看那些挂着的洋伞。林先生猛转过脸来，一对嘴唇皮立刻嘻开了；他亲自兜揽这位意想中的顾客了：

"喂，阿弟，买洋伞吗？便宜货，一只洋伞卖九角！看看货色去。"

一个伙计已经取下了两三把洋伞，立刻撑开了一把，热剌剌地塞到那年青乡下人的手里，振起精神，使出夸卖的本领来：

"小当家，你看！洋缎面子，实心骨子，晴天，落雨，耐用好看！九角洋钱一顶，再便宜没有了！……那边是一块大洋一顶，货色还没有这等好呢，你比一比就明白。"

那年青的乡下人拿着伞，没有主意似的张大了嘴巴。他回过头去望着一位五十多岁的老头子，又把手里的伞颠了一颠，似乎说："买一把罢？"老头子却老大着急地吆喝道：

"阿大！你昏了，想买伞！一船硬柴，一古脑儿只卖了三块多钱，你娘等着量米回去吃，哪有钱来买伞！"

"货色是便宜，没有钱买！"

站在那里观望的乡下人都叹着气说，懒洋洋地都走了。那年青的乡下人满脸涨红，摇一下头，放了伞就也要想走，这可把林先生急坏了，赶快让步问道：

"喂，喂，阿弟，你说多少钱呢？——再看看去，货色是靠得住的！"

"货色是便宜，钱不够。"

老头子一面回答，一面拉住了他的儿子，逃也似的走了。林先生苦着脸，踱回到账台里，浑身不得劲。他知道不是自己不会做生意，委实是乡下人太穷了，买不起九毛钱的一顶伞。他偷眼再望斜对门的裕昌祥，也还是只有人站在那里看，没有人上柜台买。裕昌祥左右邻的生泰杂货店和万蚨糕饼店那就简直连看的人都没有半个。一群一群走过的乡下人都挽着篮子，但篮子里空无一物；间或有蓝花布的一包儿，看样子就知道是米——甚至一个多月前乡下人收获的晚稻也早已被地主们和高利贷的债主们如数逼光，现在乡下人不得不一升两升地量着贵米吃。这一切，林先生都明白，他就觉得自己的一份生意至少是间接地被地主和高利贷者剥夺去了。

时间渐渐移近正午，街上走的乡下人已经很少了，林先生的铺子就只做成了一块多钱的生意，仅仅足够开销了"大廉价照码九折"的红绿纸条的广告费。林先生垂头丧气地走进"内宅"去，几乎没有勇气和女儿老婆相见。林小姐含着一泡眼泪，低着头坐在屋角；林大娘在一连串的打呃中，挣扎着对丈夫说：

"花了四百块钱，——又忙了一个晚上摆设起来，呃，东洋货是准卖了，却又生意清淡，呃——阿囡的爷呀！……吴妈又要拿工钱——"

"还只半天呢！不要着急。"

林先生勉强安慰着，心里的难受，比刀割还厉害。他闷闷地踱了几步。所有推广营业的方法都想遍了，觉得都不是路。生意清淡，早已各业如此，并不是他一家呀；人们都穷了，可没有法子。但是他总还希望下午的营业能够比较好些。本镇的人家买东西大概在下午。难道他们过新年不买些东西？只要他们存心买，林先生的营业是有把握的。毕竟他的货物比别家便宜。

是这盼望使得林先生依然能够抖擞着精神坐在账台上守候他意想中的下午的顾客。

这下午照例和上午显然不同：街上并没很多的人，但几乎每个人都相识，都能够叫出他们的姓名，或是他们的父亲和祖父的姓名。林先生靠在柜台上，用了异常温和的眼光迎送这些慢慢地走着谈着经他铺面的本镇人。他时常笑嘻嘻地迎着常有交易的人喊道：

"呵，××哥，到清风阁去吃茶吗？小店大放盘，交易点儿去！"

有时被唤着的那位居然站住了，走上柜台来，于是林先生和他的店员就要大忙而特忙，异常敏感地伺察着这位未可知的顾客的眼光，瞧见他的眼光瞥到什么货物上，就赶快拿出那种货物请他考较①。林小姐站在那对蝴蝶门边看望，也常常被林先生唤出来对那位未可知的顾客叫一声"伯伯"。小学徒送上一杯便茶来，外加一枝小联珠。

在价目上，林先生也格外让步，遇到哪位顾客一定要除去一毛钱左右尾数的时候，他就从店员手里拿过算盘来算一会儿，然后不得已似的把那尾数从算盘上拨去，一面笑嘻嘻地说：

"真不够本呢！可是老主顾，只好遵命了。请你多做成几笔生意罢！"

整个下午就是这么张罗着过去了。连现带赊，大大小小，居然也有十来注交易。林先生早已汗透棉袍。虽然是累得那么着，林先生心里却很愉快。他冷眼偷看斜对门的裕昌祥，似乎赶不上自己铺子的"热闹"。常在那对蝴蝶门

---

❶ 考较：考量、比较。

旁边看望的林小姐脸上也有些笑意，林大娘也少打几个呃了。

快到上灯①时候，林先生核算这一天的"流水账"；上午等于零，下午卖了十六元八角五分，八块钱是赊账。林先生微微一笑，但立即皱紧了眉头；他今天的"大放盘"确是照本出卖，开销都没着落，官利更说不上。他待了一会儿，又开了账箱，取出几本账簿来翻着打了半天算盘，账上"人欠"的数目共有一千三百余元，本镇六百多，四乡七百多；可是"欠人"的客账，单是上海的东升字号就有八百，合计不下二千呐！林先生低声叹一口气，觉得明天以后如果生意依然没见好，那他这年关就有点儿难过了。他望着玻璃窗上"大放盘照码九折"的红绿纸条，心里这么想："照今天这样当真放盘，生意总该会见好；亏本吗？没有生意也是照样地要开销。只好先拉些主顾来再慢慢儿想法子提高货码……要是四乡还有批发生意来，那就更好！"

突然有一个人来打断林先生的甜蜜梦想了。这是一位五十多岁的老婆子，巍颤颤地走进店来，手里拿着一个小小的蓝布包。林先生猛抬起头来，正和那老婆子打一个照面，想躲避也躲避不及，只好走上前去招呼她道：

"朱三太，出来买过年东西吗？请到里面去坐坐。——阿秀，来扶朱三太。"

林小姐早已不在那对蝴蝶门边了，没有听到。那朱三太连连摇手，就在铺面里的一张椅子上坐了，郑重地打开她的蓝布手巾包——包里仅有一扣折子②，她抖抖簌簌地双手捧了，直送到林先生的鼻子前，她的瘪嘴唇扭了几扭，正想说话，林先生早已一手接过那折子，同时抢先说道：

"我晓得了。明天送到你府上罢。"

"哦，哦；十月，十一月，十二月，一总是三个月，三三得九，是九块罢？——明天你送来？哦，哦，不要送，让我带了去。嗯！"

朱三太扭着她的瘪嘴唇，很艰难似的说。她有三百元的"老本"存在林先生的铺子里，按月来取三块钱的利息，可是最近林先生却拖欠了三个月，原说是到了年底总付，明天是送灶日，老婆子要买送灶的东西，所以亲自上

---

❶上灯：点灯，指入夜时。
❷折子：指朱三太上门讨利息的凭证。

林先生的铺子来了。看她那股扭起了一对瘪嘴唇的劲，光景是钱不到手就一定不肯走。

林先生抓着头皮不作声。这九块钱的利息，他何尝存心白赖，只是三个月来生意清淡，每天卖得的钱仅够开伙食，付捐税，不知不觉就拖欠下来了。然而今天要是不付，这老婆子也许就会在铺面上嚷闹，那就太丢脸，对于营业的前途很有影响。

"好，好，带了去罢，带了去罢！"

林先生终于斗气似的说，声音有点儿哽咽。他跑到账台里，把上下午卖得的现钱归并起来，又从腰包里掏出一个双毫，这才凑成了八块大洋，十角小洋，四十个铜子，交付了朱三太。当他看见那老婆子把这些银洋铜子郑重地数了又数，而且抖抖簌簌地放在那蓝布手巾上包了起来的时候，他忍不住叹一口气，异想天开地打算拉回几文来；他勉强笑着说：

"三阿太，你这蓝布手巾太旧了，买一块老牌麻纱白手帕去罢？我们有上好的洗脸手巾，肥皂，买一点儿去新年里用罢。价钱公道！"

"不要，不要；老太婆了，用不到。"

朱三太连连摇手说，把折子藏在衣袋里，捧着她的蓝布手巾包竟自去了。

林先生哭丧着脸，走回"内宅"去。因这朱三太的上门讨利息，他记起还有两注存款，桥头陈老七的二百元和张寡妇的一百五十元，总共十来块钱的利息，都是"不便"拖欠的，总得先期送去。他掰着指头算日子：二十四，二十五，二十六——到二十六，放在四乡的账头该可以收齐了，店里的寿生是前天出去收账的，极迟是二十六应该回来了；本镇的账头总得到二十八、九方才有个数目。然而上海号家的收账客人说不定明后天就会到，只有再向恒源钱庄去借了。但是明天的门市怎样？……

他这么低着头一边走，一边想，猛听着女儿的声音在他耳边说：

"爸爸，你看这块大绸好吗？七尺，四块二角，不贵罢？"

林先生心里蓦地一跳，站住了睁大着眼睛，说不出话。林小姐手里托着那块绸，却在那里憨笑。四块二角！数目可真不算大，然而今天店里总共只卖得十六块多，并且是老实照本贱卖的呀！林先生怔了一会儿，这才没精打采地问道：

"你哪来的钱呢？"

"挂在账上。"

林先生听得又是欠账，忍不住皱一下眉头。但女儿是自己宠惯了的，林大娘又抵死偏护着，林先生没奈何只是苦笑。过一会儿，他叹一口气，轻轻埋怨道：

"那么性急！过了年再买岂不是好！"

名师伴你读

▶ 品读与赏析

　　林先生在打点党部后，铺子得以重新销售东洋货，林先生设法推广营业，林家人对未来的生意又泛起新的希望，然而在水深火热中挣扎的人们日趋贫困，购买力日趋衰竭，林家铺子的生意依然惨淡。本篇以林家铺子一天的经营活动为轴，情节波澜起伏、过渡自然，为我们展现出渡过东洋货危机后的林家铺子并未像林先生预想的那样红红火火，意外情况接连发生，林家铺子的命运注定多舛；小说在描写上朴实无华却形象饱满，塑造了善于经营的林先生、穷苦交加的乡下人、不怀好意的竞争者、上门讨息的朱三太等人物形象。林家铺子的经营状况和围绕林家铺子渐次登场的各色人物是整个社会的"缩影"，为读者展现出在风雨萧条的时局中，身处社会底层的人民苦难生活的惨状。

▶ 学习与借鉴

　　1. 行文紧凑流畅：以时间为经、空间为纬，自然顺畅地展现和讲述了林家铺子的经营状况和发生的故事。

　　2. 描写细腻：通过心理、动作、语言等描写，将一众人物形象刻画得饱满、真实。

三

又过了两天，"大放盘"的林先生的铺子，生意果然很好，每天可以做三十多元的生意了。林大娘的打呃，大大减少，平均是五分钟来一次；林小姐在铺面和"内宅"之间跳进跳出，脸上红喷喷地时常在笑，有时竟在铺面帮忙招呼生意，直到林大娘再三唤她，方才跑进去。一边擦着额上的汗珠，一边兴冲冲地急口说：

"妈呀，又叫我进来干吗！我不觉得辛苦呀！妈！爸爸累得满身是汗，嗓子也喊哑了！——刚才一个客人买了五块钱东西呢！妈！不要怕我辛苦，不要怕！爸爸叫我歇一会儿就出去呢！"

林大娘只是点头，打一个呃，就念一声"大慈大悲菩萨"。客厅里本就供奉着一尊瓷观音，点着一炷香，林大娘就摇摇摆摆走过去磕头，谢菩萨的保佑，还要祷告菩萨大发慈悲，保佑林先生的生意永远那么好，保佑林小姐易长易大[1]，明年就得个好女婿。

但是在铺面张罗的林先生虽然打起精神做生意，脸上笑容不断，心里却像有几根线牵着。每逢卖得了一块钱，看见顾客欣然挟着纸包而去，林先生就忍不住心里一顿，在他心里的算盘上就加添了五分洋钱的血本的亏折。他几次想把这个"大放盘"时每块钱的实足亏折算成三分，可是无论如何，算来算去总得五分。生意虽然好，他却越卖越心疼了。在柜台上招呼主顾的时候，他这种矛盾的心理有时竟至几乎使他发晕。偶尔他偷眼望望斜对门的裕昌祥，就觉得那边闲立在柜台边的店员和掌柜，嘴角上都带着讥讽的讪笑，似乎都在说："看这姓林

动作描写

作者对人物形象的刻画平实、自然、传神、到位，通过林大娘的"呃"和她习惯性的举动，描绘出一个情绪敏感、宠爱女儿、看重利益的封建妇女形象。在面对生存与生活危机时，寄希望于虚无缥缈的"大慈大悲菩萨"，也暗示着封建主义思想根深蒂固，人民依然没有彻底觉醒。

---

[1] 易长易大：成长之路平安、顺遂。

的傻子呀，当真亏本放盘呐！看着罢，他的生意越好，就越亏本，倒闭得越快！"那时候，林先生便咬一下嘴唇，决定明天无论如何要把货码①提高，要把次等货标上头等货的价格。

当给林先生斡旋那"封存东洋货"问题的商会长走过林家铺子的时候，也微微笑着，站住了对林先生贺喜，并且拍着林先生的肩膀，轻声说：

"如何？四百块钱花得不冤枉罢！——可是，卜局长那边，你也得稍稍点缀，防他看得眼红，也要来敲诈。生意好，妒忌的人就多；就是卜局长不生心，他们也要去挑拨呀！"

林先生谢商会长的关切，心里老大吃惊，几乎连做生意都没有精神。

然而最使他心神不宁的，是店里的寿生出去收账到现在还没有回来，林先生是等着寿生收的钱来开销"客账"的。上海东升字号的收账客人前天早已到镇，直催逼得林先生再没有话语支吾了。如果寿生再不来，林先生只有向恒源钱庄借款的一法，这一来，林先生又将多负担五六十元的利息，这在见天亏本的林先生看来委实比割肉还心疼。

到四点钟光景②，林先生忽然听得街上走过的人们乱哄哄地在议论着什么，人们的脸色都很惶急，似乎发生什么大事情了。一心惦念着出去收账的寿生是否平安的林先生就以为一定是快班船遭了强盗抢，他的心扑扑地乱跳。他唤住了一个路人焦急地问道：

"什么事？是不是粟市快班遭了强盗抢？"

"哦！又是强盗抢吗？路上真不太平！抢，还是小事，还要绑人去吗！"

那人，有名的闲汉陆和尚，含糊地回答，同时睋着半只眼

---

❶ 货码：货品的标价。

❷ 光景：表示大约的时间或数量。此处指……的时候。

阅读笔记 睛看林先生铺子里花花绿绿的货物。林先生不得要领，心里更急，丢开陆和尚，就去问第二个走近来的人，桥头的王三毛。

"听说栗市班遭抢，当真吗？"

"那一定是太保阿书①手下人干的，太保阿书是枪毙了，他的手下人多么厉害！"

王三毛一边回答，一边只顾走。可是林先生却急坏了，冷汗从额角上钻出来。他早就估量到寿生一定是今天回来，而且是从栗市——收账程序中预定的最后一处，坐快班船回来；此刻已是四点钟，不见他来，王三毛又是那样说，那还有什么疑问吗？林先生竟忘记了这所谓"栗市班遭强盗抢"乃是自己的发明了！他满脸急汗，直往"内宅"跑；在那对蝴蝶门边忘记跨门槛，几乎绊了一跤。

"爸爸！上海打仗了！东洋兵放炸弹烧闸北——"

林小姐大叫着跑到林先生跟前。

林先生怔了一下。什么上海打仗，原就和他不相干，但中间既然牵连着"东洋兵"，又好像不能不追问一声了。他看着女儿的很兴奋的脸孔问道：

"东洋兵放炸弹吗？你从哪里听来的？"

"街上走过的人全是那么说。东洋兵放大炮，掷炸弹。闸北烧光了！"

"哦，那么，有人说栗市快班强盗抢吗？"

林小姐摇头，就像扑火的灯蛾似的扑向外面去了。林先生迟疑了一会儿，站在那蝴蝶门边抓头皮。林大娘在里面打呃，又是喃喃地祷告："菩萨保佑，炸弹不要落到我们头上来！"林先生转身再到铺子里，却见女儿和两个店员正在谈得很热闹。对门生泰杂货店里的老板金老虎也站在柜台外边指手画脚地讲谈。上海打仗，东洋飞机掷炸弹烧了闸北，上海已经罢

---

① 太保阿书：江浙地区有名的土匪首领。

市，全都证实了。强盗抢快班船吗？没有听人说起过呀！栗市快班么？早已到了，一路平安。金老虎看见那快班船上的伙计刚刚背着两个蒲包走过的。<u>林先生心里松一口气，知道寿生今天又没回来，但也知道好好的没有逢到强盗抢。</u>

现在是满街都在议论上海的战事了。小伙计们夹在闹里骂"东洋乌龟"！竟也有人当街大呼："再买东洋货就是王八！"林小姐听着，脸上就飞红了一大片。林先生却还不动神色。大家都卖东洋货，并且大家花了几百块钱以后，都已经奉着特许："只要把东洋商标撕去了就行。"他现在满店的货物都已经称为"国货"，买主们也都是"国货，国货"地说着，就拿走了。在此满街人人为了上海的战事而没有心思想到生意的时候，林先生始终在筹虑他的正事。他还是不肯花重利去借庄款，他去和上海号家的收账客人情商①，请他再多等这么一天两天。他的寿生极迟明天傍晚总该会到。

"林老板，你也是明白人，怎么说出这种话来呀！现在上海开了火，说不定明后天火车就不通，我是巴不得今晚上就动身呢！怎么再等一两天？请你今天把账款缴清，明天一早我好走。我也是吃人家的饭，请你照顾照顾罢！"

上海客人毫无通融地拒绝了林先生的情商。林先生看来是无可商量了，只好忍痛去到恒源钱庄上商借。他还恐怕那"钱猢狲"知道他是急用，要趁火打劫，抬高利息。谁知钱庄经理的口气却完全不对了。那痨病鬼经理听完了林先生的申请，并没作答，只管捧着他那老古董的水烟筒扑落落扑落落地呼，直到烧完一根纸吹，这才慢吞吞地说：

"不行了！东洋兵开仗，上海罢市，银行钱庄都封关，知道他们几时弄得好！上海这路一断，敝庄就成了没脚蟹，汇划不通，比尊处再好的户头也只好不做了。对不起，实在爱莫能

---

❶情商：动之以情地商讨。

助！"

　　林先生呆了一呆，还总以为这痨病鬼经理故意刁难，无非是为提高利息作地步，正想结结实实说几句恳求的话，却不料那经理又逼进一步道：

　　"刚才敝东吩咐过，他得的信，这次的乱子恐怕要闹大，叫我们收紧盘子！尊处原欠五百，二十二那天，又是一百，总共是六百，年关前总得扫数归清；我们也算是老主顾，今天先透一个信，免得临时多费口舌，大家面子上难为情。"

　　"哦——可是小店里也实在为难。要看账头收得怎样。"

　　林先生呆了半晌，这才吐出两句话。

　　"嘿！何必客气！宝号里这几天来的生意比众不同，区区六百块钱，还为难吗？今天是同老兄说明白了，总望扫数归清，我在敝东跟前好交代。"

　　痨病鬼经理冷冷地说，站起来了。林先生冷了半截身子，瞧情形是万难挽回，只好硬着头皮走出了那家钱庄。他此时这才明白，原来远在上海的打仗也要影响到他的小铺子了。今年的年关当真是难过：上海的收账客人立逼着要钱，恒源里不许宕①过年，寿生还没回来，知道他怎样了，镇上的账头，去年只收起八成，今年瞧来连八成都捏不稳——横在他前面的路，只有一条："暂停营业，清理账目！"而这条路也就等于破产，他这铺子里早已没有自己的资本，一旦清理，剩给他的，光景只有一家三口三个光身子！

　　林先生愈想愈忶②，走过那座望仙桥时，他看着桥下的浑水，几乎想纵身一跳完事。可是有一个人在背后唤他道：

　　"林先生，上海打仗了，是真的罢？听说东栅外刚刚调来了一支兵，到商会里要借饷，开口就是二万，商会里正在开会

————————————

❶宕：拖延。

❷忶：心里不安。

呢！"

林先生急回过脸去看，原来正是那位存有两百块钱在他铺子里的陈老七，也是林先生的一位债主。

"哦——"

林先生打一个冷噤，只回答了这一声，就赶快下桥，一口气跑回家去。

名师伴你读

▶品读与赏析

"大放盘"带来了生意的好转，然而林先生却高兴不起来，亏折销售让他心疼得"发晕"，商会长和卜局长的敲诈勒索如附骨之疽，寿生收账逾期未归，催账的上海人步步紧逼，东洋兵烧闸北令生意雪上加霜，向钱庄借债未能如愿……噩耗像冰雹一样无情地砸向林先生，令他"几乎想纵身一跳完事"。每当林家铺子的生意有了一丝转机，读者紧绷的心弦想略微放松一下时，总有更大的波折随之而来。作者在短短的篇幅之内，设置了波折迭起的故事情节，编织了细致绵密的发展脉络，通过林家铺子面临的这些遭遇揭示出一个正在经历动荡的中国、一个正在遭受磨难的民族。黑暗笼罩着中华大地，读者不仅为林家铺子的经营前景担忧，更为中华民族的未来命运而深虑。

▶学习与借鉴

1. **语言准确灵活**：文中对话贴近生活，方言俗语使用灵活，符合人物形象，体现地域特色。

2. **情节跌宕起伏**：围绕林家铺子的生死存亡，在短短的篇幅内设置了一波三折的故事情节，增加了故事的吸引力。

四

这晚上的夜饭，林大娘在家常的一荤二素以外，特又添了一个碟子，是到八仙楼买来的红焖肉——林先生心爱的东西，另外又有一斤黄酒。林小姐笑不离口，为的铺子里生意好，为的大绸新旗袍已经做成，也为的上海竟然开火打东洋人。林大娘打呃的次数更加少了，差不多十分钟只来一回。

只有林先生心里发闷到要死。他喝着闷酒，看看女儿，又看看老婆，几次想把那炸弹似的恶消息宣布，然而终于没有那样的勇气。并且他还不曾绝望，还想挣扎，至少是还想掩饰他的两下里碰不到头。所以当商会里决议了答应借饷五千并且要林先生摊认二十元的时候，他毫不推托，就答应下来了。他决定非到最后五分钟不让老婆和女儿知道家道困难的真实情形。他的划算是这样的：人家欠他的账收一个八成罢，他还人家的账也是个八成，——反正可以借口上海打仗，钱庄不通；为难的是人欠我欠之间尚差六百光景①，那只有用剜肉补疮的办法拼命放盘卖贱货，且捞几个钱来渡过了眼前再说。这年头儿，谁能够顾到将来呢？眼前过且过。

是这么想定了方法，又加上那一斤黄酒的力量，林先生倒酣睡了一夜，噩梦也没有半个。

第二天早上，林先生醒来时已经是六点半钟，天色很阴沉。林先生觉得有点儿头晕。他匆匆忙忙吞进两碗稀饭，就到铺子里，一眼就看见那位上海客人板起了脸孔在那里坐守"回话"。而尤其叫林先生猛吃一惊的，是斜对门的裕昌祥也贴起红红绿绿的纸条，也在那里"大放盘照码九折"了！林先生昨夜想好的"如意算盘"立刻被斜对门那些红绿纸条冲一个摇摇不定。

"林老板，你真是开玩笑！昨晚上不给我回音。轮船是八点钟开，我还得转乘火车，八点钟这班船我是非走不行！请你快点儿——"

上海客人不耐烦地说，把一个拳头在桌子上一放。林先生只有赔不是，请他原谅，实在是因为上海打仗钱庄不通，彼此是多年的老主顾，务请格外看

---

❶光景：此处表示大约的数量。

承①。

"那么叫我空手回去吗？"

"这，这，断乎不会。我们的寿生一回来，有多少付多少，我要是藏落半个钱，不是人！"

林先生颤着声音说，努力忍住了滚到眼眶边的眼泪。

话是说到尽头了，上海客人只好不再啰唆，可是他坐在那里不肯走。林先生急得什么似的，心是扑扑地乱跳。近年他虽然万分拮据，面子上可还遮得过去；现在摆一个人在铺子里坐守，这件事要是传扬开去，他的信用可就完了，他的债户还多着呢，万一群起效尤，他这铺子只好立刻关门。他在没有办法中想办法，几次请这位讨账客人到内宅去坐，然而讨账客人不肯。

天又簌簌地下起冻雨来了。一条街上冷清清地简直没有人行。自有这条街以来，从没见过这样萧索的腊尾岁尽。朔风②吹着那些招牌，嚓嚓地响。渐渐地冻雨又有变成雪花的模样。沿街店铺里的伙计们靠在柜台上仰起了脸发怔。

林先生和那位收账客人有一句没一句地闲谈着。林小姐忽然走出蝴蝶门来站在街边看那簌簌的冻雨。从蝴蝶门后送来的林大娘的呃呃的声音又渐渐加勤。林先生嘴里应酬着，一边看着女儿，又听听老婆的打呃，心里一阵一阵酸上来，想起他的一生简直毫没幸福，然而又不知道坑害他到这地步的，究竟是谁。那位上海客人似乎气平了一些了，忽然很恳切地说：

"林先生，你是个好人。一点儿嗜好都没有，做生意很巴结认真。放在二十年前，你怕不发财么？可是现今时势不同，捐税重，开销大，生意又清，混得过也还是你的本事。"

林先生叹一口气苦笑着，算是谦逊。

上海客人顿了一顿，又接着说下去：

"贵镇上的市面今年又比上年差些，是不是？内地全靠乡庄生意，乡下人太穷，真是没有法子，——呀，九点钟了！怎么你们的收账伙计还没来呢？

---

❶ 看承：看顾照料。此处林先生想让上海客人顾及战事频扰、念及多年情分，宽限其时间缴清账款。

❷ 朔风：指北风。

这个人靠得住吗？"

林先生心里一跳，暂时回答不出来。虽然是七八年的老伙计，一向没有出过岔子，但谁能保到底呢！而况又是过期不见回来。上海客人看着林先生那迟疑的神气，就笑；那笑声有几分异样。忽然那边林小姐转脸对林先生急促地叫道：

"爸爸，寿生回来了！一身泥！"

显然林小姐的叫声也是异样的，林先生跳起来，又惊又喜，着急地想跑到柜台前去看，可是心慌了，两腿发软。这时寿生已经跑了进来，当真是一身泥，气喘喘地坐下了，说不出话来。林先生估量那情形不对，吓得没有主意，也不开口。上海客人在旁边皱眉头。过了一会儿，寿生方才喘着气说：

"好险呀！差一些被他们抓住了。"

"到底是强盗抢了快班船吗？"

林先生惊极，心一横，倒逼出话来了。

"不是强盗。是兵队拉夫呀！昨天下午赶不上趁快班船。今天一早趁航船，哪里知道航船听得这里要提船，就停在东栅外了。我上岸走不到半里路，就碰到拉夫。西面宝祥衣庄的阿毛被他们拉去了。我跑得快，抄小路逃了回来。他妈的，性命攸关！"

寿生一面说，一面撩起衣服，从肚兜里掏出一个手巾包来递给了林先生，又说道：

"都在这里了。栗市的那家黄茂记很可恶，这种户头，我们明年要留心！——我去洗一个脸，换件衣服再来。"

林先生接了那手巾包，捏一把，脸上有些笑容了。他到账台里打开那手巾包来。先看一看那张"清单"，打了一会儿算盘，然后点检银钱数目：大洋十一元，小洋二百角，钞票四百二十元，外加即期庄票①两张，一张是规元五十两，又一张是规元六十五两。这全部付给上海客人，照账算也还差一百多元。林先生凝神想了半晌，斜眼偷看了坐在那里吸烟的上海客人几次，方才叹

---

❶ 庄票：庄票是旧中国钱庄或银号签发的本票。采用不记名式，且对挂失止付，规定极严，故在市面流通，视同现金。有即期和远期两种。即期庄票见票即付，远期庄票到期付现。

一口气，割肉似的拿起那两张庄票和四百元钞票捧到上海客人跟前，又说了许多话，方才得到上海客人点一下头，说一声"对啦"。

但是上海客人把庄票看了两遍，忽又笑着说道：

"对不起，林老板，这庄票，费神兑了钞票给我罢！"

"可以，可以。"

林先生连忙回答，慌忙在庄票后面盖了本店的书柬图章，派一个伙计到恒源庄去取现，并且叮嘱了要钞票。又过了半晌，伙计却是空手回来。恒源庄把票子收了，但不肯付钱；据说是抵扣了林先生的欠款。天是当真在下雪了，林先生也没张伞，冒雪到恒源庄去亲自交涉，结果是徒然。

"林老板，怎样了呢？"

看见林先生苦着脸跑回来，那上海客人不耐烦地问了。

林先生几乎想哭出来，没有话回答，只是叹气，除了央求那上海客人再通融，还有什么别的办法？寿生也来了，帮着林先生说。他们赌咒：下欠的二百元，赶明年初十一定汇到上海。是老主顾了，向来三节清账，从没半句话，今儿实在是意外之变，大局如此，没有办法，非是他们刁赖。

然而不添一些，到底是不行的。林先生忍痛又把这几天内卖得的现款凑成了五十元，算是总共付了四百五十元，这才把那位叫人头痛的上海收账客人送走了。

此时已有十一点了，天还是飘飘扬扬落着雪。买客没有半个。林先生纳闷了一会儿，和寿生商量本街的账头怎样去收讨。两个人的眉头都皱紧了，都觉得本镇的六百多元账头收起来真没有把握。寿生挨着林先生的耳朵悄悄地说道：

"听说南栅的聚隆，西栅的和源，都不稳呢！这两处欠我们的，就有三百光景，这两笔倒账要预先防着，吃下了，可不是玩的！"

林先生脸色变了，嘴唇有点儿抖。不料寿生把声音再放低些，支支吾吾地说出了更骇人的消息来：

"还有，还有讨厌的谣言，是说我们这里了。恒源庄上一定听得了这些风声，这才对我们逼得那么急，说不定上海的收账客人也有点儿晓得——只是，谁和我们作对呢？难道就是斜对门吗？"

寿生说着，就把嘴向裕昌祥那边努了一努。林先生的眼光跟着寿生的嘴也向那边瞥了一下，心里直是乱跳，哭丧着脸，好半天说不出话来。他又麻又痛的心里感到这一次他准是毁了！——不毁才是作怪：党老爷敲诈他，钱庄压逼他，同业又中伤他，而又要吃倒账，凭谁也受不了这样重重的折磨罢？而究竟为了什么他应该活受罪呀！他，从父亲手里继承下这小小的铺子，从没敢浪费；他，做生意多么巴结；他，没有害过人，没有起过歹心，就是他的祖上，也从没害过人，做过歹事！然而他直如此命苦！

"不过，师傅，随他们去造谣罢，你不要发急。荒年传乱话，听说是镇上的店铺十家有九家没法过年关。时势不好，市面清得不成话，素来硬朗的铺子今年都打饥荒，也不是我们一家困难，天塌压大家，商会里总得议个办法出来；总不能大家一齐拖倒，弄得市面更加不像市面。"

看见林先生急苦了，寿生姑且安慰着，忍不住也叹了一口气。

雪是愈下愈密了，街上已经见白。偶尔有一条狗垂着尾巴走过，抖一抖身体，摇落了厚积在毛上的那些雪，就又悄悄地夹着尾巴走了。自从有这条街以来，从没见过这样冷清凄凉的年关！而此时，远在上海，日本军的重炮正在发狂地轰毁那边繁盛的市廛①。

名师伴你读

▶品读与赏析

林家铺子生意略为好转，寿生讨债也终于归还，但林家铺子的悲剧依然未能改变：对面裕昌祥也贴出了"大放盘"的广告，恒源庄扣下庄票抵了欠款，林先生绞尽脑汁才把上海人打发走。本篇看似平淡，其实是情节发展的高潮，作者设身处地地呼喊出林老板的痛苦："不毁才是作怪：党老爷敲诈他，钱庄压逼他，同业又中伤他，而又要吃倒账，凭谁也受不了这样重重的磨折罢？而究竟为了什么他应该活受罪呀！他，从父亲手里继承下这小小的铺子，从没

❶ 市廛：城市店铺集中的地方。廛，chán。

敢浪费；他，做生意多么巴结；他，没有害过人，没有起过歹心，就是他的祖上，也从没害过人，做过歹事呀！然而他直如此命苦！"这撕心裂肺的呼喊，道出了一个时代的悲剧：外寇入侵、经济衰败、政治腐朽、社会黑暗、民不聊生。林家铺子的命运，只不过是这场悲剧中的一幕而已。

▶ 学习与借鉴

1. **寓情于景**：本篇三次出现对雪的描写，雪由小变大，天愈发寒冷，人更加绝望。将人物状况与周围环境紧密结合，寓情于景、借景抒情，使得感情更加真实、贴切。

2. **首尾照应**：本篇开头讲述了"上海竟然开火，打东洋人"，与篇末的日军炮轰城市呼应，交代了日军侵华是造成林家铺子乃至中国人民悲惨命运的重要原因之一，文意连贯，首尾照应。

五

凄凉的年关，终于也过去了。镇上的大小铺子倒闭了二十八家。内中有一家"信用素著"的绸庄。欠了林先生三百元货账的聚隆与和源也毕竟倒了。大年夜的白天，寿生到那两个铺子里磨了半天，也只拿了二十多块来；这以后，就听说没有一个收账员拿到半文钱，两家铺子的老板都躲得不见面了。林先生自己呢，多亏商会长一力斡旋，还无须往乡下躲，然而欠下恒源钱庄的四百多元非要正月十五以前还清不可；并且又订了苛刻的条件：从正月初五开市那天起，恒源就要派人到林先生铺子里"守提"，卖得的钱，八成归恒源扣账。

新年那四天，林先生家里就像一个冰窖。林先生常常叹气，林大娘的打呃像连珠炮。林小姐虽然不打呃，也不叹气，但是呆呆地好像害了多年的黄病。她那件大绸新旗袍，为的要付吴妈的工钱，已经上了当铺；小学徒从清早七点钟就去那家唯一的当铺门前守候，直到九点钟方才从人堆里拿了两块钱挤出来。以后，当铺就止当了。两块钱！这已是最高价。随你值多少钱的贵重衣饰，也只能当得两块呢！叫作"两块钱封门"。乡下人忍着冷剥下身上的棉袄递上柜台去，那当铺里的伙计拿起来抖了一抖，就直丢出去，怒声喊道："不当！"

元旦起，是大好的晴天。关帝庙前那空场上，照例来了跑江湖赶新年生意的摊贩和变把戏的杂耍。人们在那些摊子面前懒懒地拖着腿走，两手扪着空的腰包，就又懒懒地走开了。孩子们拉住了娘的衣角，赖在花炮摊前不肯走，娘就给他一个老大的耳光。那些特来赶新年的摊贩们连伙食都开销不了，白赖在"安商客寓"里，天天和客寓主人吵闹。

只有那班变把戏的出了八块钱的大生意，党老爷们唤他们去点缀了一番"升平气象"。

初四那天晚上，林先生勉强筹措了三块钱，办一席酒请铺子里的"相好"吃照例的"五路酒"，商量明天开市的办法。林先生早就筹思过熟透：这铺子开下去呢，眼见得是亏本的生意，不开呢，他一家三口简直没有生计，而且到底人家欠他的货账还有四五百，他一关门更难讨取；唯一的办法是减省开支，但捐税派饷是逃不了的，"敲诈"尤其无法躲避，裁去一两个店员罢，本来他只有三个伙计，寿生是左右手，其余的两位也是怪可怜的，况且辞歇了到底也不够招呼生意；家里呢，也无可再省，吴妈早已辞歇。他觉得只有硬着头皮做下去，或者靠菩萨的保佑，乡下人春蚕熟，他的亏空还可以补救。

但要开市，最大的困难是缺乏货品。没有现钱寄到上海去，就拿不到货。上海打得更厉害了，赊账是休转这念头。卖底货罢，他店里早已淘空，架子上那些装卫生衣的纸盒就是空的，不过摆在那里装幌子。他铺子里就剩了些日用杂货，脸盆毛巾之类，存底还厚。

大家喝了一会儿闷酒，抓腮挖耳地想不出好主意。后来谈起闲天来，一个伙计忽然说：

"乱世年头，人比不上狗！听说上海闸北烧得精光，几十万人都只逃得一个光身子。虹口一带呢，烧是还没烧，人都逃光了，东洋人凶得很，不许搬东西。上海房钱涨起几倍。逃出来的人都到乡下来了，昨天镇上就到了一批，看样子都是好好的人家，现在却弄得无家可归！"

林先生摇头叹气。寿生听了这话，猛地想起了一个好办法；他放下了筷子，拿起酒杯来一口喝干了，笑嘻嘻对林先生说道：

"师傅，听得阿四的话吗？我们那些脸盆、毛巾、肥皂、袜子、牙粉、牙刷，就可以如数销清了。"

林先生瞪出了眼睛，不懂得寿生的意思。

"师傅，这是天大的机会。上海逃来的人，总还有几个钱，他们总要买些日用的东西，是不是？这笔生意，我们赶快张罗罢。"

寿生接着又说，再筛出一杯酒来喝了，满脸是喜气。两个伙计也醒悟过来了，哈哈大笑。只有林先生还不很了然。近来的逆境已经把他变成糊涂。他惘然问道：

"你拿得稳吗？脸盆，毛巾，别家也有，——"

"师傅，你忘记了！脸盆毛巾一类的东西只有我们存底的多！裕昌祥里拿不出十只脸盆，而且都是拣剩货。这笔生意，逃不出我们的手掌心的了！我们赶快多写几张广告到四栅去分贴，逃难人住的地方——哎，阿四，他们住在什么地方？我们也要去贴广告。"

"他们有亲戚的住到亲戚家里去了，没有的，还借住在西栅外茧厂的空房子。"

叫作阿四的伙计回答，脸上发亮，很得意自己无意中立了大功。林先生这时也完全明白了。心里一快乐，就又灵活起来，他马上拟好了广告的底稿，专拣店里有的日用品开列上去，约莫也有十几种。他又摹仿上海大商店卖"一元货"的方法，把脸盆、毛巾、牙刷、牙粉配成一套，卖一块钱，广告上就大书"大廉价一元货"。店里本来还有余剩下的红绿纸，寿生大张的裁好了，拿笔就写。两个伙计和学徒就乱哄哄地拿过脸盆、毛巾、牙刷、牙粉来装配成组。人手不够，林先生叫女儿出来帮着写，帮着扎配，另外又配出几种"一元货"，全是零星的日用必需品。

这一晚上，林家铺子里直忙到五更左右，方才大致就绪，第二天清早，开门鞭炮响过，排门开了，林家铺子布置得又是一新。漏夜赶起来的广告早已分头贴出去。西栅外茧厂一带是寿生亲自去布置，哄动那些借住在茧厂里的逃难人，都起来看，当作一件新闻。

"内宅"里，林大娘也起了个五更。瓷观音面前点了香，林大娘爬着磕了半天响头。她什么都祷告全了，就只差没有祷告菩萨要上海的战事再扩大再延长，好多来些逃难人。

一切都很顺利，一切都不出寿生的预料。新正开市第一天就只林家铺子生意很好，到下午四点多钟，居然卖了一百多元，这是镇上近十年来未有的新纪录。销售的大宗，果然是"一元货"，然而洋伞橡皮雨鞋之类却也带起了销路，并且那生意也做得干脆有味。虽然是"逃难人"，却毕竟住在上海，见过大场面，他们不像乡下人或本镇人那么小格式，他们买东西很爽利，拿起货来看了一眼，现钱交易，从不拣来拣去，也不硬要除零头。

林大娘看见女儿兴冲冲地跑进来夸说一回，就爬到瓷观音面前磕了一回头。她心里还转了这样的念头：要不是岁数相差得多，把寿生招作女婿倒也是好的！说不定寿生那边也时常用半只眼睛看望着这位厮熟的十七岁的"师妹"。

只有一点，使林先生扫兴：恒源庄毫不顾面子地派人来提取了当天营业总数的八成。并且存户朱三太，桥头陈老七，还有张寡妇，不知听了谁的怂恿，都借了"要量米吃"的借口，都来预支息金；不但支息金，还想拔提一点儿存款呢！但也有一个喜讯，听说又到了一批逃难人。

晚餐时，林先生添了两碟荤菜，酬劳他的店员。大家称赞寿生能干。林先生虽然高兴，却不能不惦念着朱三太等三位存户要提存款的事情。大新年碰到这种事，总是不吉利。寿生愤然说：

"那三个懂得什么呢！还不是有人从中挑拨！"

说着，寿生的嘴又向斜对门努了一努。林先生点头。可是这三位不懂什么的，倒也难以对付：一个是老头子，两个是孤苦的女人，软说不肯，硬来又不成。林先生想了半天觉得只有去找商会长，请他去和那三位宝贝讲开。他和寿生说了，寿生也竭力赞成。

于是晚饭后算过了当天的"流水账"，林先生就去拜访商林先生说明了来意后，那商会长一口就应承了，还夸奖林先生做生意的手段高明，他那铺子一定能够站住，而且上进。摸着自己的下巴，商会长又笑了一笑，侧过身体来说道：

"有一件事，早就想对你说，只是没有机会。镇上的卜局长不知在哪里见过令爱来，极为中意；卜局长年将四十，还没有儿子，屋子里虽则放着两个人，却都没生育过；要是令爱过去，生下一男半女，就是现成的局长太太。呵，那时，就连我也沾点儿光呢！"

林先生做梦也想不到会有这样的难题，当下怔住了作不得声。商会长却又郑重地接着说：

"我们是老朋友。什么话都可以讲个明白。论到这种事呢，照老派说，好像面子上不好听；然而也不尽然。现在通行这一套，令爱过去也算是正的。——况且，卜局长既然有了这个心，不答应他有许多不便之处；答应了，将来倒有巴望。我是替你打算，才说这个话。"

"咳，你怕不是好意劝我仔细！可是，我是小户人家，小女又不懂规矩，高攀卜局长，实在不敢！"

林先生硬着头皮说，心里扑扑乱跳。

"哈，哈，不是你高攀，是他中意。——就这么罢，你回去和尊夫人商量商量，我这里且搁着，看见卜局长时，就说还没机会提过，行不行呢？可是你得早点儿给我回音！"

"嗯——"

筹思了半晌，林先生勉强应着，脸色像是死人。

回到家里，林先生支开了女儿，就一五一十对林大娘说了。他还没说完，林大娘的呃就大发作，光景邻居都听得清。她勉强抑住了那些涌上来的呃，喘着气说道：

"怎么能够答应，呃，就不是小老婆，呃，呃——我也舍不得阿秀到人家去做媳妇。"

"我也是这个意思，不过——"

"呃，我们规规矩矩做生意，呃，难道我们不肯，他好抢了去不成？呃——"

"不过他一定要来找讹头生事！这种人比强盗还狠心！"

林先生低声说，几乎落下眼泪来。

"我拼了这条老命。呃！救苦救难观世音菩萨呀！"

林大娘颤着声音站了起来，摇摇摆摆想走。林先生赶快拦住，没声地叫道：

"往哪里去？往哪里去？"

同时林小姐也从房外来了，显然已经听见了一些，脸色灰白，眼睛死瞪瞪地。林大娘看见女儿，就一把抱住了，一边哭，一边打呃，一边喃喃地挣扎着喘着气说：

"呃，阿囡，呃，谁来抢你去，呃，我同他拼老命！呃，生你那年我得了这个——呃，病，好容易养到十七岁，呃，呃，死也死在一块儿！呃，早给了寿生多么好呢！呃！强盗，不怕天打的！"

林小姐也哭了，叫着"妈！"林先生搓着手叹气。看看哭得不像样，窄房浅屋的要惊动邻舍，大新年也不吉利，他只好忍着一肚子气来劝母女两个。

这一夜，林家三口儿都没有好生睡觉。明天一早林先生还得起来做生意，在一夜的辗转愁思中，他偶尔听得屋面上一声响，心就扑扑地跳，以为是卜局长来寻他生事来了；然而定了神仔细想起来，自家是规规矩矩的生意人，又没犯法，只要生意好，不欠人家的钱，难道好无端生事，白诈他不成？而他的生意呢，眼前分明有一线生机。生了个女儿长得还端正，却又要招祸！早些定了亲，也许不会出这岔子？——商会长是不是肯真心帮忙呢，只有恳求他设法——可是林大娘又在打呃了，咳，她这病！

天刚发白，林先生就起身，眼圈儿有点儿红肿，头里发

阅读笔记

昏。可是他不能不打起精神招呼生意。铺面上靠寿生一个到底不行，这小伙子近几天来也就累得够了。

林先生坐在账台里，心总不定。生意虽然好，他却时时浑身的肉发抖。看见面生的大汉子上来买东西，他就疑惑是卜局长派来的人，来侦察他，来寻事；他的心直跳得发痛。

却也作怪，这天生意之好，出人意料。到正午，已经卖了五六十元，买客们中间也有本镇人。那简直不像买东西，简直像是抢东西，只有倒闭的铺子拍卖底货的时候才有这种光景。林先生一边有点儿高兴，一边却也看着心惊，他估量"这样的好生意气色不正"。果然在午饭的时候，寿生就悄悄告诉道：

"外边又有谣言，说是你拆烂污卖一批贱货，捞到几个钱，就打算逃走！"

林先生又气又怕，开不得口。突然来了两个穿制服的人，直闯进来问道：

"谁是林老板？"

林先生慌忙站了起来，还没回答，两个穿制服的拉住他就走，寿生追上去，想要拦阻，又想要探询，那两个人厉声吆喝道：

"你是谁？滚开！党部里要他问话！"

名师伴你读

▶ **品读与赏析**

年关已过，镇上的大小店铺倒闭了二十八家，林家铺子还在苦苦支撑。上海隆隆的炮声给林家铺子带来新的生机，林先生借机发起了"难民财"，生意也破了镇上多年以来的纪录；但福祸相生，收入八成被钱庄拿去，更可怕的是卜局长要娶林小姐，对手也散布诋毁的谣言，林先生也因此被党部捉去。林先生、林小姐、林家铺子的命运如何？读者又紧紧地绷起了刚刚稍许松弛的神经。正值人民生活于水深火热、苦不堪言之时，剥削阶级一刻也未放松对底层人民的压迫和剥削，如影随形，花样繁多，贪婪无度，毫无人性。无论如何挣扎，底层人民都无法摆脱被敲骨吸髓的命运，这也暗示着在这样的社会中，人们无法改变自己的命运，必须有新的光明来引导前进的方向。

▶ 学习与借鉴

1. **结构严密**：故事条理清晰、脉络连贯，主线副线交叉融合，相互照应，形成严密紧凑的文章结构。

2. **正面侧面描写**：文中卜局长从未登场，但通过大量的侧面描写，把卜局长贪婪、恶毒、腐败的形象衬托得更加突出。

六

那天下午，林先生就没有回来。店里生意忙，寿生又不能抽空身子尽自去探听。里边林大娘本来还被瞒着，不防小学徒漏了嘴，林大娘那一急几乎一口气死去。她又死不放林小姐出那对蝴蝶门儿，说是：

"你的爸爸已经被他们捉去了，回头就要来抢你！呃——"

她只叫寿生进来问底细，寿生瞧着情形不便直说，只含糊安慰了几句道：

"师母，不要着急，没有事的！师傅到党部里去理直那些存款呢。我们的生意好，怕什么的！"

背转了林大娘的面，寿生悄悄告诉林小姐："到底为什么，还没得个准信儿。"他叮嘱林小姐且安心伴着"师母"，外边的事有他呢。林小姐一点儿主意也没有，寿生说一句，她就点一下头。

这样又要招顾外面的生意，又要挖空心思找出话来对付林大娘不时的追问，寿生更没有工夫去探听林先生的下落。直到上灯时分，这才由商会长给他一个信儿：林先生是被党部扣住了，为的外边谣言林先生打算卷款逃走，然而林先生除有庄款和客账未清外，还有朱三阿太、桥头陈老七、张寡妇三位孤苦人儿的存款共计六百五十元没有保障，党部里是专替这些孤苦人儿谋利益的，所以把林先生扣起来，要他理直这些存款。

寿生吓得脸都黄了，呆了半晌，方才问道：

"先把人保出来，行吗？人不出来，哪里去弄钱来呢？"

"嘿！保出人来！你空手去，让你保吗？"

"会长先生，总求你想想法子，做好事。师傅和你老人家向来交情也不差，总求你做做好事！"

商会长皱着眉头沉吟了一会儿，又端详着寿生半晌，然后一把拉寿生到屋角里悄悄说道：

"你师傅的事，我岂有袖手旁观之理。只是这件事现在弄僵了！老实对你说，我求过卜局长出面讲情，卜局长只要你师傅答应一件事，他是肯帮忙的；我刚才到党部里会见你的师傅，劝他答应，他也答应了，那不是事情完了吗？不料党部里那个黑麻子真可恶，他硬不肯——"

"难道他不给卜局长面子？"

"就是呀！黑麻子反而啰里啰唆说了许多，卜局长几乎下不得台。两个人闹翻了！这不是这件事弄得僵透？"

寿生叹了口气，没有主意；停一会儿，他又叹一口气说：

"可是师傅并没犯什么罪。"

"他们不同你讲理！谁有势，谁就有理！你去对林大娘说，放心，还没吃苦，不过要想出来，总得花点儿钱！"

商会长说着，伸两个指头一扬，就匆匆地走了。

寿生沉吟着，没有主意；两个伙计攒住他探问，他也不回答。商会长这番话，可以告诉"师母"吗？又得花钱！ "师母"有没有私蓄，他不知道，至于店里，他很明白，两天来卖得的现钱，被恒源提了八成去，剩下只有五十多块，济得什么事！商会长示意总得两百。知道还够不够呀！照这样下去，生意再好些也不中用。他觉得有点儿灰心了。

里边又在叫他了！他只好进去瞧光景①再定主意。

林大娘扶住了女儿的肩头，气喘喘地问道：

"呃，刚才，呃——商会长来了，呃，说什么？"

"没有来呀！"

寿生撒一个谎。

"你不用瞒我，呃——我，呃，全知道了；呃，你的脸色吓得焦黄！阿秀看见的，呃！"

"师母放心，商会长说过不要紧。——卜局长肯帮忙——"

"什么？呃，呃——什么？卜局长肯帮忙！——呃，呃，大慈大悲的菩萨，呃，不要他帮忙！呃，呃，我知道，你的师傅，呃，呃，没有命了！呃，我也不要活了！呃，只是这阿秀，呃，我放心不下！呃，呃，你同了她去！呃，你们好好地做人家！呃，呃，寿生，呃，你待阿秀好，我就放心了！呃，去呀！他们要来抢！呃——狠心的强盗！观世音菩萨怎么不显灵呀！"

----

① 光景：此处表示境况，状况，情景。

　　寿生睁大了眼睛，不知道怎样回话。他以为"师母"疯了，但可又一点儿不像疯。他偷眼看他的"师妹"，心里有点儿跳；林小姐满脸通红，低了头不作声。

　　"寿生哥，寿生哥，有人找你说话！"

　　小学徒一路跳着喊进来。寿生慌忙跑出去，总以为又是商会长什么的来了，哪里知道竟是斜对门裕昌祥的掌柜吴先生。"他来干什么？"寿生肚子里想，眼光盯住在吴先生的脸上。

　　吴先生问过了林先生的消息，就满脸笑容，连说"不要紧"。寿生觉得那笑脸有点儿异样。

　　"我是来找你划一点儿货——"

　　吴先生收了笑容，忽然转了口气，从袖子里摸出一张纸来。是一张横单，写得十几行，正是林先生所卖"一元货"的全部。寿生一眼瞧见就明白了，原来是这个把戏呀！他立刻说：

　　"师傅不在，我不能做主。"

　　"你和你师母说，还不是一样！"

　　寿生踌躇着不能回答。他现在有点儿懂得林先生之所以被捕了。先是谣传林先生想逃，其次是林先生被扣住了，而现在却是裕昌祥来挖货，这一连串的线索都明白了。寿生想来有点儿气，又有点儿怕，他很知道，要是答应了吴先生的要求，那么，林先生的生意，自己的一番心血，都完了。可是不答应呢，还有什么把戏来，他简直不敢想下去了。最后他姑且试一试说：

　　"那么，我去和师母说，可是，师母女人家专要做现钱交易。"

　　"现钱么？哈，寿生，你是说笑话罢？"

　　"师母是这种脾气，我也是没法。最好等明天再谈罢。刚才商会长说，卜局长肯帮忙讲情，光景师傅今晚上就可以回来了。"

　　寿生故意冷冷地说，就把那张横单塞还吴先生的手里。吴先生脸上的肉一跳，慌忙把横单又推回到寿生手里，一面没口应承道：

　　"好，好，现账就是现账。今晚上交货，就是现账。"

　　寿生皱着眉头再到里边，把裕昌祥来挖货的事情对林大娘说了，并且劝她：

"师母，刚才商会长来，确实说师傅好好地在那里，并没吃苦；不过总得花几个钱，才能出来。店里只有五十块。现在裕昌祥来挖货，照这单子上看，总也有一百五十块光景，还是挖给他们罢，早点儿救师傅出来要紧！"

林大娘听说又要花钱，眼泪直淌，那一阵呃，当真打得震天响，她只是摇手，说不出话，头靠在桌子上，把桌子捶得怪响。寿生瞧来不是路，悄悄地退出去，但在蝴蝶门边，林小姐追上来了。她的脸色像死人一样白，她的声音抖而且哑，她急口地说：

"妈是气糊涂了！总说爸爸已经被他们弄死了！你，你赶快答应裕昌祥，赶快救爸爸！寿生哥，你——"

林小姐说到这里，忽然脸一红，就飞快地跑进去了。寿生望着她的背影，呆立了半分钟光景，然后转身，下决心担负这挖货给裕昌祥的责任，至少"师妹"是和他一条心要这么办了。

夜饭已经摆在店铺里了，寿生也没有心思吃，立等着裕昌祥交过钱来，他拿一百在手里，另外身边藏了八十，就飞跑去找商会长。

半点钟后，寿生和林先生一同回来了。跑进"内宅"的时候，林大娘看见了倒吓一跳。认明当真是活的林先生时，林大娘急急爬在瓷观音前磕响头，比她打呃的声音还要响。林小姐光着眼睛站在旁边，像是要哭，又像是要笑。寿生从身旁掏出一个纸包来，放在桌子上说：

"这是多下来的八十块钱。"

林先生叹了一口气，过一会儿，方才有声没气地说道：

"让我死在那边就是了，又花钱弄出来！没有钱，大家还是死路一条！"

林大娘突然从地下跳起来，着急地想说话，可是一连串的呃把她的话塞住了。林小姐忍住了声音，抽抽咽咽地哭。林先生却还不哭，又叹一口气，哽咽着说：

"货是挖空了！店开不成，债又逼得紧——"

"师傅！"

寿生叫了一声，用手指蘸着茶，在桌子上写了一个"走"字给林先生看。

林先生摇头，眼泪扑簌簌地直淌；他看看林大娘，又看看林小姐，又叹一口气。

"师傅！只有这一条路了。店里拼凑起来，还有一百块，你带了去，过一两个月也就够了；这里的事，我和他们理直。"

寿生低声说。可是林大娘却偏偏听得了，她忽然抑住了呃，抢着叫道：

"你们也去！你，阿秀。放我一个人在这里好了，我拼老命！呃！"

忽然异常少健起来，林大娘转身跑到楼上去了。林小姐叫着"妈"，随后也追了上去。林先生望着楼梯发怔，心里感到有什么要紧的事，却又乱麻麻地总是想不起。寿生又低声说：

"师傅，你和师妹一同走罢！师妹在这里，师母是不放心的！她总说他们要来抢——"

林先生淌着眼泪点头，可是打不起主意。

寿生忍不住眼圈儿也红了，叹一口气，绕着桌子走。

忽然听得林小姐的哭声，林先生和寿生都吓一跳。他们赶到楼梯口时，林大娘却正从房里出来，手里捧一个皮纸包。看见林先生和寿生都已在楼梯口了，她就缩回房去，嘴里说："你们也来，听我的主意"。她当着林先生和寿生的跟前，指着那纸包说道：

"这是我的私房，呃，光景有两百多块。分一半你们拿去。呃！阿秀，我做主配给寿生！呃，明天阿秀和她爸爸同走。呃，我不走，寿生陪我几天再说。呃，知道我还有几天活，呃，你们就在我面前拜一拜，我也放心！呃——"

林大娘一手拉着林小姐，一手拉着寿生，就要他们"拜一拜"。

都拜了，两个人脸上飞红，都低着头。寿生偷眼看林小姐，看见她的泪痕中含着一些笑意，寿生心头扑扑地跳了，反倒落下两滴眼泪。

林先生松一口气，说道：

"好罢，就是这样。可是寿生，你留在这里对付他们，万事要细心！"

名师伴你读

▶ 品读与赏析

　　党部以"替这些孤苦人儿谋利益"为借口将林老板扣押，商会长以从中斡旋为由索要钱财，裕昌祥吴掌柜趁火打劫前来划货，林先生携女儿出逃，林家铺子在苦苦挣扎之后终于走到穷途末路。文章以事件发展为轴，引出林先生被捕后林家铺子发生的诸多事宜，将党部的黑暗残酷、商会的虚假伪善、同行的诋毁打压进行了深度揭露。林先生虽然得救，携女出逃，但林家铺子已经山穷水尽。林家铺子的命运如此，是必然的结局：党部欺压、商会讹诈、同行倾轧、时局动荡、百姓潦倒，一个小资产阶级是无法改变时局，无法抵挡历史潮流的冲刷的。这是时代的悲恸，也是历史的必然。林家铺子的悲剧就此结束，但普通大众仍旧在备受熬煎。

▶ 学习与借鉴

　　1. **首尾呼应**：文中描写林小姐与寿生情愫流露，与结尾林小姐与寿生的婚事形成呼应，使故事情节更加自然、流畅。

　　2. **语言精准**：文中人物语言符合角色性格特征，情绪感情拿捏有度，与环境情景融合统一。

七

林家铺子终于倒闭了，林老板逃走的新闻传遍了全镇。债权人中的恒源庄首先派人到林家铺子里封存底货，他们又搜寻账簿，一本也没有了，问寿生，寿生躺在床上害病，又去逼问林大娘，林大娘的回答是连珠炮似的打呃和眼泪鼻涕。为的她到底是"林大娘"，人们也没有办法。

十一点钟光景，大群的债权人在林家铺子里吵闹得异常厉害。恒源庄和其他的债权人争执怎样分配底货。铺子里虽然淘空，但连"生财"合计，也足够偿还债权人七成，然而谁都只想给自己争得九成或竟至十成。商会长说得舌头都有点儿僵硬了，却没有结果。

来了两个警察，拿着木棍站在门口吆喝那些看热闹的闲人。

"怎么不让我进去？我有三百块钱的存款呀！我的老本！"

朱三阿太抿着瘪嘴唇和警察争论，巍颤颤地在人堆里挤。她额上的青筋就有小指头那么粗。她挤了一会儿，忽然看见张寡妇抱着五岁的孩子在那里哀求另一个警察放她进去。那警察斜着眼睛，假装是调弄那孩子，却偷偷地用手背在张寡妇的乳部揉摸。

"张家嫂呀——"

朱三阿太气喘喘地叫了一声，就坐在石阶沿上，用力地扭着她的瘪嘴唇。

张寡妇转过身来，找寻是谁唤她；那警察却用了亵昵[1]的口吻叫道：

---

❶亵昵：过分亲近而态度轻佻。

"不要性急！再过一会儿就进去！"

听得这句话的闲人都笑起来了。张寡妇装作不懂，含着一泡眼泪，无目的地又走了一步。恰好看见朱三阿太坐在石阶沿上喘气。张寡妇跌撞似的也到了朱三阿太的旁边，也坐在那石阶沿上，忽然就放声大哭。她一边哭，一边喃喃地诉说着：

"阿大的爷呀，你丢下我去了，你知道我是多么苦啊！强盗兵打杀了你，前天是三周年……绝子绝孙的林老板又倒了铺子，——我十个指头做出来的百几十块钱，丢在水里了，也没响一声！啊哟！穷人命苦，有钱人心狠——"

看见妈哭，孩子也哭了；张寡妇搂住了孩子，哭得更伤心。

朱三阿太却不哭，努起了一对发红的已经凹陷的眼睛，发疯似的反复说着一句话：

"穷人是一条命，有钱人也是一条命；少了我的钱，我拼老命！"

此时有一个人从铺子里挤出来，正是桥头陈老七。他满脸紫青，一边挤，一边回过头去嚷骂道：

"你们这伙强盗！看你们有好报！天火烧，地火爆，总有一天现在我陈老七眼睛里呀！要吃倒账，就大家吃，分摊到一个边皮儿，也是公平，——"

陈老七正骂得起劲，一眼看见了朱三阿太和张寡妇，就叫着她们的名字说：

"三阿太，张家嫂，你们怎么坐在这里哭！货色，他们分完了！我一张嘴吵不过他们十几张嘴，这班狗强盗不讲理，硬说我们的钱不算账，——"

<u>张寡妇听说，哭得更加苦了。</u>先前那个警察忽然又踅过来，用木棍子拨着张寡妇的肩膀说：

"喂，哭什么？你的养家人早就死了。现在还哭哪一个！"

阅读笔记

细节描写

作者用"苦"来形容张寡妇的哭，说明这哭声是和着血泪、伴着号叫、带着绝望的，是对活命钱无法讨回的无奈，是对警察欺男霸女的愤懑，更是对未来命运的绝望。

"狗屁！人家抢了我们的，你这东西也要来调戏女人吗？"

陈老七怒冲冲地叫起来，用力将那警察推了一把。那警察睁圆了眼睛，扬起棍子就想要打。闲人们都大喊，骂那警察。另一个警察赶快跑来，拉开了陈老七说：

"你在这里吵，也是白吵。我们和你无怨无仇，商会里叫来守门，吃这碗饭，没办法。"

"陈老七，你到党部里去告状罢！"

人堆里有一个声音这么喊。听声音就知道是本街有名的闲汉陆和尚。

"去，去！看他们怎样说。"

许多声音乱叫了。但是那做调人的警察却冷笑，扳着陈老七的肩膀道：

"我劝你少找点儿麻烦罢。到那边，中什么用！你还是等林老板回来和他算账，他倒不好白赖。"

陈老七虎起了脸孔，弄得没有主意了。经不住那些闲人们都撺怂①着"去"，他就看着朱三阿太和张寡妇说道：

"去去怎样？那边是天天大叫保护穷人的呀！"

"不错。昨天他们扣住了林老板，也是说防他逃走，穷人的钱没有着落！"

又一个主张去的拉长了声音叫。于是不由自主似的，陈老七他们三个和一群闲人都向党部所在那条路去了。张寡妇一路上还是啼哭，咒骂打杀了她丈夫的强盗兵，咒骂绝子绝孙的林老板，又咒骂那个恶狗似的警察。

快到了目的地时，望见那门前排立着四个警察，都拿着棍子，远远地就吆喝道：

"滚开！不准过来！"

————————————

① 撺怂：撺掇，怂恿。

"我们是来告状的，林家铺子倒了，我们存在那里的钱都拿不到——"

陈老七走在最前排，也高声地说。可是从警察背后突然跳出一个黑麻子来，怒声喝打。警察们却还站着，只用嘴威吓。陈老七背后的闲人们大噪起来。黑麻子怒叫道：

"不识好歹的贱狗！我们这里管你们那些事吗？再不走，就开枪了！"

他跺着脚喝那四个警察动手打。陈老七是站在最前，已经挨了几棍子。闲人们大乱。朱三阿太老迈，跌倒了。张寡妇慌忙中落掉了鞋子，给人们一冲，也跌在地下，她连滚带爬躲过了许多跳过的和踏上来的脚，站起来跑了一段路，方才觉到她的孩子没有了，看衣襟上时，有几滴血。

"啊哟！我的宝贝！我的心肝！强盗杀人了，玉皇大帝救命呀！"

她连哭带嚷地快跑，头发纷散；待到她跑过那倒闭了的林家铺子时，她已经完全疯了！

1932年6月18日作完。

名师伴你读

▶品读与赏析

本篇讲述了林先生负债出走、林家铺子终于倒闭的境况，但悲剧并未到此结束：林家资产被钱庄搜刮殆尽，弱势的陈老七、朱三阿太和张寡妇未能讨得分文，只能求助于"天天大叫保护穷人"的党部，然而党部却当他们是"不识好歹的贱狗"，对他们大打出手，以致张寡妇丧子变疯。

故事结束，但一幕幕人间惨剧仍在继续。在这个暗无天日的、吃人的社会里，谁也逃脱不掉被摧残、压榨直至灭亡的命运。哪里有压迫，哪里就有反抗，当无路可退时，抗争就成了人民必然的选择，陈老七等人与党部和警察的冲突，也昭示着人们开始觉醒，试图抗争的未来。文章结尾将笔墨从林家铺子和林家人移向周边人物，多角度地描绘了与林家铺子有关人物的境遇，引导读者找出共性，探究导致人们悲惨命运的更深层次的原因，给读者留出更多的思索空间，提升了文章的思想高度与现实意义。

▶ **学习与借鉴**

1. **升华主题**：文章结尾并未过多讲述林家铺子若干人的前途命运，而是详细描述了与林家铺子有关人物的状况，揭示出这不仅仅是林家铺子个体的悲惨命运，更是整个社会的悲惨命运的缩影，提升了主题的高度。

2. **人物描写笔触细腻**：通过语言、神态、动作、心理等描写，细腻刻画出张寡妇、朱三阿太、陈老七、警察等人物形象。

春 蚕

一

　　老通宝坐在"塘路"①边的一块石头上，长旱烟管斜摆在他身边。"清明"节后的太阳已经很有力量，老通宝背脊上热烘烘的，像背着一盆火。"塘路"上拉纤的快班船上的绍兴人只穿了一件蓝布单衫，敞开了大襟，弯着身子拉，额角上黄豆大的汗粒落到地下。

　　看着人家那样辛苦地劳动，老通宝觉得身上更加热了；热得有点儿发痒。他还穿着那件过冬的破棉袄，他的夹袄还在当铺里，却不想才得"清明"边，天就那么热。

　　"真是天也变了！"

　　老通宝心里说着，就吐一口浓厚的唾沫。在他面前那条"官河"内，水是绿油油的，来往的船也不多，镜子一样的水面这里那里起了几道波纹或是小小的涡漩，那时候，倒映在水里的泥岸和岸边成排的桑树，都晃乱成灰暗的一片。可是不会很长久的，渐渐那些树影又在水面上显现，一弯一曲地蠕动，像是醉汉，再过一会儿，终于站定了，依然是很清晰的倒影。那拳头模样的桠枝顶都已经簇生着小手指那么大的嫩绿叶。这层层密密的桑树，沿着那"官河"一直望去，好像没有尽头。田里现在还只有干裂的泥块，这一带，现在是桑树的势力！在老通宝背后，也是大片的桑林，矮矮的，静穆的，在热烘烘的太阳

---

　　❶ "塘路"：沿着河堤的路。

光下，似乎那桑拳上的嫩绿叶过一秒钟就会大一些。

离老通宝坐处不远，一所灰白色的楼房蹲在"塘路"边，那是茧厂。十多天前驻扎过军队，现在那边田里留着几条短短的战壕。那时都说东洋兵要打进来，镇上有钱人都逃光了；现在兵队又开走了，那座茧厂依旧空在那里，等候春茧上市的时候再热闹一番。老通宝也听得镇上小陈老爷的儿子——陈大少爷说过，今年上海不太平，丝厂都关门，恐怕这里的茧厂也不能开；但老通宝是不肯相信的。他活了六十岁，反乱年头也经过好几个，从没见过绿油油的桑叶白养在树上等到成了"枯叶"去喂羊吃；除非是"蚕花"不熟，但那是老天爷的"权柄"，谁又能够未卜先知呢？

"才得清明边，天就那么热！"

老通宝看着那些桑拳上怒茁的小绿叶，心里又这么想，同时有几分惊异，有几分快活。他记得自己还是二十多岁少壮的时候，有一年也是"清明"边就得穿夹，后来就是"蚕花二十四分"，自己也就在这一年成了家。那时，他家正在"发"；他的父亲像一头老牛似的，什么都懂得，什么都做得；便是他那创家立业的祖父，虽说在长毛窝里吃过苦头，却也愈老愈硬朗。那时候，老陈老爷去世不久，小陈老爷还没抽上鸦片烟，"陈老爷家"也不是现在那么不像样的。老通宝相信自己一家和陈老爷家虽则一边是高门大户，而一边不过是种田人，然而两家的运命好像是一条线牵着。不但"长毛造反"那时候，老通宝的祖父和陈老爷同被长毛掳去，同在长毛窝里混上了六七年，不但他们同时从长毛营盘里逃了出来，而且偷得了长毛的许多金元宝——人家到现在还是这么说；并且老陈老爷做丝生意"发"起来的时候，老通宝家养蚕也是年年都好，十年中间挣得了二十亩的稻田和十多亩的桑地，还有三开间两进的一座平屋。这时候，老通宝家在东村庄上被人人所妒羡，也正像陈老爷家一样，在镇上是数一数二的大户人家。可是以后，两家都不行了；老通宝现在已经没有自己的田地，反欠出三百多块钱的债，陈老爷家也早已完结。人家都说"长毛鬼"在阴间告了一状，阎罗王追还陈老爷家的金元宝横财，所以败得这么快。这个，老通宝也有几分相信：不是鬼使神差，好端端的小陈老爷怎么会抽上了鸦片烟？

可是老通宝死也想不明白为什么陈老爷家的"败"会牵动到他家。他确实知道自己家并没得过长毛的横财。虽则听死了的老头子说，好像那老祖父逃出长毛营盘的时候，不巧撞着了一个巡路的小长毛，当时没法，只好杀了他，——这是一个"结"！然而从老通宝懂事以来，他们家替这小长毛鬼拜忏念佛烧纸锭，记不清有多少次了。这个小冤魂，理应早投凡胎。老通宝虽然不很记得祖父是怎样"做人"，但父亲的勤俭忠厚，他是亲眼看见的；他自己也是规矩人，他的儿子阿四，儿媳四大娘，都是勤俭的。就是小儿子阿多年纪轻，有几分"不知苦辣"，可是毛头小伙子，大都这么着，算不得"败家相"！

老通宝抬起他那焦黄的皱脸，苦恼地望着他面前的那条河，河里的船，以及两岸的桑地。一切都和他二十多岁时差不了多少，然而"世界"到底变了。他自己家也要常常把杂粮当饭吃一天，而且又欠出了三百多块钱的债。

呜！呜！呜！呜！——

汽笛叫声突然从那边远远的河身的弯曲地方传了来。就在那边，蹲着又一个茧厂，远望去隐约可见那整齐的石"帮岸"。一条柴油引擎的小轮船很威严地从那茧厂后驶出来，拖着三条大船，迎面向老通宝来了。满河平静的水立刻被激起泼剌剌的波浪，一齐向两旁的泥岸卷过来。一条乡下"赤膊船"赶快拢岸，船上人揪住了泥岸上的树根，船和人都好像在那里打秋千。"轧轧轧"的轮机声和洋油臭，飞散在这和平的绿的田野。老通宝满脸恨意，看着这小轮船来，看着它过去，直到又转一个弯，呜呜呜地又叫了几声，就看不见。老通宝向来仇恨小轮船这一类洋鬼子的东西！他从没见过洋鬼子，可是他从他的父亲嘴里知道老陈老爷见过洋鬼子：红眉毛，绿眼睛，走路时两条腿是直的。并且老陈老爷也是很恨洋鬼子，常常说"铜钿都被洋鬼子骗去了"。老通宝看见老陈老爷的时候，不过八九岁，——现在他所记得的关于老陈老爷的一切都是听来的，可是他想起了"铜钿都被洋鬼子骗去了"这句话，就仿佛看见了老陈老爷将着胡子摇头的神气。

洋鬼子怎样就骗了钱去，老通宝不很明白。但他很相信老陈老爷的话一定不错。并且他自己也明明看到自从镇上有了洋纱，洋布，洋油——这一类洋货，而且河里更有了小轮船以后，他自己田里生出来的东西就一天一天不值钱，而镇上的东西却一天一天贵起来。他父亲留下来的一份家产就这么变小，变作没有，而且现在负了债。老通宝恨洋鬼子不是没有理由的！他这坚定的主张，在村坊上很有名。五年前，有人告诉他：朝代要改了，新朝代是要"打倒洋鬼子"的。老通宝不相信。为的他去镇上看见那新到的喊着"打倒洋鬼子"的年青人们都穿了洋鬼子衣服。他想来这伙年青人一定私通洋鬼子，却故意来骗乡下人。后来果然就不喊"打倒洋鬼子"了，而且镇上的东西更加一天一天贵起来，摊到乡下人身上的捐税也更加多起来。老通宝深信这都是串通了洋鬼子干的。

然而更使老通宝去年几乎气出病的，是茧子也是洋种的才能卖得好价钱；洋种的茧子，一担要贵上十多块钱。素来和儿媳总还和睦的老通宝，在这件事上可就吵了架。儿媳四大娘去年就要养洋种的蚕，小儿子跟他嫂嫂是一路，那阿四虽然嘴里不多说，心里也是要洋种的。老通宝拗不过他们，末了只好让步。现在他家里有的五张蚕种，就是土种四张，洋种一张。

"世界真是越变越坏！过几年他们连桑叶都要洋种了！我活得厌了！"

老通宝看着那些桑树，心里说，拿起身边的长旱烟管恨恨地敲着脚边的泥块。太阳现在正当他头顶，他的影子落在泥地上，短短的像一段乌焦木头，还穿着破棉袄的他，觉得浑身燥热起来了。他解开了大襟上的钮扣，又抓着衣角扇了几下，站起来回家去。

那一片桑树背后就是稻田。现在大部分是匀整的半翻着的燥裂的泥块。偶尔也有种了杂粮的，那黄金一般的菜花散出强烈的香味。那边远远的一簇房屋，就是老通宝他们住了三代的村坊，现在那些屋上都袅起了白白的炊烟。

老通宝从桑林里走出来，到田塍上，转身又望向那一片爆着嫩绿的桑树。忽然那边田里跳跃着来了一个十来岁的男孩子，远远地就喊道：

"阿爹！妈等你吃中饭呢！"

"哦——"

老通宝知道是孙子小宝，随口应着，还是望着那一片桑林。才只得"清明"边，桑叶尖儿就抽得那么小指头似的，他一生就只见过两次。今年的蚕花，光景是好年成。三张蚕种，该可以采多少茧子呢？只要不像去年，他家的债也许可以拔还一些罢。

小宝已经跑到他阿爹的身边了，也仰着脸看那绿绒似的桑拳头；忽然他跳起来拍着手唱道：

"清明削口，看蚕娘娘拍手！"①

老通宝的皱脸上露出笑容来了。他觉得这是一个好兆头。他把手放在小宝的"和尚头"上摩着，他被穷苦弄麻木的老心里勃然又生出新的希望来了。

名师伴你读

▶ 品读与赏析

"一·二八"事变后，民族丝织工业陷于破产的境地。老通宝是一个勤劳忠厚而又保守落后的老一代农民，他们一家人的生活也日益贫困，他凭着"活了六十岁，反乱年头也经过好几个"的经验来分析研判现状，固执地认为世界之所以"越变越坏"，都是因为有了"洋鬼子"，因此他不仅痛恨"洋鬼子"，而且仇视一切带有"洋"字的东西。老通宝热爱劳动，相信只有田地熟和蚕花丰收，才可能使他们的日子变好。历史在涌动，时代在变化，强加在劳动人民身上的压迫也日益严重，而老通宝的思想却一直未变，这是他成为悲剧性人物的一个重要原因，也为其辛苦劳作之后最终命运却更加悲惨的结局埋下了伏笔。

▶ 学习与借鉴

1. **埋设伏笔**：文中详细展现了老通宝固执守旧、盲目排外的性格特征，为下文老通宝走向更加窘迫的境地埋下伏笔。

2. **描写细致**：对天气、河流、田地、桑树等景物的描写细致入微、真实自然，使读者如临其境。

---

❶ "清明削口，看蚕娘娘拍手！"：这是老通宝所在那一带乡村里关于"蚕事"的一种歌谣式的成语。所谓"削口"，指桑叶抽发如指；"清明削口"谓清明边桑叶已抽放如许大也。"看"是方言，意同"饲"或"育"。全句谓"清明边桑叶开绽则熟年可卜，故蚕妇拍手而喜。"（作者原注）

二

天气继续暖和，太阳光催开了那些桑拳头上的小手指模样的嫩叶，现在都有小小的手掌那么大了。老通宝他们那村庄四周围的桑林似乎发长得更好，远望去像一片绿锦平铺在密密层层矮矮的灰白色篱笆上。"希望"在老通宝和一般农民们的心里一点儿一点儿一天一天强大。蚕事的动员令也在各方面发动了。藏在柴房里一年之久的养蚕用具都拿出来洗刷修补。那条穿村而过的小溪旁边，蠕动着村里的女人和孩子，工作着，嚷着，笑着。

这些女人和孩子都不是十分健康的脸色，——从今年开春起，他们都只吃个半饱；他们身上穿的，也只是些破旧的衣服。他们的情形实在比叫花子好不了多少。然而他们的精神都很不差。他们有很大的忍耐力，又有很大的幻想。虽然他们都负了天天在增大的债，可是他们那简单的头脑老是这么想：只要蚕花熟，就好了！他们想象到一个月以后那些绿油油的桑叶就会变成雪白的茧子，于是又变成叮叮当当响的洋钱，他们虽然肚子里饿得咕咕叫，却也忍不住要笑。

这些女人中间也就有老通宝的媳妇四大娘和那个十二岁的小宝。这娘儿两个已经洗好了那些"团匾"和"蚕箪"①，坐在小溪边的石头上撩起布衫角揩脸上的汗水。

"四阿嫂！你们今年也看（养）洋种吗？"

小溪对岸的一群女人中间有一个二十岁左右的姑娘隔溪喊过来了。四大娘认得是隔溪的对门邻舍陆福庆的妹子六宝。四大娘立刻把她的浓眉毛一挺，好像正想找人吵架似的嚷了起

---

① "团匾"和"蚕箪"：老通宝乡里称圆桌面那样大、极像一个盘的什器为"团匾"，又一种略小而底部编成六角形网状的，称为"箪"，方言读如"踏"；蚕初收蚁时，在"箪"中养育，呼为"蚕箪"，那是糊了纸的；这种纸通称"糊箪纸"。（作者原注）

来：

"不要来问我！阿爹做主呢！——小宝的阿爹死不肯，只看了一张洋种！老糊涂听得带一个洋字就好像见了七世冤家！洋钱，也是洋，他倒又要了！"

小溪旁那些女人们听得笑起来了。这时候有一个健壮的小伙子正从对岸的陆家稻场上走过，跑到溪边，跨上了那横在溪面用四根木头并排做成的雏形的"桥"。四大娘一眼看见，就丢开了"洋种"问题，高声喊道：

"多多弟！来帮我搬东西罢！这些匾浸湿了，就像死狗一样重！"

小伙子阿多也不开口，走过来拿起五六只"团匾"，湿漉漉地顶在头上，却空着一双手，划桨似的荡着，就走了。这个阿多高兴起来时，什么事都肯做，碰到同村的女人们叫他帮忙拿什么重家伙，或是下溪去捞什么，他都肯；可是今天他大概有点儿不高兴，所以只顶了五六只"团匾"去，却空着一双手。那些女人们看着他戴了那特别大的箬帽似的一叠"匾"，袅着腰，学镇上女人的样子走着，又都笑起来了。老通宝家紧邻的李根生的老婆荷花一边笑，一边叫道：

"喂，多多头！回来！也替我带一点儿去！"

"叫我一声好听的，我就给你拿。"

阿多也笑着回答，仍然走。转眼间就到了他家的廊下，就把头上的"团匾"放在廊檐口。

"那么，叫你一声干儿子！"

荷花说着就大声地笑起来，她那出众的白净然而却扁得作怪的脸，看上去就好像只有一张大嘴和眯紧了好像两条线一般的细眼睛。她原是镇上人家的婢女，嫁给那不声不响整天苦着脸的半老头子李根生还不满半年，可是她爱和男子们胡调已经在村中很有名。

"不要脸的！"

忽然对岸那群女人中间有人轻声骂了一句。荷花的那对细眼睛立刻睁大了，怒声嚷道：

"骂哪一个？有本事，当面骂，不要躲！"

"你管得我？棺材横头踢一脚，死人肚里自得知；我就骂那不要脸的骚货！"

隔溪立刻回骂过来了，这就是那六宝，又一位村里有名淘气的大姑娘。

于是对骂之下，两边又泼水。爱闹的女人也夹在中间帮这边帮那边。小孩子们笑着狂呼。四大娘是老成的，提起她的"蚕箪"，喊着小宝，自回家去。阿多站在廊下看着笑。他知道为什么六宝要跟荷花吵架；他看着那"辣货"六宝挨骂，倒觉得很高兴。

老通宝捎着一架"蚕台"①从屋子里出来。这三棱形家伙的木梗子有几条给白蚂蚁蛀过了，怕的不牢，须得修补一下。看见阿多站在那里笑嘻嘻地望着外边的女人们吵架，老通宝的脸色就板起来了。他这"多多头"的小儿子不老成，他知道。尤其使他不高兴的，是多多也和紧邻的荷花说说笑笑。<u>"那母狗是白虎星，惹上了她就得败家"</u>——老通宝时常这样警戒他的小儿子。

"阿多！空手看野景吗？阿四在后边扎'缀头'②，你去帮他！"

老通宝像一匹疯狗似的咆哮着，火红的眼睛一直盯住了阿多的身体，直到阿多走进屋里去，看不见了，老通宝方才提过那"蚕台"来反复审察，慢慢地动手修补。木匠生活，老通宝早年是会的；但近来他老了，手指头没有劲，他修了一会儿，

> **意蕴深刻**
>
> 此处显示出 20 世纪 30 年代老一辈农民愚昧迷信的道德观念：继承了浓重的封建传统思想，对妇女群体有先天的歧视。

---

❶ "蚕台"："蚕台"是三棱式可以折起来的木架子，像三张梯连在一处的家伙，中分七八格，每格可放一团匾。（作者原注）

❷ "缀头"："缀头"也是方言，是稻草扎的，蚕在上面做茧子。（作者原注）

阅读笔记

抬起头来喘气，又望望屋里挂在竹竿上的三张蚕种。

四大娘就在廊檐口糊"蚕箪"。去年他们为的想省几百文钱，是买了旧报纸来糊的。老通宝直到现在还说是因为用了报纸——不惜字纸，所以去年他们的蚕花不好。今年是特地全家少吃一餐饭，省下钱来买了"糊箪纸"来了。四大娘把那鹅黄色坚韧的纸糊得很平贴，然后又照品字式糊上三张小小的花纸——那是跟"糊箪纸"一块儿买来的，一张印的花色是"聚宝盆"，另两张都是手执尖角旗的人骑在马上，据说是"蚕花太子"。

"四大娘！你爸爸做中人借来三十块钱，就只买了二十担叶。后天米又吃完了，怎么办？"

老通宝气喘喘地从他的工作里抬起头来，望着四大娘。那三十块钱是二分半的月息。总算有四大娘的父亲张财发做中人，那债主也就是张财发的东家"做好事"，这才只要了二分半的月息。条件是蚕事完后本利归清。

四大娘把糊好了的"蚕箪"放在太阳底下晒，好像生气似的说：

"都买了叶！又像去年那样多下来——"

"什么话！你倒先来发利市了！年年像去年吗？自家只有十来担叶；五张布子（蚕种），十来担叶够吗？"

"噢，噢！你总是不错的！我只晓得有米烧饭，没米饿肚子！"

四大娘气哄哄地回答；为了那"洋种"问题，她到现在常要和老通宝抬杠。

老通宝气得脸都紫了。两个人就此再没有一句话。

但是"收蚕"的时期一天一天逼近了。这二三十户人家的小村落突然呈现了一种大紧张、大决心、大奋斗，同时又是大希望。人们似乎连肚子饿都忘记了。老通宝他们家东借一点儿，西赊一点儿，居然也一天一天过着来。也不仅老通宝他

埋下伏笔

在帝国主义入侵和国民党统治下，在地主阶级和高利贷者残酷剥削下，蚕农们苛捐杂税压身，生活极端贫困，他们唯一的指望就是春蚕，期待在"春蚕收成"中改变自己的困境，所以才有"大决心、大奋斗、大希望"，也为后续的"丰年成灾"埋下伏笔。

们，村里哪一家有两三斗米放在家里呀！去年秋收固然还好，可是地主，债主，正税，杂捐，一层一层地剥削下来，早就完了。现在他们唯一的指望就是春蚕，一切临时借贷都是指明在这"春蚕收成"中偿还。

他们都怀着十分希望又十分恐惧的心情来准备这春蚕的大搏战！

"谷雨"一天近一天了。村里二三十人家的"布子"都隐隐现出绿色来。女人们在稻场上碰见时，都匆忙地带着焦灼而快乐的口气互相告诉道：

"六宝家快要'窝种'①了呀！"

"荷花说她家明天就要'窝'了。有这么快！"

"黄道士去测一字，今年的青叶要贵到四洋！"

四大娘看自家的五张"布子"。不对！那黑芝麻似的一片细点子还是黑沉沉，不见绿影。她的丈夫阿四拿到亮处去细看，也找不出几点"绿"来。四大娘很着急。

"你就先'窝'起来罢！这余杭种，作兴是慢一点儿的。"

阿四看着他老婆，勉强自家宽慰。四大娘堵起了嘴巴不回答。

老通宝哭丧着干皱的老脸，没说什么，心里却觉得不妙。

幸而再过了一天，四大娘再细心看那"布子"时，哈，有几处转成绿色了！而且绿得很有光彩。四大娘立刻告诉了丈夫，告诉了老通宝，多多头，也告诉了她的儿子小宝。她就把那些布子贴肉揾在胸前，像抱着吃奶的婴孩似的静静儿坐着，动也不敢多动了。夜间，她抱着那五张"布子"到被窝里，把阿四赶去和多多头睡一床。那"布子"上密密麻麻的蚕子儿贴

---

❶ "窝种"：也是老通宝乡里的习惯；蚕种转成绿色后就得来贴肉揾着，约三四天后，蚕蚁孵出，就可以"收蚕"。这工作是女人做的。"窝"是方言，意即"揾"也。（作者原注）

着肉，怪痒痒的；四大娘很快活，又有点儿害怕，她第一次怀孕时胎儿在肚子里动，她也是那样半惊半喜的！

全家都是惴惴不安地又很兴奋地等候"收蚕"。只有多多头例外。他说："今年蚕花一定好，可是想发财却是命里不曾来。"老通宝骂他多嘴，他还是要说。

蚕房早已收拾好了。"窝种"的第二天，老通宝拿一个大蒜头涂上一些泥，放在蚕房的墙脚边；这也是年年的惯例，但今番老通宝更加虔诚，手也抖了。去年他们"卜"得非常灵验。可是去年那"灵验"，现在老通宝想也不敢想。

现在这村里家家都在"窝种"了。稻场上和小溪边顿时少了那些女人们的踪迹。一个"戒严令"也在无形中颁布了：乡农们即使平日是最好的，也不往来；人客来冲了蚕神不是玩的！他们至多在稻场上低声交谈一二句就走开。这是个神圣的季节！

老通宝家的五张布子上也有些"乌娘"①蠕蠕地动了。于是全家的空气，突然紧张。那正是"谷雨"前一日。四大娘料来可以挨过了"谷雨"节那一天②。布子不须再"窝"了，很小心地放在"蚕房"里。老通宝偷眼看一下那个躺在墙脚边的大蒜头，他心里就一跳。那大蒜头上只有一两茎绿芽！老通宝不敢再看，心里祷祝后天正午会有更多更多的绿芽。

终于"收蚕"的日子到了。四大娘心神不定地淘米烧饭，时时看饭锅上的热气有没有直冲上来。老通宝拿出预先买了来的香烛点起来，恭恭敬敬地放在灶君神位前。阿四和阿多去到田里采野花。小小宝帮着把灯芯草剪成细末子，又把采来的野花揉碎。一切都准备齐全了时，太阳也近午刻了，饭锅上水蒸

---

① "乌娘"：老通宝乡间称初生的蚕蚁为"乌娘"，这也是方言。（作者原注）

② 四大娘料来可以挨过了"谷雨"节那一天：老通宝乡里的习惯，"收蚕"即收蚁，须得避过"谷雨"那一天，或上或下都可以，但不能正在"谷雨"那一天。什么理由，可不知道。（作者原注）

气嘟嘟地直冲，四大娘立刻跳了起来，把"蚕花"①和一对鹅毛插在发髻上，就到"蚕房"里。老通宝拿着秤杆，阿四拿了那揉碎的野花片儿和灯芯草碎末。四大娘揭开"布子"，就从阿四手里拿过那野花碎片和灯芯草末子撒在"布子"上，又接过老通宝手里的秤杆来，将"布子"挽在秤杆上，于是拔下发髻上的鹅毛在"布子"上轻轻拂；野花片儿，灯芯草末子，连同"乌娘"，都拂在那"蚕筐"里了。一张，两张，……都拂过了；最后一张是洋种，那就收在另一个"蚕筐"里。末了，四大娘又拔下发髻上那朵"蚕花"，跟鹅毛一块儿插在"蚕筐"的边儿上。

这是一个隆重的仪式！千百年相传的仪式！那好比是誓师典礼，以后就要开始一个月光景的恶劣的天气和噩运以及和不知什么的连日连夜无休息的大决战！

"乌娘"在"蚕筐"里蠕动，样子非常强健；那黑色也是很正路的。四大娘和老通宝他们都放心地松一口气了。但当老通宝悄悄地把那个"命运"的大蒜头拿起来看时，他的脸色立刻变了！大蒜头上还只得三四茎嫩芽！天呐！难道又同去年一样？

名师伴你读

▶ **品读与赏析**

本篇展现了收蚕之前全村人辛勤劳作的场景。桑叶已经抽到手掌般大小，男女老少开始准备养蚕的工具，他们以千百年相传的隆重的仪式开启这"一个月光景的恶劣的天气和噩运以及和不知什么的连日连夜无休息的大决战"。作者描绘了这样的一个劳动者群体：他们勤劳朴实、无惧劳苦，在生活极端贫

---

❶ "蚕花"：一种纸花，预先买下来的。这些迷信的仪式，各处小有不同。（作者原注）

困中饱含希望；他们忍耐着，憧憬着，寄希望于一次春蚕的丰收来改变已久的困苦。然而，接下来的蚕事如何，今年的收成如何，他们未来的命运如何，无人知晓，但在这样的时代背景下，也许老通宝那个"命运"的大蒜头真的会灵验。

▶ 学习与借鉴

1. **详略得当**：文中详尽细致地描绘了老通宝家"窝种""收蚕"的劳作场景，充分体现出他们辛勤劳作的状态和渴望丰收的愿望。

2. **铺垫充分**：开头描写了桑树长势喜人，中间讲述了人们的辛勤劳作，文末描绘了收蚕的庄严隆重，为后文蚕事丰收做了充分铺垫。

三

然而那"命运"的大蒜头这次竟不灵验。老通宝家的蚕非常好！虽然头眠二眠的时候连天阴雨，气候是比"清明"边似乎还要冷一点儿，可是那些"宝宝"都很强健。

村里别人家的"宝宝"也都不差。紧张的快乐弥漫了整个村庄，似那小溪里淙淙的流水也像是朗朗的笑声了。只有荷花家是例外，她们家看了一张"布子"，可是"出火"①只称得二十斤；"大眠"快边②人们还看见那不声不响晦气色的丈夫根生倾弃了三"蚕箪"在那小溪里。

这一件事，使得全村的妇人对于荷花家特别"戒严"。她们特地避路，不从荷花的门前走，远远地看见了荷花或是她那不声不响的丈夫的影就赶快躲开，这些幸运的人惟恐看了荷花他们一眼或是交谈半句话就传染了晦气来！

老通宝严禁他的小儿子多多头跟荷花说话。"你再跟那东西多嘴，我就告你忤逆！"老通宝站在廊檐外高声大气喊，故意要叫荷花他们听得。

小小宝也受到严厉的嘱咐，不许跑到荷花家的门前，不许和他们说话。

阿多像一个聋子似的不理睬老头子那早早夜夜的唠叨，他心里却在暗笑，全家就只有他不大相信那些鬼禁忌。可是他也没有跟荷花说话，他忙都忙不过来。

"大眠"捉了毛三百斤，老通宝全家连十二岁的小宝也在内，都是两日两夜没有合眼。蚕是少见得好，活了六十岁的老通宝记得只有两次同样的，一次就是他成家的那年，又一次是阿四出生那一年。"大眠"以后的"宝宝"第一天就吃了七担叶，个个是生青滚壮，然而老通宝全家都瘦了一圈，失眠的眼睛上布满了红丝。

谁也料得到这些"宝宝"上山前还得吃多少叶。老通宝和儿子阿四商量了：

"陈大少爷借不出，还是再求财发的东家罢？"

---

❶ "出火"：方言，是指"二眠"以后的"三眠"，因为"眠"时特别短，所以叫"出火"。（作者原注）

❷ 快边：快到……的时候。

"地头上还有十担叶，够一天。"

阿四回答，他委实是支撑不住了，他的一双眼皮像有几百斤重，只想合下来。老通宝却不耐烦了，怒声喝道：

"说什么梦话！刚吃了两天老蚕呢。明天不算，还得吃三天，还要三十担叶，三十担！"

这时外边稻场上忽然人声喧闹，阿多押了新发来的五担叶来了。于是老通宝和阿四的谈话打断，都出去"捋叶"。四大娘也慌忙从蚕房里钻出来。隔溪陆家养的蚕不多，那大姑娘六宝抽得出工夫，也来帮忙了。那时星光满天，微微有点儿风，村前村后都断断续续传来了吆喝和欢笑，中间有一个粗暴的声音嚷道：

"叶行情飞涨了！今天下午镇上开到四洋一担！"

老通宝偏偏听到了，心里急得什么似的。四块钱一担，三十担可要一百二十块呢，他哪来这许多钱！但是想到茧子总可以采五百多斤，就算五十块钱一百斤，也有这么二百五，他又心里一宽。那边"捋叶"的人堆里忽然又有一个小小的声音说：

"听说东路不大好，看来叶价钱涨不到多少的！"

老通宝认得这声音是陆家的六宝。这使他心里又一宽。

那六宝和阿多同站在一个筐子边"捋叶"。在半明半暗的星光下，她和阿多靠得很近。忽然她觉得在那"杠条"①的隐蔽下，有一只手在她大腿上拧了一把。好像知道是谁拧的，她忍住了不笑，也不声张。蓦地那手又在她胸前摸了一把，六宝直跳起来，出惊地喊了一声：

"哎哟！"

"什么事？"

同在那筐子边捋叶的四大娘问了，抬起头来。六宝觉得自己脸上热烘烘的，她偷偷地瞪了阿多一眼，就赶快低下头，很快地捋叶，一面回答：

"没有什么。想来是毛毛虫刺了我一下。"

阿多咬住了嘴唇暗笑。虽然在这半个月来也是半饱而且少睡，也瘦了许

---

❶ "杠条"：也是方言，指那些带叶的桑树枝条。通常采叶是连枝条剪下来的。（作者原注）

多，可他的精神还是很饱满。老通宝那种忧愁，他是永远没有的。他永不相信靠一次蚕花好或是田里熟，他们就可以还清了债再有自己的田；他知道单靠勤俭工作，即使做到背脊骨折断也是不能翻身的。但是他仍旧很高兴地工作着，他觉得这也是一种快活，正像和六宝调情一样。

第二天早上，老通宝就到镇里去想法借钱来买叶。临走前，他和四大娘商量好，决定把他家那块出产十五担叶的桑地去抵押。这是他家最后的产业。

叶又买来了三十担。第一批的十担发来时，那些壮健的"宝宝"已经饿了半点钟了。"宝宝"们尖出了小嘴巴，向左向右乱晃，四大娘看得心酸。叶铺了上去，立刻蚕房里充满着沙沙沙的响声，人们说话也不大听得清。不多一会儿，那些"团匾"里立刻又全见白了，于是又铺上厚厚的一层叶。人们单是"上叶"也就忙得透不过气来。但这是最后五分钟了。再得两天，"宝宝"可以上山了。人们把剩余的精力榨出来拼命干。

阿多虽然接连三日三夜没有睡，却还不见怎么倦。那一夜，就由他一个人在"蚕房"里守上半夜，好让老通宝以及阿四夫妇都去歇一歇。那是个好月夜，稍稍有点儿冷。蚕房里爇了一个小小的火。阿多守到二更过，上了第二次的叶，就蹲在那个"火"旁边听那些"宝宝"沙沙沙地吃叶。渐渐他的眼皮合上了。恍惚听得有门响，阿多的眼皮一跳，睁开眼来看了看，就又合上了。他耳朵里还听得沙沙沙的声音和窸窣窸窣的怪声。猛然一个跟蹌，他的头在自己膝头上磕了一下，他惊醒过来，恰就听得蚕房的芦帘啪又一声响，似乎还看见有人影一闪。阿多立刻跳起来，到外面一看，门是开着的，月光下稻场上有一个人正走向溪边去。阿多飞也似的跳出去，还没看清那人是谁，已经把那人抓过来摔在地下。他断定了这是一个贼。

"多多头！打死我也不怨你，只求你不要说出来！"

是荷花的声音，阿多听真了时不禁浑身的汗毛都竖了起来。月光下他又看见那扁得作怪的白脸上一对细圆的眼睛定定地看住了他。可是恐怖的意思那眼睛里也没有。阿多哼了一声，就问道：

"你偷什么？"

"我偷你们的'宝宝'！"

"放到哪里去了？"

　　"我扔到溪里去了！"

　　阿多现在也变了脸色。他这才知道这女人的恶意是要冲克他家的"宝宝"。

　　"你真心毒呀！我们家和你们可没有冤仇！"

　　"没有吗？有的，有的！我家自管蚕花不好，可并没害了谁，你们都是好的！怎么你们把我当作白老虎，远远地望见我就别转了脸？你们不把我当人看待！"

　　那妇人说着就爬了起来，脸上的神气比什么都可怕。阿多瞅着那妇人好半晌，这才说道：

　　"我不打你，走你的罢！"

　　阿多头也不回地跑回家去，仍在"蚕房"里守着。他完全没有睡意了。他看那些"宝宝"，都是好好的。他并没想到荷花可恨或可怜，然而他不能忘记荷花那一番话；他觉得人和人中间有什么地方是永远弄不对的，可是他不能够明白地想出来是什么地方，或是为什么。再过一会儿，他就什么都忘记了。"宝宝"是强健的，像有魔法似的吃了又吃，永远不会饱！

　　以后直到东方快发白了时，没有发生事故。老通宝和四大娘来替换阿多了，他们拿那些渐渐身体发白而变短了的"宝宝"在亮处照着，看是"有没有通"。他们的心被快活胀大了。但是太阳出山时四大娘到溪边汲水，却看见六宝满脸严重地跑过来悄悄地问道：

　　"昨夜二更过，三更不到，我远远地看见那骚货从你们家跑出来，阿多跟在后面，他们站在这里说了半天话呢！四阿嫂！你们怎么不管事呀？"

　　四大娘的脸色立刻变了，一句话也没说，提了水桶就回家去，先对丈夫说了，再对老通宝说。这东西竟偷进人家"蚕房"来了，那还了得！老通宝气得直跺脚，马上叫了阿多来查问。但是阿多不承认，说六宝是做梦见鬼了。老通宝又去找六宝询问。六宝是一口咬定了看见的。老通宝没有主意，回家去看那"宝宝"，仍然是很健康，瞧不出一些败相来。

　　但是老通宝他们满心的欢喜却被这件事打消了。他们相信六宝的话不会毫无根据。他们唯一的希望是那骚货或者只在廊檐口和阿多鬼混了一阵。

　　"可是那大蒜头上的苗却当真只有三四茎呀！"

老通宝心里这么想，觉得前途只是阴暗。可不是，吃了许多叶去，一直落来都很好，然而上了山却干僵了的事，也是常有的。不过老通宝无论如何不敢想到这上头去；他以为即使是肚子里想，也是不吉利的。

名师伴你读

▶ 品读与赏析

老通宝的大蒜并未"灵验"，蚕宝长势甚是喜人，老通宝一家准备的蚕叶即将告罄，只得借贷另购；荷花家的蚕出现意外，被全村人视作晦气，避之不及；荷花因为不满老通宝对她的看法，深夜偷蚕，企图冲克老通宝家的"宝宝"；阿多并不相信这诸多禁忌，也不相信仅凭劳作就能翻身，只是出于喜爱而进行着自己的劳动。本篇的构思重点放在老通宝一家为取得春蚕丰收而进行的蚕事活动上，间或伴随着嘈杂微妙的人事矛盾纠葛，穿插着富有乡村风味的劳作场面，使人物性格更加饱满灵动，丰富了作品的生活和思想内涵。作者精心布局，收放自如，结构严谨而富有变化，将紧张的蚕事和不安的期待展现得淋漓尽致；使夺取丰收的艰辛和后文丰收成灾的结局形成强烈对比，达到了出人意料、发人深思的艺术效果。

▶ 学习与借鉴

1. **情节丰富**：本篇重点描述紧张有序的蚕事劳动，间或穿插轻松诙谐的生活片段的场面，人物形象更加生动饱满。

2. **首尾呼应**：篇末"大蒜头"的预兆与篇首"'命运'的大蒜头这次竟不灵验"相互照应，使故事更加完整。

四

　　"宝宝"都上山了，老通宝他们还是捏着一把汗。他们钱都花光了，精力也绞尽了，可是有没有报酬呢，到此时还没有把握。虽则如此，他们还是硬着头皮去干。"山棚"下爇了火，老通宝和阿四他们伛着腰慢慢地从这边蹲到那边，又从那边蹲到这边。他们听得山棚上有些窸窸窣窣的细声音①，他们就忍不住想笑，过一会儿又不听得了，他们的心就重甸甸地往下沉了。这样地，心是焦灼着，却不敢向山棚上望。偶或他们仰着的脸上淋到了一滴蚕尿②了，虽然觉得有点儿难过，他们心里却快活；他们巴不得多淋一些。

　　阿多早已偷偷地挑开"山棚"外围着的芦帘望过几次了。小小宝看见，就扭住了阿多，问"宝宝"有没有做茧子。阿多伸出舌头做一个鬼脸，不回答。

　　"上山"后三天，熄火了。四大娘再也忍不住，也偷偷地挑开芦帘角看了一眼，她的心立刻扑扑地跳了。那是一片雪白，几乎连"缀头"都瞧不见；那是四大娘有生以来从没有见过的"好蚕花"呀！老通宝全家立刻充满了欢笑。现在他们一颗心定下来了！"宝宝"们有良心，四洋一担的叶不是白吃的；他们全家一个月的忍饿失眠总算不冤枉，天老爷有眼睛！

　　同样的欢笑声在村里到处都响起来了。今年蚕花娘娘保佑这小小的村子。二三十户人家都可以采到七八分，老通宝家更是比众不同，估量来总可以采一个十二三分。

　　小溪边和稻场上现在又充满了女人和孩子们。这些人都比一个月前瘦了许多，眼眶陷进了，嗓子也发哑，然而都很快活

---

❶ 细声音：蚕在山棚上受到热，就往"缀头"上爬，所以有窸窣窸窣的声音。这是蚕要做茧的第一步手续。爬不上去的，不是健康的蚕，多半不能做茧。（作者原注）

❷ 蚕尿：据说蚕在做茧以前必撒一泡尿，而这尿是黄色的。（作者原注）

兴奋。她们嘈嘈地谈论那一个月内的"奋斗"时，她们的眼前便时时现出一堆堆雪白的洋钱，她们那快乐的心里便时时闪过了这样的盘算：夹衣和夏衣都在当铺里，这可先得赎出来；过端午节也许可以吃一条黄鱼。

那晚上荷花和阿多的把戏也是她们谈话的资料。六宝见了人就宣传荷花的"不要脸，送上门去！"男人们听了就粗暴地笑着，女人们念一声佛，骂一句，又说老通宝家总算幸气，没有犯克，那是菩萨保佑，祖宗有灵！

接着是家家都"浪山头"了，各家的至亲好友都来"望山头"①。老通宝的亲家张财发带了小儿子阿九特地从镇上来到村里。他们带来的礼物，是软糕、线粉、梅子、枇杷，也有咸鱼。小小宝快活得好像雪天的小狗。

"通宝，你是卖茧子呢，还是自家做丝？"

张老头子拉老通宝到小溪边一棵杨柳树下坐了，这么悄悄地问。这张老头子张财发是出名"会寻快活"的人，他从镇上城隍庙前露天的"说书场"听来了一肚子的疙瘩东西；尤其烂熟的，是"十八路反王，七十二处烟尘"，程咬金卖柴扒，贩私盐出身，瓦岗寨做反王的《隋唐演义》。他向来说话"没正经"，老通宝是知道的；所以现在听得问是卖茧子或者自家做丝，老通宝并没把这话看重，只随口回答道：

"自然卖茧子。"

张老头子却拍着大腿叹一口气。忽然他站了起来，用手指着村外那一片秃头桑林后面耸露出来的茧厂的风火墙说道：

"通宝！茧子是采了，那些茧厂的大门还关得紧洞洞呢！今年茧厂不开秤！——十八路反王早已下凡，李世民还没出

---

①接着是家家都"浪山头"了，各家的至亲好友都来"望山头"："浪山头"在熄火后一日举行，那时蚕已成茧，山棚四周的芦帘撤去。"浪"是"亮出来"的意思。"望山头"是来探望"山头"，有慰问祝颂的意思。"望山头"的礼物也有规定。（作者原注）

★ 阅读笔记

意蕴深刻

工商业日益涣散，农业经济濒临破产，动荡的时局和黑暗的社会已经将普罗大众的命运推向毁灭的边缘；但老通宝依然一厢情愿地期待依靠双手能改变自家的命运，依然跳不出小农民阶级落后狭隘的思维，依然固步自封，拒绝接受新的思潮。

世；世界不太平！今年茧厂关门，不做生意！"

老通宝忍不住笑了，他不肯相信。他怎么能够相信呢？难道那"五步一岗"似的比露天毛坑还要多的茧厂会一齐都关了门不做生意？况且听说和东洋人也已"讲拢"，不打仗了。茧厂里驻的兵早已开走。

张老头子也换了话，东拉西扯讲镇里的"新闻"，夹着许多"说书场"上听来的什么秦叔宝，程咬金。最后，他代他的东家催那三十块钱的债，为的他是"中人"。

然而老通宝到底有点儿不放心。他赶快跑出村去，看看"塘路"上最近的两个茧厂，果然大门紧闭，不见半个人；照往年说，此时应该早已摆开了柜台，挂起了一排乌亮亮的大秤。

老通宝心里也着慌了，但是回家去看见了那些雪白发光很厚实硬鼓鼓的茧子，他又忍不住嘻开了嘴。上好的茧子！会没有人要，他不相信。并且他还要忙着采茧，还要谢"蚕花利市"①，他渐渐不把茧厂的事放在心上了。

可是村里的空气一天一天不同了。才得笑了几声的人们现在又都是满脸的愁云。各处茧厂都没开门的消息陆续从镇上传来，从"塘路"上传来。往年这时候，"收茧人"像走马灯似的在村里巡回，今年没见半个"收茧人"，却替换着来了债主和催粮的差役。请债主们就收了茧子罢，债主们板起面孔不理。

全村子都是嚷骂、诅咒和失望的叹息！人们做梦也不会想到今年"蚕花"好了，他们的日子却比往年更加困难。这在他们是一个青天的霹雳！并且愈是像老通宝他们家似的，蚕愈养得多，愈好，就愈加困难，——"真正世界变了！"老通宝

---

① "蚕花利市"：老通宝乡里的风俗，"大眠"以后得拜一次"利市"，采茧以后，又是一次。经济窘迫的人家只举行"谢蚕花利市"，"拜利市"也是方言，意即"谢神"。（作者原注）

捶胸跺脚地没有办法。然而茧子是不能搁久了的，总得赶快想法：不是卖出去，就是自家做丝。村里有几家已经把多年不用的丝车拿出来修理，打算自家把茧做成了丝再说。六宝家也打算这么办。老通宝便也和儿子媳妇商量道：

"不卖茧子了，自家做丝！什么卖茧子，本来是洋鬼子行出来的！"

"我们有四百多斤茧子呢，你打算摆几部丝车呀！"

四大娘首先反对了。她这话是不错的。五百斤的茧子可不算少，自家做丝是万万干不了的。请帮手吗？那又得花钱。阿四是和他老婆一条心。阿多抱怨老头子打错了主意，他说：

"早依了我的话，扣住自己的十五担叶，只看一张洋种，多么好！"

老通宝气得说不出话来。

终于一线希望忽忽来了。同村的黄道士不知从哪里得的消息，说是无锡脚下的茧厂还是照常收茧。黄道士也是一样的种田人，并非吃十方的"道士"，向来和老通宝最说得来。于是老通宝去找那黄道士详细问过了以后，便又和儿子阿四商量把茧子弄到无锡脚下去卖。老通宝虎起了脸，像吵架似的嚷道：

"水路去有三十多九①呢！来回得六天！他妈的！简直是充军！可是你有别的办法吗？茧子当不得饭吃，蚕前的债又逼紧来！"

阿四也同意了。他们去借了一条赤膊船，买了几张芦席，赶那几天正是好晴，又带了阿多。他们这卖茧子的"远征军"就此出发。

五天以后，他们果然回来了；但不是空船，船里还有一筐茧子没有卖出。原来那三十多九水路远的茧厂挑剔得非常

---

❶ 三十多九：老通宝乡间计算路程都以"九"计；"一九"就是九里。"十九"是九十里，"三十多九"就是三十多个"九里"。（作者原注）

★ 阅读笔记　　苛刻：洋种茧一担只值三十五元，土种茧一担二十元，薄茧不要。老通宝他们的茧子虽然是上好的货色，却也被茧厂里挑剩了那么一筐，不肯收买。老通宝他们实卖得一百十一块钱，除去路上盘川，就剩了整整的一百元，不够偿还买青叶所借的债！老通宝路上气得生病了，两个儿子扶他到家。

　　打回来的八九十斤茧子，四大娘只好自家做丝了。她到六宝家借了丝车，又忙了五六天。家里米又吃完了。叫阿四拿那丝上镇里去卖，没有人要；上当铺当铺也不收。说了多少好话，总算把清明前当在那里的一石米换了出来。

　　就是这么着，因为春蚕熟，老通宝一村的人都增加了债！老通宝家为的养了五张布子的蚕，又采了十多分的好茧子，就此白赔上十五担叶的桑地和三十块钱的债！一个月光景的忍饥熬夜还不算！

1932年11月1日。

名师伴你读

▶ 品读与赏析

　　本篇反映出在黑暗的社会中苦苦挣扎的农民面对残酷的剥削和压迫，已经无法通过辛勤劳作去改变自己的命运，揭露了帝国主义、资本家以及地主、高利贷者重重压榨农民的罪恶，指出造成丰收灾难这一现象的原因是帝国主义的经济侵略和当时国民党的腐败统治，描绘了在帝国主义侵略和封建势力压迫下，中国农村经济加剧破产以及农民反抗性日益增长的过程，它是20世纪30年代旧中国社会的缩影，是一部真实的历史教材。

▶ 学习与借鉴

　　1. **构思精巧**：将为了取得丰收而付出的艰辛与丰收后反而成灾的结局进行强烈对比，突出了主题，达到了出人意料、发人深省的艺术效果。

　　2. **描述细腻**：本篇详尽细致地描写了老通宝一家等待桑蚕作茧的过程，将他们紧张、激动、期待、喜悦的心情表现得淋漓尽致。

秋 收

一

直到旧历五月尽头，老通宝那场病方才渐渐好了起来。除了他的儿媳妇四大娘到祖师菩萨那里求过两次"丹方"而外，老通宝简直没有吃过什么药；他就仗着他那一身愈穷愈硬朗的筋骨和病魔挣扎。

可是第一次离床的第一步，他就觉得有点儿不对劲了；两条腿就同踏在棉花堆里似的，软软的不得劲，而且他无论如何也不能把腰板挺直。"躺了那么久，连骨节都生了锈了！"——老通宝不服气地想着，努力想装出还是少壮的气概来。然而当他在洗脸盆的水中照见了自己的面相时，却也忍不住叹一口气了。那脸盆里的面影难道就是他吗？那高撑着两根颧骨，一个瘦削的鼻头，两只大廓落落的眼睛，而又满头乱发，一把灰黄的络腮胡子，喉结就像小拳头似的突出来——这简直七分像鬼呢！老通宝仔细看着，看着，再也忍不住，那眼眶里的泪水往脸盆里直滴。

这是倔强的他第一次淌眼泪。四五十年辛苦挣成了一份家当的他，素来就只崇拜两件东西：一是菩萨，一是健康。他深切地相信：没有菩萨保佑，任凭你怎么刁钻古怪，弄来的钱财到底是不"作肉"的；而没有了健康，即使菩萨保佑，你也不能挣钱活命。在这上头，老通宝所信仰的菩萨就是"财神"。每逢旧历朔望，老通宝一定要到村外小桥头那座简陋不堪的"财神堂"跟前磕几个响头，四十余年如一日。然而现在一场大病把他弄到七分像鬼，这打击就比茧子卖不起价钱还要厉害些。他觉得他这一家从此完了，再没有翻身的日子。

"唉！总共不过困了个把月，怎么就变了样子！"

望着那蹲在泥灶前吹火的四大娘，老通宝轻轻地说了这么一句。

没有回答。蓬松着头发的四大娘头脸几乎要钻进灶门去似的一股劲儿在那里呼呼地吹。白烟弥漫了一屋子，又从屋前屋后钻出去，可是那半青的茅草还是不肯旺燃。十二三岁的小宝从稻场上跑进来，呛着那烟气就咳起来了；一边咳，一边就嚷肚子饿。老通宝也咳了几声，抖颤着一对腿，走到那泥灶跟前，打算帮一把手。但此时灶门前一亮，茅草燃旺了，接着就有小声的噼啪噼啪的爆响。四大娘加了几根桑梗在灶里，这才抬起头来，却已是满脸泪水；不知道是为了烟熏了眼睛呢，还是另有原因，总之，这位向来少说话多做事的女人现在也是淌眼泪。

公公和儿媳妇两个，泪眼对看着，都没有话。灶里现在燃旺了，火舌头舐到灶门外。那一片火光映得四大娘满脸通红。这火光，虽然掩过了四大娘脸上的菜色，可掩不过她那消瘦。而且那发育很慢的小宝这时倚在他母亲身边，也是只剩了皮包骨头，简直像一只猴子。这一切，老通宝现在是看得十分清楚，——他躺在那昏暗的病床上也曾摸过小宝的手，也曾觉得这孩子瘦了许多，可总不及此时看得真切，——于是他突然一阵心酸，几乎哭出声来了。

"呀，呀，小宝！你怎么的？活像是童子痨呢！"

老通宝气喘喘地挣扎出话来，他那大廓落落的眼睛盯住了四大娘的面孔。

仍旧没有回答，四大娘撩起那破洋布衫的大襟来抹眼泪。

锅盖边嘟嘟地吹着白的蒸汽了。那蒸汽里还有一股香味。小宝踅到锅子边凑着那热气嗅了一会儿，就回转头噘起嘴巴，问他的娘道：

"又是南瓜！娘呀！你怎么老是把南瓜当饭吃！我要——我想吃白米饭呢！"

四大娘猛地抽出一条桑梗来，似乎要打那多嘴的小宝了；但终于只在地上鞭了一下，随手把桑梗折断，别转脸去对了灶门，不说话。

"小宝，不要哭；等你爷回来，就有白米饭吃。爷到你外公家去——托你外公借钱去了；借钱来就买米，烧饭给你吃。"老通宝的一只枯瘦的手抖抖簌簌地摸着小宝的光头，喃喃地说。

他这话可不是撒谎。小宝的父亲，今天一早就上镇里找他岳父张财发，当真是为的借钱，——好歹要揪住那张老头儿做个"中人"向镇上那专放"乡债"的吴老爷"借转"这么五块十块钱。但是小宝却觉得那仍旧是哄他的。足有一个半月了，他只听得爷和娘商量着"借钱来买米"。可是天天吃的还不是南瓜和芋头！讲到芋头，小宝也还有几分喜欢，加点儿盐烧熟了，上口也还香腻。然而那南瓜呀，松波波的，又没有糖，怎么能够天天当正经饭吃？不幸是近来半个月每天两顿总是老调的淡南瓜！小宝想起来心里就要作呕了。他含着两泡眼泪望着他的祖父，肚子里却又在咕咕叫。他觉得他的祖父，他的爷，娘，都是硬心肠的人；他就盼望他的叔叔多多头回来，也许这位野马似的好汉叔叔又像上次那样带几个小烧饼来偷偷地给他香一香嘴巴。

然而叔父多多头已经有三天两夜不曾回家，小宝是记得很真的！

锅子里的南瓜也烧熟了，滋滋地叫响。老通宝揭开锅盖一看，那小半锅的南瓜干渣渣地没有汤，靠锅边并且已经结成"南瓜锅巴"了；老通宝眉头一皱，心里就抱怨他的儿媳妇太不知道俭省。蚕忙以前，他家也曾断过米，也曾烧南瓜当饭吃，但那时两个南瓜就得对上一锅子的水，全家连大带小五个人汤漉漉地多喝几碗也是一个饱；现在他才只病倒了个把月，他们年青人就专往"浪费"这条路上跑，这还了得吗？他这一气之下，居然他那灰青的面皮有点儿红彩了。他抖抖簌簌地走到水缸边正待舀起水来，想往锅里加，猛不防四大娘劈头抢过去就把那干渣渣的南瓜糊一碗一碗盛了起来，又哑着嗓子叫道：

"不要加水！就只我们三个，一顿吃完，晚上小宝的爷总该带回几升米来了！——哎，小宝，今回的南瓜干些，滋味好，你来多吃一碗罢！"

嚓！嚓！嚓！四大娘手快，已经在那里铲着南瓜锅巴了。老通宝气得说不出话来，捧了一碗南瓜就巍颤颤地踱到廊檐口，坐在门槛上慢慢地吃着，满肚子是说不明白的不舒服。

面前稻场上一片太阳光，金黄黄地耀得人们眼花。横在稻场前的那条小河像一条银带；可是河水也浅了许多，岸边的几枝水柳叶子有点儿发黄。河岸两旁静悄悄的没个人影，连黄狗和小鸡也不见一只。往常在这正午时分，河岸上总有些打水洗衣洗碗盏的女人和孩子，稻场上总有些刚吃过饭的男子衔着旱烟袋，蹲在树底下，再不然，各家的廊檐口总也有些人像老通宝似的坐在门槛上吃喝着谈着，但现在，太阳光暖和地照着，小河的水静悄悄地流着，这村庄却像座空山了！老通宝才只一个半月没到廊檐口来，可是这村庄已经变化的，他几乎认不得了，正像他的小宝瘦到几乎认不得一样！

碗里的南瓜糊早已吃完了，老通宝瞪着一对大廓落落的眼睛望着那小河，望着隔河的那些冷寂的茅屋，一边还在机械地啜着。他也不去推测村里的人为什么整伙儿不见面，他只觉得自从自己一病以后这世界就变了！第一是他自己，第二是他家里的人——四大娘和小宝，而最后，是他所熟悉的这个生长之乡。有一种异样的悲酸冲上他鼻尖来了。他本能地放下那碗，双手捧着头，胡乱地想这想那。

他记得从"长毛窝"里逃出来的祖父和父亲常常说起"长毛""洗劫过"（那叫作"打先风"罢）的村庄就是没半个人影子，也没鸡狗叫。今年新年里东洋小鬼打上海的时候，村里大家都嚷着"又是长毛来了"。但以后不是听说又讲和了吗？他在病中，也没听说"长毛"来。可是眼前这村庄的荒凉景象多么像那"长毛打过先风"的村庄呀！他又记得他的祖父也常常说起，"长毛"到一个村庄，有时并不"开刀"，却叫村里人一块儿跟去做"长毛"；那时，也留下一座空空的村庄。难道现在他这村里的人也跟了去做"长毛"？原也听说别处地方闹"长毛"闹了好几年了，可是他这村里都还是"好百姓"呀，难道就在他病中昏迷那几天里，"长毛"已经来过了吗？这，想来也不像。

突然一阵脚步声在老通宝跟前跑过。老通宝出惊地抬起头来，看见扁阔的面孔上一对细眼睛正在对着他瞧。这是他家紧邻李根生的老婆，那出名的荷花！也是瘦了一圈，但正因为这瘦，反使荷花显得了俏些：那一对眼睛也像比往常讨人欢喜，那眼光中混乱着同情和惊讶。但是老通宝立刻想起了春蚕时候自己家和荷花的宿怨来，并且他又觉得病后第一次看见生人面却竟是这个"白虎星"那就太不吉利，他恨恨地吐了一口唾沫，赶快垂下头去把脸藏过了。

一会儿以后，老通宝再抬起头来看时，荷花已经不见了，太阳光晒到他脚边。于是他就想起这时候从镇上回到村里来的航船正该开船，而他的儿子阿四也许在那船上，也许已经借到了几块钱，已经买了米。他下意识地咂着舌头了。实在他亦厌恶那老调的南瓜糊，他也想到了米饭就忍不住咽口水。

"小宝！小宝！到阿爹这里来罢！"

想到米饭，便又想到那饿瘦的可怜的孙子，老通宝扬着声音叫了。这是他今天离了病床后第一次像个健康人似的高声叫着。没有回音。老通宝看看天空，第二次用尽力气提高了嗓子再叫。可是出他意外，小宝却从紧邻的荷花家里跳出来了，并且手里还拿一个扁圆东西，看去像是小烧饼。这猴子似的小孩子跳到老通宝跟前，将手里的东西冲着老通宝的脸一扬，很卖弄似的叫一声："阿爹，你看，烧饼！"就慌忙塞进嘴里去了。

老通宝忍不住也咽下一口唾沫，嘴角边也掠过一丝艳羡的微笑；但立刻他放沉了脸色，轻声问道：

"小宝！谁给你的？这——烧饼！"

"荷——荷——"

小宝嘴里塞满了烧饼，说不出来。老通宝却已经明白，他的脸色更加难看了。他这时的心理很复杂：小宝竟去吃"仇人"的东西，真是太丢脸了！而且荷花家里竟有烧饼，那又是什么"天理"呀！老通宝恨得咬牙跺脚，可又不舍得打这可怜的小宝。这时小宝已经吞下了那个饼，就很得意地说道：

"阿爹！荷花给我的。荷花是好人，她有饼！"

"放屁！"

老通宝气得脸都红了，举起手来作势要打。可是小宝不怕，又接着说：

"她还有呢！她是镇上拿来的。她说明天还要去拿米，——白米！"

老通宝霍地站了起来，浑身发抖。一个半月没有米饭下肚的他，本来听得别人家有米饭就会眼红，何况又是他素来看不起的荷花家！他铁青了脸，粗暴地叫骂道：

"什么稀罕！光景是做强盗抢来的罢！有朝一日捉去杀了头，这才是现世报！"

骂是骂了，却是低声的。老通宝转眼睃着他的孙子，心里便筹算着如果荷花出来"斗口"，怎样应付。平白地诬人"强盗"，可不是玩的。然而荷花家意外地毫无声响。倒是不识趣的小宝又做着鬼脸说道：

"阿爹！不是的！荷花是好人，她有烧饼，肯给我吃！"

老通宝的脸色立刻又灰白了。他不作声，转脸看见廊檐口那破旧的水车旁边有一根竹竿，随手就扯了过来。小宝一瞧神色不对，撒腿就跑，偏偏又向荷花家钻进去了。老通宝正待追赶，蓦地一阵头晕眼花，两腿发软，就坐在泥地上，竹竿撇在一边。这时候，隔河稻场上闪出一个人来，踱过那四根木头并排做成的"桥"，向着老通宝叫道：

"恭喜，恭喜！今天出来走动走动了！老通宝！"

虽则眼前还有几颗黑星在那里飞舞，可是一听那声音，老通宝就知道那人是村里的黄道士，心里就高兴起来。他俩在村里是一对好朋友，老通宝病时，这黄道士就是常来探问的一个。村里人也把他俩看成一对"怪物"：因为老通宝是有名的顽固，凡是带着一个"洋"字的东西他就恨如"七世冤家"；而黄道士呢，随时随地卖弄他在镇上学来的几句"斯文话"，例如叫铜钱为"孔方兄"，对人谈话的时候总是"宝眷""尊驾"那一套，村里人听去就仿佛是道士念咒，——因此就给他取了这绰号：道士。可是老通宝却就懂得这黄道士的"斯文话"。并且他常常对儿子阿四说，黄道士做种田人，真是"埋没"了！

当下老通宝就把一肚子牢骚对黄道士诉说道：

"道士！说来活活气死人呢！我病了个把月，这世界就变到不像样了！你看，村坊里就像'长毛'刚来'打过先风'！那母狗白虎星，不知道到哪里去偷摸了几个烧饼来，不争气的小宝见着嘴馋！道士，你说该打不该打？"

老通宝说着又抓起身边那竹竿，扑扑地打着稻场上的泥地。黄道士一边听，一边就学着镇上城隍庙里那"三世家传"的测字先生的神气，肩膀一摇一摆地点头叹气。末后，他悄悄地说：

"世界要反乱呢！通宝兄你知道村坊里人都干什么去了？——咳，吃大户，抢米囤！是前天白洪浜的乡下人做开头，今天我们村坊学样去了！令郎阿多也在内——可是，通宝兄，尊驾贵恙刚好，令郎的事，你只当不晓得罢了。哈哈，是我多嘴！"

老通宝听得明白，眼睛一瞪，忽地跳了起来，但立刻像头顶上碰到了什么似的又瘫软在地下，嘴唇簌簌地抖了。吃大户，抢米囤吗？他心里乱糟糟地又惊又喜：喜的是荷花那烧饼果然来路"不正"，他刚才一口喝个正着；惊的是自己的小儿子多多头也干那样的事，"现世报"莫不要落在他自己身上。黄道士眯着一双细眼睛，很害怕似的瞧着老通宝，又连声说道：

"抱歉，抱歉！贵体保重要紧，要紧！是我嘴快闯祸了！目下听说'上头'还不想严办，不碍事。回头你警戒警戒令郎就行了！"

"咳，道士，不瞒你说，我一向看得那小畜生做人之道不对，老早就疑心是那'小长毛'冤鬼投胎，要害我一家！现在果然做出来了！——他不回来便罢，回来时我活埋这小畜生！道士，谢谢你，给我透个信；我真是瞒在鼓心里呀！"

老通宝抖着嘴唇恨恨地说，闭了眼睛，仿佛他就看见那冤鬼"小长毛"。黄道士料不到老通宝会"古板"到这地步，当真在心里自悔"嘴快"了，况又听得老通宝谢他，就慌忙接口说：

"岂敢，岂敢，舍下还有点儿小事，再会，再会；保重，保重！"

像逃走似的，黄道士转身就跑，撇下老通宝一个人坐在那里痴想。太阳晒到他头面上了，——很有些威力的太阳，他也不觉得热，他只把从祖父到父亲口传下来的"长毛"故事，颠倒地乱想。他又想到自身亲眼见过的光绪初年间全县乡下人大规模的"闹漕"，几颗血淋淋的人头立刻挂在他眼前了。他一贯的推论于是就得到了："造反有好处，'长毛'应该老早就得了天下，可不是吗？"

现在他觉得自己一病以后，世界当真变了！而这一"变"，在刚从小康的自耕农破产，并且幻想还是极强的他，想起来总是害怕！

名师伴你读

▶品读与赏析

春蚕的"丰收"让老通宝一家从自耕农的小康生活沦为破产，老通宝也承受不住打击患病卧床。大病初愈的他依然坚信菩萨的保佑，坚信强健的体魄和辛勤的劳动能够改变一家人的命运。然而，现实却并未因此给予他更多的怜悯，一家人仍在饥饿中苦苦挣扎。阿四外出借债买米，多多头多日不见踪影，荷花送给小宝的烧饼更是让他怒火中烧，无奈他只能找黄道士发牢骚，岂料黄

道士带给他的消息更是令他无法接受：多多头也参与到抢米囤、吃大户中去。他对这世界的变化害怕了。本篇以通俗的语言和细腻的笔触，描绘了一幅"丰收"之后农民群体反而更加困苦的凄惨景象：农业经济濒临崩溃、农民阶级在生死边缘苦苦挣扎，家家负债累累、户户忍饥挨饿，剥削阶级的残酷压榨已然把农民推向了灭亡的边缘。但黎明前的黑暗往往最浓厚，变革的种子已悄然埋下，只等着生根发芽、破土而出。

▶ 学习与借鉴

1. **人物刻画形象**：运用心理、语言、动作、神态等描写方式，紧紧抓住人物性格特点，展现出老通宝、黄道士等主要人物的生动形象。

2. **行文紧凑流畅**：开篇讲述了春蚕"丰收成灾"导致老通宝大病，文中叙述了全村人生活更加穷苦，文末交代了"吃大户、抢米囤"风潮的兴起，故事展开合理，情节自然流畅。

二

到太阳落山的时候，老通宝的儿子阿四回家了。他并没借到钱，但居然带来了三斗米。

"吴老爷说没有钱。面孔很难看。可是他后来发了善心，赊给我三斗米。他那米店里囤着百几十担呢！怪不得乡下人没饭吃！今天我们赊了三斗，等到下半年田里收起来，我们就要还他五斗糙米！这还是天大的情面！有钱人总是越囤越多！"

阿四阴沉地说着，把那三斗米分装在两个甏里，就跑到屋子后边那半旧的猪棚跟前和老婆叽叽咕咕讲私房话。老通宝闷闷地望着猪棚边的儿子和儿媳，又望望那两口米甏，觉得今天阿四的神气也不对，那三斗米的来路也就有点儿不明不白。可是他不敢开口追问。刚才为了小儿子多多头的"不学好"，老通宝和四大娘已经吵过架了。四大娘骂他"老糊涂"，并且取笑他："好，好！你去告多多头忤逆，你把他活埋了，人家老爷们就会赏赐你一只金元宝罢！"老通宝虽然拿出"祖传"的圣贤人的大道理——"人穷了也要有志气"这句话来，却是毫无用处。"志气"不能当饭吃，比南瓜还不如！但老通宝因这一番吵闹就更加心事重重了。他知道儿子阿四尽管"忠厚正派"，却是耳根太软，经不起老婆的怂恿。而现在，他们躲到猪棚边密谈了！老通宝恨得牙痒痒的，没有办法。他远远地望着阿四和四大娘，他的思想忽又落到那半旧的猪棚上。这是五六年前他亲手建造的一个很像样的猪棚，单买木料，也花了十来块钱呢；可是从去年这猪棚就不曾用，今年大概又没有钱去买小猪；当初造这棚时也曾请教过风水先生，真料不到如今这么"背时"！

老通宝的一肚子怨气就都撒在那猪棚上了。他抖抖簌簌地向阿四他们走去，一面走，一边叫道：

"阿四！前回听说小陈老爷要些旧木料。明天我们拆这猪棚卖给他罢！倒霉的东西，养不起猪，摆在这里干什么！"

喳喳地密谈着的两个人都转过脸来了。薄暗中看见四大娘的脸异常兴奋，颧骨上一片红。她把嘴唇一撇，就回答道：

"值得几个钱呢！这些脏木头，小陈老爷也不见得要！"

"他要的！我的老面子，我们和陈府上三代的来往，他怎么好说不要！"

老通宝吵架似的说，整个的"光荣的过去"忽又回到他眼前来了。和小陈老爷的祖父有过共患难的关系，（长毛窝里一同逃出来）老通宝的祖父在陈府上是很有面子的；就是老通宝自己也还受到过分的优待，小陈老爷有时还叫他"通宝哥"呢！而这些特殊的遭遇，也就是老通宝的"驯良思想"的根基。

四大娘不再说什么，噘着嘴就走开了。

"阿四！到底多多头干些什么，你说！——打量我不知道吗？等我断了气，这才不来管你们！"

老通宝看着四大娘走远了些，就突然转换话头，气吼吼地看着他的大儿子。

一只乌鸦停在屋脊上对老通宝父子俩哑哑地叫了几声。阿四随手拾起一块碎瓦片来赶走那乌鸦，又吐了口唾沫，摇着头，却不作声。他怎么说，而且说什么好呢？老子的话是这样的，老婆的话却又是一个样子，兄弟的话又是第三个样子。他这老实人，听着全有道理，却打不起主意。

"要杀头的呢！满门抄斩！我见过得多！"

"那——杀得完这许多吗？"

阿四到底开口了，懦弱地反对着老子的意见。但当他看见老通宝两眼一瞪，额上青筋直爆，他就转口接着说道：

"不要紧！阿多去赶热闹罢哩！今天他们也没到镇上去——"

"热你的昏！黄道士亲口告诉我，难道会错？"

老通宝咬着牙齿骂，心里断定了儿子媳妇跟多多头全是一伙的了。

"当真没有。黄道士，丝瓜缠到豆蔓里！他们今天是到东路的杨家桥去。老太婆女人打头，男人就过帮着摇船。多多头也是帮她们摇船！不瞒你！"

阿四被他老子追急了，也就顾不得老婆的叮嘱，说出了真情实事。然而他还藏着两句要紧话，不肯泄漏，一是帮着摇船的多多头在本村里实在是领袖，二是阿四他本人也和老婆商量过，要是今天借不到钱，量不到米，明天阿四也帮她们"摇船"去。

老通宝似信非信地盯住了阿四看，暂时没有话。

现在天色渐渐黑下来了，老通宝家的烟囱里开始冒白烟，小宝在前面屋子里唱山歌。四大娘的声音唤着："小宝的爷！"阿四赶快应了一声，便离开他老子和那猪棚；却又站住了，松一口气似的说道：

"眼前有这三斗米，十天八天总算是够吃了；晚上等多多头回来，就叫他不要再去帮她们摇船罢！"

"这猪棚也要拆的。摆在这里，风吹雨打，白糟塌坏了！拆下来到底也变得几个钱。"

老通宝又提到那猪棚，言外之意仿佛就是：还没有山穷水尽，何必干那些犯"王法"的事呢！接着他又用手指敲着那猪棚的木头，像一个老练的木匠考察那些木头的价值。然后，他也踱进屋子去了。

这时候，前面稻场上也响动了人声。村里"出去"的人们都回来了。小宝像一只小老鼠一样蹿了出去找他的叔叔多多头。四大娘慌慌忙忙地塞了一大把桑梗到灶里，也就赶到稻场上，打听"新闻"。灶上的锅盖此时也开始吹热气，呖呖地。现在这热气里是带着真实的米香了，老通宝嗅到了只是咽口水。他的肚子里也咕咕地叫了起来。但是他的脑子里却忙着想一点儿别的事情。他在计算怎样"教训"那野马似的多多头，并且怎样去准备那就快来到的"田里生活"。在这时候，在这村里，想到一个多月后的"田里生活"的，恐怕就只有老通宝他一个！

然而多多头并没有回来。还有隔河对邻的陆福庆也没有回来。据说都留在杨家桥的农民家里过夜，打算明天再帮着"摇船"到鸭嘴滩，然后联合那三个村坊的农民一同到"镇上"去。这个消息，是陆福庆的妹子六宝告诉四大娘的。全村坊的人也都在兴奋地议论这件事。却没有人去告诉老通宝。大家都知道老通宝的脾气古怪。

"不回来倒干净！地痞坏子！我不认账这个儿子！"

吃晚饭的时候，老通宝似乎料到了几分似的，看着大儿子阿四的脸，这样骂起来了。阿四哑着嘴巴不开腔。四大娘朝老头子横了一眼，鼻子里似乎哼了一声。

这一晚上，老通宝睡不安稳。他一合上眼，就是梦，而且每一个梦又是很短，而且每一个梦完的时候，他总像被人家打了一棍似的在床上惊醒。他不敢再睡，可是他又倦得很，他的眼皮就像有千斤重。朦胧中他又听得阿四他们床上叽叽咕咕有些声音，他以为是阿四夫妇俩枕头边说体己话，但突然他浑身一跳，他听得阿四大声嚷道：

"阿多头，爹要活埋你呢！——咳，你这话怕不对么！老头子不懂时势！可是会不会弥天大罪都叫你一个人去顶，人家到头来一个一个都溜走？……"

这是梦话呀！老通宝听得清楚时，浑身汗毛直竖，眼睛也睁得大大的。他撑起上半身，叫了一声：

"阿四！"

没有回音。孙子小宝从梦中笑了起来。四大娘唇舌不清地骂了一句。接着是床板响，接着又是鼾声大震。

现在老通宝睡意全无，睁眼看着黑暗的虚空，满肚子的

主旨深刻

老通宝和多多头的分歧，代表了20世纪30年代旧中国农村中两代人在如何摆脱自己贫困处境问题上的冲突。以老通宝为代表的老一辈农民，企图用诚实、勤奋的劳动来改变厄运，换取生存；他们秉承了浓重的封建传统思想，相信"镇上老爷们"的伪善，遵循剥削阶级制定的规则。而以多多头为代表的青年一代，在严酷的现实面前开始觉醒；他们不满自身所遭受的深重苦难，痛恨这一切苦难背后的始作俑者，是未来中国农村革命发展的中坚力量。

胡思乱想。他想到三十年前的"黄金时代"，家运日日兴隆的时候；但现在除了一叠旧账簿以外，他是什么也没剩。他又想起本年"蚕花"那样熟，却反而赔了一块桑地。他又想起自己家从祖父下来代代"正派"，老陈老爷在世的时候是很称赞他们的，他自己也是从二十多岁起就死心塌地学着镇上老爷们的"好样子"，——虽然捏锄头柄，可他"志气"是有的，然而他现在落得个什么呢？天老爷没有眼睛！并且他最想不通的是，天老爷还给他阿多头这业种。难道隔开了五六十年，"小长毛"的冤魂还没转世投胎吗？——于是突然间老通宝冷汗直淋，全身发抖。天呐！多多头的行径活像个"长毛"呢！而且，而且老通宝猛又记起四五年前闹着什么"打倒土豪劣绅"的时候，那多多头不是常把家里藏着的那把"长毛刀"拿出来玩吗？"长毛刀"！这是老通宝的祖父从"长毛营盘"逃走的时候带出来的；而且也就是用这把刀杀了那巡路的"小长毛"！可是现在，那阿多头和这刀就像夙世有缘似的！

老通宝什么都想到了，而且愈想愈怕。只有一点，他没有想到，而且万万料不到，这就是正当他在这里咬牙切齿地恨着阿多头的时候，那边杨家桥的二三十户农民正在阿多头和陆福庆的领导下，在黎明的浓雾中，向着老通宝的村坊进发！而且这里全村坊的农民也在兴奋的期待中做了一夜热闹的梦，而此时梦回神清，正也打算起身来迎接杨家桥来的一伙人了！

鱼肚白从土壁的破洞里钻进来了，稻场上麻雀的噪音也听得了。喔，喔，喔！全村坊里仅存的一只雄鸡——黄道士的心肝宝贝，也在那里啼了。喔喔——喔！这远远地传来的声音有点儿像是女人哭。

老通宝这时忽然又朦胧睡去；似梦非梦，他看见那把"长毛刀"亮晶晶地在他面前晃。然而那刀柄上多出一只手来了！顺着那手，又见了栗子肌肉的臂膊，又见了浓眉毛圆眼睛的一张脸了！正是那多多头！"哒！——"老通宝又怒又怕地喊了一声，从床上直跳起来，第一眼就看见屋子里全是亮光。四大娘已经在那里烧早粥，灶门前火焰活泼地跳跃。老通宝定一定神，爬下床来时，猛又听得外边稻场上人声像阵头风似的卷来了。接着，镗镗镗！是锣声。

"谁家起火吗？"

老通宝一边问，一边就跑出去。可是到了稻场上，他就完全明白了。稻场上的情形正和他亲身经历过的光绪初年间的"闹漕"一样。杨家桥的人，男男女女，老太婆小孩子全有，乌黑黑的一簇，在稻场上走过。"出来！一块儿去！"他们这样乱哄哄地喊着。而且多多头也在内！而且是他敲锣！而且他猛地抢前一步，跳到老通宝身前来了！老通宝脸全红了，眼里冒出火来，劈面就骂道：

"畜生！杀头坯！……"

"杀头是一个死，没有饭吃也是一个死！去罢！阿四呢？还有阿嫂？一伙全去！"

多多头笑嘻嘻地回答。老通宝也没听清，抢起拳头就打。阿四却从旁边钻出来，拦在老子和兄弟中间，慌慌忙忙叫道：

"阿多弟！你听我说。你也不要去了。昨天赊到三斗米，家里有饭吃了！"

多多头的浓眉毛一跳，脸色略变，还没出声，突然从他背后跳出一个人来，正是那陆福庆，一手推开了阿四，哈哈笑着大叫道：

"你家里有三斗米吗？好呀！杨家桥的人都没吃早粥，大家来罢！"

什么？"吃"到他家来了吗？阿四简直不能相信自己的耳朵。可是杨家桥的人发一声喊，已经拥上来，已经闯进阿四家里去了。老通宝就同心头割去了块肉似的，狂喊一声，忽然眼前乌黑，腿发软，就蹲在地下。阿四像疯狗似的扑到陆福庆身上，夹住脖子乱咬，带哭的声音哼哼唧唧骂着。陆福庆一面招

★阅读笔记

架，一面急口喝道：

"你发昏吗？算什么！——阿四哥！听我讲明白！哎！阿多！你看！"

突然阿四放开陆福庆，转身揪住了多多头，一边打，一边哭，一边嚷：

"毒蛇也不吃窝边草！你引人来吃自家了！你引人来吃自家了！"

阿多头被他哥哥抱住了头，只能呵呵地哼。陆福庆想扭开他们也不成功。老通宝坐在地上大骂。幸而来了陆福庆的妹子六宝，这才帮着拉开了阿四。

"你有门路，赊得到米，别人家没有门路，可怎么办呢？你有米吃，就不去，人少了，事情弄不起来，怎么办呢？——嘿嘿！不是白吃你的！你也到镇上去，也可以分到米呀！"

多多头喘着气，对他的哥哥说。阿四这时像一尊木偶似的蹲在地下出神。陆福庆一手捂着颈脖上的咬伤，一手拍着阿四的肩膀，也说道：

"大家讲定了的：东村坊上谁有米，就先吃谁，吃光了同到镇上去！阿四哥！怪不得我！大家讲定了的！"

"长毛也不是这样不讲理的，没有这样蛮！"

老通宝到底也弄明白那是怎么一回事，就轻声骂着，却不敢看着他们的脸骂，只把眼睛望住了地下。同时他心里想道：好哇！到镇上去！到镇上去吃点儿苦头，这才叫作现世报，天老爷有眼！那时候，你们才知道老头子的一把年纪不是活在狗身上罢！

这时候，杨家桥的人也从老通宝家里出来了，嚷嚷闹闹地捧着那两个米茤。四大娘披散着头发，追在米茤后面，一边哭，一边叫：

"我们自家吃的！自家吃的！你们连自家吃的都要抢吗？强盗！杀坯！"

谁也不去理她。杨家桥的人把两个米鬶放在稻场中央，就又敲起锣来。六宝下死劲把四大娘拉开，吵架似的大声喊着，想叫四大娘明白过来：

"有饭大家吃！你懂吗？有饭大家吃！谁叫你磕头叫饶去赊米来呀？你有地方赊，别人家没有呀！别人都饿死，就让你一家活吗？嘘，嘘！号天号地哭，像死了老公呀！大家吃了你的，回头大家还是帮你要回来！哭什么呀！"

蹲在那里像一尊木偶的阿四这时忽然叹一口气，跑到他老婆身边，好像劝慰又好像抱怨似的说道：

"都是你出的主意！现在落得一场空！有什么法子？跟他们一伙去罢！天塌压大家！"

不知道从哪里弄来的两口大锅子，已经摆在稻场上了。东村坊的人和杨家桥的人合在一伙，忙着淘米烧粥，清早的浓雾已散，金黄的太阳光斜射在稻场上，晒得那些菜色的人脸都有点儿红喷喷了。在那小河的东端，水深而且河面阔的地点，人家摆开五六条赤膊船，船上人兴高采烈地唱着山歌。就是这些船要载两个村庄的人向镇上去的！

老通宝蹲在地上不出声，用毒眼望住那伙人嚷嚷闹闹地吃了粥，又嚷嚷闹闹地上船开走。他像做梦似的望着望着，他望见使劲摇船的阿多头，也望见哭丧脸的阿四和四大娘——现在她和六宝谈得很投契似的；他又望见那小宝站在船梢上，站在阿多头旁边，学着摇船的姿势。

然后，像梦里醒过来似的，老通宝猛跳起身，沿着那小河滩，从东头跑到西头。为什么要这样跑，他自己也不大明白；他只觉得心口里有一团东西塞住，非要找一个人谈一下不可。但是全村坊静悄悄的没有人影，连小孩子也没有。

终于当他沿着河滩从西头又跑到东头的时候，他看见隔河也有一个人发疯似的迎面跑来。最初他看不清那人的面孔——那人头上包着一块白布。但在那四根木头的小桥边，他看明白

阅读笔记　那人正是黄道士的时候，他就觉得心口一松，猛喊道：

"长毛也不是那么不讲理！记住！老子一把年纪不是活在狗身上的！到镇上去吃苦头罢！他们这伙杀坯！"

黄道士也站住了。好像不认识老通宝似的，这黄道士端详了半晌，这才带着哭声说：

"岂有此理，岂有此理！我告诉你，我的老雄鸡也被他们吃了，岂有此理！"

"杀坯——你说一只老雄鸡吗？算什么！人也要杀呢！杀，杀，杀坯！"

老通宝一边嚷，一边就跑回家去。

当天晚上全村坊的人都安然回来，而且每人带了五升米。这使得老通宝十分惊奇。他觉得镇上的老爷们也不像"老爷"了；怎么看见三个村坊一百多乡下人闹到镇里来，就怕得什么似的赶快"讲好"，派给每人半斗米？而且因为他们"老爷"太乏，竟连他老通宝的一把年纪也活到狗身上去！当真这世界变了，变到他想来想去想不通，而多多头他们耀武扬威！

名师伴你读

▶ **品读与赏析**

本篇讲述了老通宝对多多头的举动仍旧是深恶痛绝，一家人也因此产生分歧，阿四和四大娘产生动摇转而支持多多头，但老通宝依然抱有极大的幻想，笃信"人穷了也要有志气"，不相信山穷水尽的时刻会到来。抢米风潮给村庄带来极大的震撼，抢米大军的到来更是让村民激动，越来越多的人加入到抢米运动中。在饥饿中挣扎的饥民不甘心接受这悲惨的命运，反抗和斗争的火花在广大农村地区闪现。在剥削和压榨中失去生存希望的人民已经开始了挣脱枷锁、打破牢笼、寻求生存的斗争。虽然这样的斗争是落后的，缺少正确方向的指引，但却是人民为了生存和命运而抗争的历史潮流的开端。作者从一个村庄的角度展现了一个时代的变革，以小见大，滴水藏海，在一个有限的场景中展开了浩荡绵延的历史画卷。

▶ 学习与借鉴

1. **叙述灵活**：本篇多次使用插叙方式，使情节更完整，结构更严密，内容更充实。

2. **以小见大**：多多头和老通宝的矛盾冲突代表了当时两代农民之间对待前途命运的态度上的分歧；"抢米"风潮的兴起是底层人民觉醒反抗的缩影。

三

现在"抢米囤"的风潮到处勃发了。周围二百里内的十多个小乡镇上，几乎天天有饥饿的农民"聚众滋扰"。那些乡镇上的绅士们觉得农民太不识趣，就把慈悲面孔撩开，打算"维持秩序"了。于是县公署，区公所，乃至镇商会，都发了堂皇的六言告示，晓谕四乡：不准抢米囤，吃大户，有话好好商量。同时地方上的"公正"绅士又出面请当商和米商顾念"农艰"，请他们亏些"血本"，开个方便之门，渡过眼前这恐慌。

可是绅士们和商人们还没议定那"方便之门"应该怎么一个开法，农民的肚子已经饿得不耐烦了。六言告示没有用，从图董①变化来的村长的劝告也没有用，"抢米囤"的行动继续扩大，而且不复是百来人，而是五六百，上千了！而且不复限于就近的乡镇，却是用了"远征军"的形式，向城市里来了！

离开老通宝的村坊约有六十多里远的一个繁盛的市镇上就发生了饥饿的农民和军警的冲突。军警开了"朝天枪"。农民被捕了几十。第二天，这市镇就在数千愤怒的农民的包围中和邻近各镇失了联络。

这被围的市镇不得不首先开了那"方便之门"。这是简单的三条：农民可以向米店赊米，到秋收的时候，一石还一石；当铺里来一次免息放赎；镇上的商会筹措一百五十担米交给村长去分俵。绅商们很明白目前这时期只能坚守"大事化为小事"的政策，而且一百五十担米的损失又可以分摊到全镇的居民身上。

同时，省政府的保安队也开到交通枢纽的乡镇上保护治安了。保安队与"方便之门"双管齐下，那"抢米囤"的风潮居然渐渐平息下去；这时已经是阴历六月底，农事也迫近到眉梢了。

老通宝一家总算仰仗那风潮，这一晌来天天是一顿饭，两顿粥，而且除了风潮前阿四赊来的三斗米是冤枉债而外，竟也没有添上什么新债。但是现在又要种田了，阿四和四大娘觉得那就是强迫他们把债台再增高。

---

① 图董：中国旧时农村基层行政组织的半公职人员。

老通宝看见儿子媳妇那样懒懒的不起劲，就更加暴躁。虽则一个多月来他的"威望"很受损伤，但现在是又要"种田"而不是"抢米"，老通宝便像乱世后的前朝遗老似的，自命为重整残局的识途老马。他朝朝暮暮在阿四和四大娘跟前唠唠不休地讲着田里的事，讲他自己少壮的时候怎样勤奋，讲他自己的老子怎样永不灰心地做着，做着，终于创立了那份家当。每逢他到田里去了一趟回来，就大声喊道：

"明天，后天，一定要分秧了！阿四，你鬼迷了吗？还不打算打算肥料？"

"上年还剩下一包肥田粉在这里呀！"

阿四有气无力地回答。突然老通宝跳了起来，恶狠狠地看定了他的儿子说：

"什么肥田粉！毒药！洋鬼子害人的毒药！我就知道祖宗传下来的豆饼好！豆饼力道长！肥田粉吊过了壮气，那田还能用吗？今年一定要用豆饼了！"

"哪来的钱去买豆饼呢？就是剩下来那包粉，人家也说隔年货会走掉了力，总得搀一半新的；可是买粉的钱也没有法子想呀！"

"放屁！照你说，就不用种田了！不种田，吃什么，用什么，拿什么来还债？"

老通宝跳着脚咆哮，手指头戳到阿四的脸上。阿四苦着脸叹气。他知道老子的话不错，他们只有在田里打算半年的衣食，甚至还债；可是近年来的经验又使他知道借了债来做本钱种田，简直是替债主做牛马——牛马至少还能吃饱，他一家却是吃不饱。"还种什么田！白忙！"——四大娘也时常这么说。他们夫妇俩早就觉得多多头所谓"乡下人欠了债就算一世完了"这句话真不错，然而除了种田有别的活路吗？因此他们夫妇俩最近的决议也不过是：绝不为了种田要本钱而再借债。

看见儿子总是不作声，老通宝赌气，说是"不再管他们的账"了。当天下午他就跑到镇里，把儿子的"败家相"告诉了亲家张老头儿，又告诉了小陈老爷；两位都劝老通宝看开些，"儿孙自有儿孙福"。那一天，老通宝就住在镇上过夜。可是第二天一清早，小陈老爷刚刚抽足了鸦片打算睡觉，老通宝突然来借钱了。数目不多，一张豆饼的代价。一心想睡觉的小陈老爷再三推托不开，只好答应出面到豆饼行去赊。

豆饼拿到手后，老通宝就回家，一路上有说有笑。到家后他把那饼放在廊檐下，却板起了脸孔对儿子媳妇说：

"死了才不来管你们呀！什么债，你们不要多问，你们只管替我做！"

春蚕时期的幻想，现在又在老通宝倔强的头脑里蓬勃生长，正和田里那些秧一样。天天是金黄色的好太阳，微微的风，那些秧就同有人在那里拔似的长得非常快。河里的水却也飞快地往下缩。水车也拿出来摆在埭头了。阿四一个人忙不过来。老通宝也上去踏了十多转就觉得腰酸腿重气喘。"哎！"叹了一声，他只好爬下来，让四大娘上去接班。

稻发疯似的长起来，也发疯似的要水喝。每天的太阳却又像火龙似的把河里的水一寸一寸地喝干。村坊里到处嚷着"水车上要人"，到处拉人帮忙踏一班。荷花家今年只种了些杂粮，她和她那不声不响的可怜相的丈夫是比较空闲的，人们也就忘记了荷花是"白虎星"，三处四处拉他们夫妇俩走到车上替一班。陆福庆今年退了租，也是空身子，他们兄妹俩就常常来帮老通宝家。只有那多多头，因为老通宝死不要见他，村里很少来，有时来了，只去帮别人家的忙。

每天早上人们起来看见天像一块青石板似的晴朗，就都皱了眉头。偶尔薄暮时分天空有几片白云，全村的人都欢呼起来。老太婆眯着老花眼望着天空念佛。但是一次一次只是空高兴。扣到一个足月，也没下过一滴雨呀！

老通宝家的田因为地段高，特别困难。好容易从那干涸的河里车起了浑浊的泥水来，经过那六七丈远的沟，便被那燥渴的泥土截收了一半。田里那些壮健的稻梗就同患了贫血症似的一天一天见得黄萎了。老通宝看着心疼，急得搓手跺脚没有办法。阿四哭丧着脸不开口。四大娘冷一句热一句地抱怨，咬定了今年的收成是没有巴望的了，白费了人工，而且多欠出一张豆饼的债！

"只要有水，今年的收成怕不是上好的！"

老通宝听到不耐烦的时候，软软地这样回答。四大娘立刻叫了起来：

"呀！水，水！这点子水，就好比我们的血呀！一古脑儿只有我和阿四，再搭上陆家哥哥妹妹俩算一个，三个人能有多少血？磨了这个把月，也干了呀！多多头是一个生力，你又不要他来！呀——呀——"

"当真叫多多头来罢！他比得上一头牛！"

阿四也抢着说，对老婆努了一下嘴巴。

老通宝不作声，吐了一口唾沫。

第二天，多多头就笑嘻嘻地来帮着踏车了。可是已经太迟。河水干到只剩河中心的一泓，阿四他们接了三道戽，这才戽得到水头，然而半天以后就不行了，任凭多多头力大如牛，也车不起水来。靠西边，离开他们那水车四五丈远，水就深些，多多头站在那里没到腰。可是那边没有埂头，没法排水车。如果晚上老天不下雨，老通宝家的稻就此完了。

不单是老通宝家，村里谁家的田不是三五天内就要干裂得像龟甲呀！人们爬到高树上向四下里张望。青石板似的一个天，简直没有半点儿云彩。

唯一的办法是到镇上去租一架"洋水车"来救急。老通宝一听到"洋"字，就有点儿不高兴。况且他也不大相信那洋水车会有那么大的法力。去年发大水的时候，邻村的农民租用过那洋水车。老通宝虽未目睹，却曾听得那爱管闲事的黄道士啧啧称羡。但那是"踏大水车"呀，如今却要从半里路外吸水过来，怕不灵罢？正在这样怀疑着的老通宝还没开口，四大娘却先愤愤地叫了起来：

"洋水车倒好，可是租钱呢？没有钱呀！听说踏满一爿田就要一块多钱！"

"天老爷显灵。今晚上落一场雨，就好了！"

老通宝也决定了主意了。他急急忙忙跑到村外小桥头那座简陋不堪的"财神堂"前磕了许多响头，许了大大的心愿。

这一夜，因为无水可车，阿四他们倒呼呼地睡了一个饱。老通宝整夜没有合眼。听见有什么簌簌的响声，便以为是在下雨了，他就一骨碌爬起来，到廊檐口望着天。并没有雨，但也没有星，天是一张灰色的脸。老通宝在失望之下还有点儿希望，于是又跪在地下祷告。到他第三次这样爬起床来探望的时候，东方已经发白，他就跑到田里去看他那宝贝的稻。夜来露水是有的，稻比白天的骄阳下稍显得青健。但是田里的泥土已经干裂，有几处简直把手指头压上去也不觉得软。老通宝心跳得扑扑地响。他知道过一会儿来了太阳光一照，这些稻准定是没命的，他一家也就没命了。

他回到自家门前的稻场上。一轮血红的太阳正在东方天边探出头来。稻场前那差不多干到底的小河长满了一身的野草。本村坊的人又利用那河滩种了些玉蜀黍，现在都像人那样高了。五六个人站在那玉蜀黍旁边吵架似的嚷着。老通宝惘然走过去，也站在那伙人旁边。他们都是村里人，正在商量大家伙去租用镇上那条"洋水车"。他们中间一个叫作李老虎的说：

"要租，就得赶快！洋水车天天有生意。昨晚上说是今天还没定出，你去迟了就扑一个空，那不是糟糕？老通宝，你也来一股罢？"

老通宝瞪着两眼发怔，好像没有听明白。有两个念头填满了他的心，使他说不出话来：一个是怕"洋水车"也未必灵，又一个是没有钱。而且他打算等别人用过了洋水车，当真灵，然后他再来试一下。钱呢，也许可以欠几天。

这天上午，老通宝和阿四他们就像守着一个没有希望的病人似的在圩头下埂头上来来回回打磨旋。稻是一刻比一刻"不像"了，最初垂着头，后来就折腰，田里的泥土喷喷地发出燥裂的叹息。河里已经无水可车，村坊里的人全都闲着。有几个站在村外的小桥上，焦灼地望着那还没见来的医稻的郎中——洋水车！

正午时分，毒太阳就同火一般烫，那些守在小桥上的人忽然发一声喊："来了"！一条小船上装着一副机器，——那就是洋水车！看上去并没什么出奇的地方，然而这东西据说抽起水来比七八个壮健男人还厉害。全村坊的人全出来观看了。老通宝和他的儿子也在内。他们看见那装着机器的船并不拢岸，就那么着泊在河心，却把几丈长臂膊粗的发亮的软管子拖到岸上，又横搁在田埂头。

"水就从这管口里出来，灌到田里！"

管理那软管子的镇上人很卖弄似的对旁边的乡下人说。

突然，那船上的机器发喘似的叫起来。接着，咕的一声，第一口水从软管子口里吐出来了，于是就汩汩汩地直泻，一点儿也不为难。村里人看着，嚷着，笑着，忘记了这水是要花钱的。

老通宝站得略远些，瞪出了眼睛，注意地看着。他以为船上那突突地响着的家伙里一定躲着什么妖怪，——也许就是镇上土地庙前那池潭里的泥鳅精，而水就是泥鳅精吐的涎沫，而且说不定到晚上这泥鳅精又会悄悄地来把它此刻所吐的涎沫收回去，于是明天镇上人再来骗钱。

但是这一切的狐疑始终敌不住那绿汪汪的水的诱惑。当那洋水车灌好了第二坵田的时候，老通宝决定主意请教这"泥鳅精"，而且决定主意夜里拿着锄头守在田里，防那泥鳅精来偷回它的唾沫。

他也不和儿子媳妇商量，径自拉了黄道士和李老虎做保人，担保了二分月息的八块钱，就取得船上人的同意，也叫那软管子到他田里放水去了。

太阳落山的时候，老通宝的田里平铺着一寸深的油绿绿的水，微风吹着，水皱得像老太婆的脸。老通宝看着很快活，也不理四大娘唠唠叨叨的聒着"又是八块钱的债"！八块钱诚然不是小事，但收起米不是可以卖十块钱一担吗？去年糙米也还卖到十一块半呀！一切的幻想又在老通宝心里复活起来了。

阿四仍然摆着一张哭丧脸，呆呆地对田里发怔。水是有了，那些稻依然垂头弯腰，没有活态。水来得太迟，这些娇嫩的稻已经被太阳晒脱了力。

"今晚上用一点儿肥田粉，明后天就会好起来。"

忽然多多头的声音在阿四耳边响。阿四心就一跳。可不是，还有一包肥田粉没有用过呀！现在是用当其时了。吊完了地里的壮气吗？管他的！但是猛不防老通宝在那边也听得多多头那句话，这老头子就像疯老虎似的扑过来喊道：

"毒药！小长毛的冤鬼，杀坏！你要下毒药吗？"

大家劝着，把老通宝拉开。肥田粉的事，就此不提了。老通宝余怒未息地对阿四说：

"你看！过一夜，就会好的！什么肥田粉，毒药！"

于是既怕那泥鳅精来收回唾液，又怕阿四他们偷偷地去下肥田粉，这一夜里，老通宝抵死也要在田塍上看守了，他不肯轻易传授他的"独得之秘"，他不说是防着泥鳅精，只说恐怕多多头串通了阿四还要来胡闹。他那顽固是有名的。

一夜平安过去了，泥鳅精并没来收回它的水，阿四和多多头也没胡闹。可是稻照旧奄奄无生气，而且有几处比昨天更坏。老通宝疑惑是泥鳅精的唾液到底不行，然而别人家田里的稻都很青健。四大娘噪得满天红，说是"老糊涂断送了一家的性命"。老通宝急得脸上泛成猪肝色。陆福庆劝他用肥田粉试试看，或者还中用，老通宝只呆瞪着眼睛不作声。那边阿四和多多头早已拿出肥田粉来撒布了。老通宝别转脸去不愿意看。

以后接连两天居然没有那烫得皮肤上起泡的毒太阳。田里水还有半寸光景。稻又壮健起来了。老通宝还是不肯承认肥田粉的效力，但也不再说是毒药了。阴天以后又是萧索索的小雨。雨过后有微温的太阳光。稻更长得有精神了，全村坊的人都松一口气，现在有命了：天老爷还是生眼睛的！

接着是凉爽的秋风来了。四十多天的干旱酷热已成为过去的噩梦。村坊里的人全有喜色。经验告诉他们这收成不会坏。"年纪不是活在狗身上"的老通宝更断言着"有四担米的收成"，是一个大熟年！有时他小心地抚着那重甸甸下垂的稻穗，便幻想到也许竟有五担的收成，而且粒粒谷都是那么壮实！

同时他的心里便打着算盘：少些说，是四担半罢，他总共可以收这么四十担；完了八八六担四的租米，也剩三十来担；十块钱一担，也有三百元，那不是他的债清了一大半？他觉得十块钱一担是最低的价格！

只要一次好收成，乡下人就可以翻身，天老爷到底是生眼睛的！

但是镇上的商人却也生着眼睛，他们的眼睛就只看见自己的利益，就只看见铜钱，稻还没有收割，镇上的米价就跌了！到乡下人收获他们几个月辛苦的生产，把那粒粒壮实的谷打落到稻筒里的时候，镇上的米价飞快地跌到六元一石！再到乡下人不怕眼睛盲地砻谷的时候，镇上的米价跌到一担糙米只值四元！最后，乡下人挑了糙米上市，就是三元一担也不容易出脱！米店的老板冷冷地看着哭丧着脸的乡下人，爱理不理似的冷冷地说：

"这还是今天的盘子呀！明天还要跌！"

然而讨债的人却川流不息地在村坊里跑，汹汹然嚷着骂着。请他们收米罢？好的！糙米两元九角，白米三元六角！

老通宝幻想的肥皂泡整个爆破了！全村坊的农民哭着，嚷着，骂着。"还种什么田！白辛苦了一阵子，还欠债！"——四大娘发疯似的见到人就说这一句话。

春蚕的惨痛经验作成了老通宝一场大病，现在这秋收的惨痛经验便送了他一条命。当他断气的时候，舌头已经僵硬不能说话，眼睛却还是明朗朗的；

他的眼睛看着多多头似乎说："真想不到你是对的！真奇怪！"

1933年1月。

名师伴你读

▶ **品读与赏析**

　　饥饿使得抢米囤、吃大户风潮愈演愈烈，逐渐从农村地区向城镇蔓延，统治阶级也撕下了伪善的面具，对饥民进行镇压。然而镇压使得民情更加激愤，乡绅们只得暂时让步，加之农事逼近，风潮慢慢平息，老通宝一家也借着风潮度过了这些时日。老通宝自命为重整残局的识途老马，固执地想把一家人拉回到千百年来农民赖以生存的土地上，但他又拒绝一切先进的外来事物。历经波折坎坷，最终水稻大获丰收，然而"春蚕"的悲剧再一次上演，米商趁机压价，米价大跌，丰厚的收获顷刻间成了沉重的负担，农民的一切劳作、投入、幻想都成了泡影，粒粒饱满的稻米成了农民的颗颗眼泪。在这篇小说中农民发出了对社会的拷问：他们只有在田里打算半年的衣食，甚至还债，可是近年来的经验又使他们知道借了债来做本钱种田，简直是替债主做牛马，——牛马至少还能吃饱，他们一家却吃不饱。"还种什么田！白忙！"——四大娘也时常这么说。阿四夫妇俩早就觉得多多头所谓"乡下人欠了债就算一世完了"这句话真不错，然而除了种田有别的活路吗？因此他们夫妇俩最近的决议也不过是：绝不为了种田要本钱再借债。小说中农民们有难以置信的意志力，有勤劳俭朴的品格，他们安分守己、与世无争，他们不惜体力、只求温饱，然而动荡的社会、黑暗的统治和残酷的剥削并未对他们有一丝的怜悯，他们承受这世上一切的苦难和折磨。老通宝死了，但他的眼睛是明朗的：也许觉醒和抗争才是改变自己命运的唯一途径。

▶ **学习与借鉴**

　　1. **埋下伏笔**：本篇多次讲述老通宝抱有春蚕时的"幻想"，既呼应了前文丰年成灾的惨痛经历，又为下文稻米丰收成灾埋下伏笔。

　　2. **结构严谨**：以老通宝之死结尾，通过老通宝"明朗朗的眼睛"讲出故事的主题，既呼应了前文丰年成灾的悲剧，又凸显了底层人民奋起抗争的历史必然。

残 冬

一

连刮了几阵西北风，村里的树枝都变成光胳膊。小河边的衰草也由金黄转成灰黄，有几处焦黑的一大块，那是顽童放的野火。

太阳好的日子，偶然也有一只瘦狗躺在稻场上；偶然也有一两个村里人，还穿着破夹袄，拱起了肩头，蹲在太阳底下捉虱子。要是阴天，西北风吹得那些树枝叉叉地响，彤云像快马似的跑过天空，稻场上就没有活东西的影踪了。整个村庄就同死了的一样。整个村庄，一望只是死样的灰白。

只有村北那个张家坟园独自葱茏翠绿，这是镇上张财主的祖坟，松柏又多又大。

这又是村里人的克星。因为偶尔那坟上的松树少了一棵——有些外籍人常到各处坟园去偷树，张财主就要村里人赔偿。

这一天，太阳光是淡黄的，西北风吹得那些枯枝簌簌地响，然而稻场上破例有了人了。

被人家叫作"白虎星"的荷花指手画脚地嚷道：

"刚才我去看了来，可不是，一棵！地下的木屑还是香喷喷的。这伙贼，一定是今天早上。嘿，还是这么大的一棵！"

说着，就用手比着那松树的大小。

听的人都皱了眉头叹气。

"赶快去通知张财主——"

有人轻声说了这么半句，就被旁人截住；那些人齐声喊道：

"赶紧通知他，那老剥皮就饶过我们吗？哼！"

"挨得一天是一天！等到老剥皮晓得了，那时再碰运气。"

过了一会儿，荷花的丈夫根生出了这个主意。却不料荷花第一个就反对：

"碰什么运气呢？那时就有钱赔他吗？有钱，也不该我们来赔！我们又没吃张剥皮的饭，用张剥皮的钱，干么要我们管他坟上的树？"

"他不同你讲理呀！去年李老虎出头跟他骂了几句，他就叫了警察来捉老虎去坐牢。"

阿四也插嘴说。

"害人的贼！"

四大娘带着哭声骂了一句，心里却也赞成李根生的主意。

于是大家都骂那伙偷树贼来出气了。他们都断定是邻近那班种"荡田"的客籍人。只有"弯舌头"才下得这般"辣手"。因为那伙"弯舌头"也吃过张剥皮的亏，今番偷树，是报仇，可是却害了别人哩！就有人主张到那边的"茅草棚"里"起赃"。

没有开过口的多多头再也忍不住了；好像跟谁吵架似的，他叫道：

"起赃吗？倒是好主意！你又不是张剥皮的灰子灰孙，倒要你瞎起劲？"

"噢，噢，噢！你——半路里杀出个程咬金，你不偷树好了，干么要你着急呢？"

主张去"起赃"的赵阿大也不肯让步。李根生拉开了多多头，好像安慰他似的乱嘈嘈地说道：

"说说罢了，谁去起赃呢！吵什么嘴！"

"不是这么说的！人家偷了树，并不是存心来害我们。回头我们要吃张剥皮的亏，那是张剥皮该死！干么倒去帮他捉人搜赃？人家和我并没有交情，可是——"

多多头一面分辩着，一面早被他哥哥拉进屋里去了。

"该死的张剥皮！"

　　大家也这么恨恨地说了一句。几个男人就走开了，稻场上就剩下荷花和四大娘，呆呆地望着那边一团翠绿的张家坟。忽然像是揭去了一层幔，眼前一亮，淡黄色的太阳光变作金黄了。风也停止。这两个女人仰脸朝天松一口气，便不约而同地蹲了下去，享受那温暖的太阳。

　　荷花在镇上做过丫头，知道张财主的细底，悄悄地对四大娘说道：

　　"张剥皮自己才是贼呢！他坐地分赃。"

　　"哦！——"

　　"贩私盐的，贩鸦片的，他全有来往！去年不是到了一伙偷牛贼吗？专偷客民的牛，也偷到镇上的粉坊里；张剥皮他——就是窝家！"

　　"难道官府不晓得吗？"

　　"哦！局长吗？局长自己也通强盗！"

　　荷花说时挤着眼睛把嘴唇皮一撇，鼻子里轻轻哼了一声。近来这荷花瘦得多了，皮色白里泛青，一张大嘴更加显得和她的细眼睛不相称。

　　四大娘摇着头叹一口气，忽然站起来发恨地说：

　　"怪不得多多头老是说规规矩矩做人就活不了命呀！——"

　　"不错，世界要反乱了！"

　　"小宝的阿爹也说长毛要来呢！听说还有女长毛。你知道我们家里有一把长毛刀。……可是，我的爸爸说，真命天子还没出世。"

　　"呸！出世不出世，他倒晓得吗？玉皇大帝告诉他的吗？上月里西方天边有一颗星红暴暴的，酒盅那么大，生八只角，这就是真命天子的本命星呀！八只角就是下凡八年了，还说没出世，——"

　　"那是反王！我的老头子说是反王！你懂得什么！白虎星！"

　　"咦，咦，咦！"

　　荷花跳了起来，细眼睛眯紧了，怒气冲冲地瞅着四大娘。

　　这两个女人恶狠狠地对看了一会儿，旧怨新仇便乘机发作；四大娘向来看不起荷花，说她"丫头出身，轻骨头，臭花娘子①"。荷花呢，因为也不是

───────────────

　　❶ 臭花娘子：乡间的一种草，有富于黏性的黑色小粒，甚多，微臭，粘着在衣服上后，拂之不去，俗名"臭花娘子"。这名儿用以骂女人，就等于上海话的"烂污货"。（作者原注）

"好惹的"，曾经使暗计，想冲克四大娘的蚕花。两人总有半年多工夫见面不打招呼。直到新近四大娘的公公老通宝死了，这贴邻的两个女人方才又像是邻舍了。现在却又为了一点儿不相干的事，争吵起来，各人都觉得自己不错。

末了，四大娘用劲地啐了一声，朝地下吐一口唾沫，正打算"小事化为无事"，抽身走开了。但是荷花的脾气宁愿挨一顿打，却受不住这样"文明式"的无言的侮辱；她跳前一步，怪声嚷道：

"骂了人家一句就想溜的，不是好货！"

"你是贱货！白虎星！"

四大娘也回骂，仍旧走。但是她并不回家，却走到小河那边去。荷花看见挑不起四大娘的火性，便觉得很寂寞；她是爱"热闹"的，即使是吵架的热闹，即使吵架的结果是她吃亏——她被打了，她也不后悔。她觉得打架吃亏总比没有人理睬她好些。她最恨的是人家不把她当一个"人"！她做丫头的时候，主人当她是一件东西，主人当她是没有灵性的东西，比猫狗都不如；然而荷花自己知道自己是有灵性的。她之所以痛恨她那旧主人，这也是一个原因。

从丫头变作李根生老婆的当儿，荷花很高兴，为的她从此可以当个人了。然而不幸，她嫁来半个月后，根生就患了一场大病，接着是瘟羊瘟鸡，于是她就得了个恶名：白虎星！她在村里又不是"人"了！但也因为到底是在乡村，——荷花就发明了反抗的法子。她找机会和同村的女人吵嘴，和同村的单身男人胡调。只在吵架与胡调时，她感觉到几分"我也是一个人"的味儿。

春蚕以后大家没有饭吃，乱哄哄地抢米店吃大户的时候，荷花的"人"的资格大见增进。也好久没有听得她那最痛心的诨名：白虎星。她自己呢，也"规矩"些了。但是现在四大娘又挑起了那旧疮疤，并且摆出了不屑跟荷花吵嘴的神气。

看着四大娘走向小河边去的背影，荷花咬着牙齿，心里的悲痛比挨打还厉害些。

西北风忽然转劲了。荷花听去，那风也在骂她：虎，虎，虎！

走到了小河边的四大娘也蓦地站住，回头来望了荷花一眼又赶快转过脸去，吐了一口唾沫。这好比火上添油！荷花怒喊一声，就向四大娘奔去。但是刚跑了两步，荷花脚下猛地一绊，就扑地一跤，跌得两眼发昏。

"哈，哈，哈！白虎星！"

四大娘站得远远地笑骂。同时小河对面的稻场上也跑来一个女子，也拍着手笑。她叫作六宝，也是荷花的对头。

"呃，呃，有本事的不要逃走！"

荷花坐在地上，仰起了她的扁脸孔，一边喘气，一边恨恨地叫骂。她这一跤跌得不轻，尾尻骨上就像火烧似的发痛；可是她忘记了痛，她一心想着怎样出这口恶气。对方是两个人了，骂呢，六宝的一张嘴，村里有名，那么打架罢，她们是两个！荷花一边爬起来，一边心里踌躇。刚好这时候有人从东边走来，荷花一眼瞥见，就改换了主意。

名师伴你读

▶ 品读与赏析

入冬，对一年生计已经完全绝望的人们在寒冷的冬日里瑟瑟发抖，整个村庄陷入一片死寂。守旧、迷惘的人们在饥寒交迫中乱碰乱撞，张家祖坟上的松树被偷，村民因此乱作一团，多个矛盾冲突也因此展开。本篇借由村民的矛盾冲突，揭露了地主阶级的丑恶嘴脸，展示了官商勾结、官匪勾结的黑暗现实，描绘了底层人民的悲惨境遇，也暗示了人们的抗争意识已经开始萌芽：荷花用尽手段去争取做"人"的资格，多多头老是说规规矩矩做人就活不了命。"世界要反乱"的念头已经在人们心中悄悄滋生，农民的逐渐成长和逐渐觉醒已经成为历史的必然趋势。

▶ 学习与借鉴

1. **表现手法多样**：对村庄凄冷沉寂的环境描写，衬托出人们饥寒交迫的生存状况；同时死灰的村庄又和张家祖坟的葱茏翠绿形成强烈对比，更加凸显农民阶级和地主阶级生存状况的天壤之别。

2. **人物形象突出**：文中对多多头形象的描写生动形象，展现出其不甘忍受生活的重压、敢于反抗的心理和言行。

二

来人就是黄道士。自从老通宝死后，这黄道士便少了一个谈天说地的对手，村里的年青人也不大理睬他；大家忘记了村里还有他这"怪东西"。本来他也是种田的，甲子年上被军队拉去挑子弹，去的时候田里刚在分秧，回来时已经腊尽，总算赶到家吃了年夜饭，他的老婆就死了；从此剩下他一个光身汉，爽性卖了他那两亩多田，只留下一小条的"埂头"种些菜蔬挑到镇上去卖，倒也一年一年混得过。有时接连四五天村里不见他这个人。到镇上去赶市回来的，就说黄道士又把卖菜的钱都喝了酒，白天红着脸坐在文昌阁下的测字摊头听那个测字老姜讲"新闻"，晚上睡在东岳庙的供桌底下。

这样在镇上混得久了，黄道士在村里就成为"怪东西"。他嘴里常有些镇上人的"口头禅"，又像是念经，又像是背书，村里人听不懂，也不愿听。

最近，卖菜的钱不够吃饱肚子，黄道士也戒酒了。他偶然到镇上去，至多半天就回来。回来后就蹲在小河边的树根上，瞪大了眼睛。要是有人走过他跟前，朝他看一眼，他就跳起来拉住了那人喊道："世界要反乱了！东北方——东北方出了真命天子！"于是他就唠唠叨叨地说了许多人家听不懂的话，直到人家吐了一口唾沫逃走。

但在西北风扫过了这村庄以后，小河边的树根上也不见有瞪大眼睛蹲着的黄道士了。他躲在他那破屋子里，窸窸窣窣地不知道干些什么。有人在那扇破板门外偷偷地看过，说是这"怪东西"在那里拜四方，屋子里供着三个小小的草人。

村里的年青人都说黄道士着了"鬼迷"，可是老婆子和小孩子却就赶着黄道问他那三个草人是什么神。后来村里的年轻女人也要追问根底了。黄道士的回答却总是躲躲闪闪的，并且把他板门上的破缝儿都糊了纸。

然而黄道士只不肯讲他的三个草人罢了，别的浑话是很多的。荷花所说的什么"出角红星"就是拾了黄道士的牙慧。所以现在看见黄道士瞪大着眼睛走了来，荷花便赶快迎上去。她想拉这黄道士做帮手，对付那四大娘和六宝。

"喂，喂，黄道士，你看！四大娘说那颗红星是反王啦！真是热昏！"

荷花大声嚷着，就转脸朝那两个女人狂笑，可是刚才忘记了尾尻骨的疼痛却忽然感到了，立刻笑脸变成了哭脸，双手捧住了屁股。

黄道士的眼睛瞪得更大，看看六宝她们，又看看荷花，然后摇着头，念咒似的说：

"托塔李天王，哪吒三太子，二郎神，嘿，二郎神是玉皇大帝的外孙！……啊，四大娘，真命天子出世了，远在天边，近在眼前！喏！南京脚下有一座山，山边有一个开豆腐店的老头子，天天起五更磨豆腐，喏！天天，笃笃笃！有人敲店板，问那老头子：'天亮了没有哪？天亮了没有哪？'哈哈，自然天没亮呵，老头子就回答'没有！'他不知道这问的人就是真命天子！"

"要是回答他'天亮了'就怎样？"

走近来的六宝抢着说，眼睛盯住了黄道士的面孔。

"说是'天亮了'吗？那就，那就——"

黄道士皱了眉头，一连说了几个"那就"，又眯细了眼睛看天，很神秘地摇着头。

"那就是我们穷人翻身！"

荷花等得不耐烦，就冲着六宝的脸大声叫喊，同时又忘记了屁股痛。

"哎，可不是！总有点儿好处落到我们头上呢！比方说，三年不用还租。"

黄道士松一口气，心里感激着荷花。

但是六宝这大姑娘粗中有细，一定要根究，倘是回答了"天亮"就怎样。她不理荷花，只逼着黄道士，四大娘却在旁边呆着脸喃喃地自语道：

"豆腐店的老头子早点儿回答'天亮了'，多么好呢！"

"哪里成？哪里成！他不能犯天条，天机不可泄漏！——呀，回答了'天亮'就怎样吗？咳，咳，六宝，那，天兵天将下来，帮着真命天子打天下！"

"哦！"

六宝还是不很满意黄道士的回答，但也不再追问，只扁起了嘴唇摇头。

忽然荷花哈哈地笑了。她看见六宝那扁着嘴的神气，就想要替六宝起一个诨名。

"豆腐店的老头子也是星宿下凡的罢？喂，喂，黄道士，你怎么知道那敲门问'天亮'的就是真命天子？他是什么样儿的？"

四大娘又轻声问。

黄道士似乎不耐烦了，就冷笑着回答道：

"我怎么会知道呀？我自然会知道。豆腐店老头子吗？总该有点儿来历。笃笃笃，天天这么敲着他的店板。懂吗？敲他的店板，不敲别人家的！'天亮了没有？天亮了没有？'天天是问这一句！老头子就听得声音，并没见过面。他敢去偷看吗？不行！犯了天条，雷打！不过那一定是真命天子！"

说到最后一句，黄道士板着脸，又瞪大了眼睛，那神气很可怕。听的人都觉得毛骨悚然，就好像听得那笃笃的叩门声。

西北风扑面吹来，那四个人都冷得发抖。六宝抹下一把鼻涕，擦着眼睛，忽又问道：

"你那三个草人呢？"

"那也有道理。——有道理的！"

黄道士眨起了眼白，很卖弄似的回答。随即他举起左手，伸出一个中指，向北方天空连指了几下，他的脸色更严重了。三个女人的眼光也跟着黄道士的中指一齐看着那天空的北方。四大娘觉得黄道士的瘦黑指头就像在空中戳住了什么似的，她的心有点儿跳。

"哪一方出真命天子，哪一方就有血光！懂吗？血光！"

黄道士看着那三个女人厉声说，眼睛瞪得更大。

三个女人都吃了一惊。究竟"血光"是什么意思，她们原也不很明白。但在黄道士那种严重的口气下，她们就好像懂得了。特别是那四大娘，忽然福至心灵，晓得所谓"血光"就是死了许多人，而且一定要死许多人，因为出真命天子的地方不能没有代价。

黄道士再举起左手，伸出中指，向北方天空指了三下。四大娘的心就是扑扑扑地三跳。蓦地黄道士回手指着自己的鼻子，闷着声音似的又说道：

"这里，这里，也有血光！半年罢，一年罢，你们都要做刀下的鬼，村坊要烧白！"

于是他低下了头，嘴唇翕翕地动，像是念咒又像是抖。

三个女人都叹了一口气。荷花看着六宝，似乎说："先死的，看是你呢是我！"六宝却盯住了黄道士的面孔看，有点儿不大相信的样子。末了，四大娘绝望似的吐出了半句：

"没有救星了吗？那可——"

黄道士忽然跳起来，吵架似的呵斥道：

"谁说！我叫三个草人去顶刀头了！七七四十九天，还差几天。——把你的时辰八字写来，外加五百钱，草人就替了你的灾难，懂吗？还差几天。"

"那么真命天子呢，几时来？"

荷花又觉得尾尻骨上隐隐有点儿痛，便又提起了这话来。

黄道士瞪大了眼睛向前看，好像没有听得荷花那句话。北风劈面吹来，吹得人流眼泪了。那边张家坟上的许多松树呼呼地响着。黄道士把中指在眼眶上抹了一下，就板起面孔说道：

"几时来吗？等那边张家坟的松树都死光了，那时就来！"

"呵，呵，松树！"

三个女人齐声喊了起来。她们的眼里一齐闪着恐惧和希望的光。少了一棵松树就要受张剥皮的压迫，她们是恐惧的，然而这恐惧后面就伏着希望吗？这样在恐惧与希望的交织线下，她们对于黄道士的信口开河，就不知不觉发生了多少信仰。

名师伴你读

▶ **品读与赏析**

黄道士带来了惊人的消息：天要变了，"真命天子"即将出世。村民们在恐惧中又充满了希望。他们恐惧被压迫和剥削，恐惧战争和动乱，恐惧饥饿和寒冷，恐惧未知的将来，但是残酷的现实让他们在恐惧中更抱有希望，希望能够打破这黑暗的现实，改变这悲惨的命运。本篇通过疯疯癫癫的黄道士和三个女人之间看似毫无意义的对话，将人们悲惨的境遇、黑暗的未来、朴素的期待、变革的幻想娓娓道来，反映出他们仍未找到正确的信仰，仍未把握前进的方向，仍在困惑和迷惘中乱奔乱撞的现实状况。

▶ **学习与借鉴**

1. **语言使用准确**：黄道士和三个女人的对话，符合人物自身特点，同时又将人们复杂多样的思想蕴含于看似毫无意义的对话之中，为下文故事情节的展开做铺垫。

2. **前后照应**：文末的松树与前文的松树遥相呼应，进一步凸显了松树的象征意义。

三

四大娘心魂不定了好几天。因为她的丈夫阿四还想种"租田"，而她的父亲张财发却劝她去做女佣，——吃出一张嘴，多少也还有几块钱的工钱。她想想父亲的话不错。但是阿四不种田又能干什么呢？男人到镇上去找工作，比女人还难。要是仍旧种田，那么家里就需要四大娘这一双手。

多多头另是一种意见，他气冲冲地说：

"租田来种吗？你做断了脊梁骨还要饿肚子呢！年成好，一亩田收了三担米，五亩田十五担，去了'一五得五，三五十五'六石五斗的租米，剩下那么一点儿留着自家吃罢，可是欠出的债要不要利息，肥料要不要本钱？你打打算盘刚好是白做，自家连粥也没得吃！"

阿四苦着脸不作声。他也知道种租田不是活路。四大娘做女佣多少能赚几个钱，就是他自己呢，做做短工也得混一口饭，但是有个什么东西梗在他的心头，他总觉得那样办就是他这一世完了。他望着老婆的脸，等待她的主意。

多多头却又接着说道：

"不要三心两意了！现在——田，地，都卖得精光，又欠了一身的债，这三间破屋也不是自己的，还死守在这里干什么？依我说，你们两个到镇上去'吃人家饭'，老头子借的债，他妈的，不管！"

"小宝只好寄在他外公身边，——"

四大娘惘然呐出了半句，猛地又缩住了。"外公"也没有家，也是"吃人家饭"，况且已经为的带着小孙子在身边，"东家"常有闲话，再加一个外孙，恐怕不行罢？也许会连累到外公打破饭碗。镇上人家都不喜欢雇了个佣人却带着小孩。……想到这些，四大娘就觉得"吃人家饭"也是为难。

"我都想过了，就是小把戏没有地方去呀！"

阿四看着他老婆的面孔说，差不多要哭出来。

"嘿嘿！你这样没有主意的人，少有主见！我带了小宝去，包你有吃有穿！到底是十二岁的孩子，又不是三岁半要吃奶的！"

多多头不耐烦极了，就像要跟他哥哥吵架似的嚷着。

阿四苦着脸只是摇头。四大娘早已连声反对了：

"不行，不行！我不放心！唉，唉，像个什么！一家人七零八落！一份人家拆散，不行的！怎么就把人家拆散？"

"哼，哼，乱世年成，饿死的人家上千上万，拆散算得什么！这年成死一个人好比一条狗，拆散一下算得什么！"

多多头暴躁地咬着牙齿说。他睁圆了眼睛看着他的哥哥嫂嫂，怒冲冲地就像要把这一对没有主意的人一口吞下去。

因为多多头发脾气，阿四和四大娘就不再开口了。他们却也觉得多多头这一番怒骂爽辣辣地怪受用似的。梗在阿四心头的那块东西，——使他只想照老样子种田，即使是种的租田，使他总觉得"吃人家饭"不是路，使他老是哭丧着脸打不起主意的那块东西，现在好像被多多头一脚踢破露出那里边的核心。原来就是"不肯拆散的那个家"！

因为他们向来有一个家，而且还是"自田自地"过得去的家，他们就以为做人家的意义无非为的要维持这个"家"，现在要他们拆散了这家去过"浮尸"样的生活，那非但对不起祖宗，并且也对不起他们的孩子——小宝。"家"，久已成为他们的信仰。刚刚变成无产无家的他们怎样就能忘记了这长久生根了的信仰呵！

然而多多头的话却又像一把尖刀戳穿了他们的心，——他们的信仰。"乱世年成，人家拆散，算得什么呢！死一个人，好比一条狗！"四大娘愈想愈苦，就哭起来了。

"多早晚真命天子才来呢？黄道士的三个草人灵不灵？"

在悲泣中，她又这么想，仿佛看见了一道光明。

名师伴你读

▶ 品读与赏析

阿四依然幻想种"租田"来改变一家人的境况，不想去过"浮尸"一样的生活，而多多头却无情戳穿他们的信仰。他们已经无产无家，又怎能"自田自地"？"乱世年成，人家拆散，算得什么呢！死一个人，好比一条狗！"这是当时底层人民生存状态的真实写照：家破人亡、妻离子散，人们像蝼蚁一样毫无尊严地活着，在饥寒交迫中艰难度日，连"自田自地"这一最低的愿望都无法实现。时局的动乱和社会的黑暗不言而喻，人们对现实渐渐不再抱有希望，越来越多的农民逐渐成长和觉醒，终将成为推动旧中国农村向前变革发展的力量。

▶ 学习与借鉴

1. **行文紧凑流畅**：人们的生活日益困苦，反抗的意识也日益提高，故事情节在紧凑流畅的节奏中一步步走向高潮。

2. **叙议结合**：叙述议论相结合，使内容更加充实，结构更加严密。

四

一天一天更加冷了，也下过雪，菜蔬冻坏了许多。村里人再没有东西送到镇上去换米了，有好多天，村和镇断绝了交通。全村的人都在饥饿中。

忽然有人发见了桑树的根也可以吃，和芋头差不多。于是大家就掘桑根。

四大娘看见了桑根就像碰见了仇人。为的他家就伤在养蚕里，也为的这块桑地已经抵给债主。虽然往常她把桑树当作性命。

村里少了几个青年人：六宝的哥哥福庆，和镇上张剥皮闹过的李老虎，还有多多头，忽然都不知去向。但村里人谁也不关心；他们关心的，倒是那张家坟园里的松树。即使是下雪天，也有人去看那坟上的松树到底还剩几棵。上次黄道士那一派胡言早就传遍了全村，而且很多人相信。

黄道士破屋里的三个草人身上渐渐多些纸条，写着一些村里人的"八字"。四大娘的儿子小宝的"八字"也在内。四大娘还在设法再积五百个겠也替她丈夫去挂个纸条。

女人中间就只有六宝不很相信黄道士的浑话。可是她也不在村里了。有人说她到上海去"进厂"了，也有人说她就在镇上。

将近"冬至"的时候，忽然村里又纷纷传说，真命天子原来就出在邻村，叫作七家浜的小地方。村里的赵阿大就同亲眼见过似的，在稻场上讲那个"真命天子"的故事。

"不过十一二岁呢，和小宝差不多高，也是鼻涕拖有寸把长……"

站在旁边听的人就轰然笑了。赵阿大的脸立刻涨红，大声喊道：

"不相信，就自己去看罢！'真人不露相'？嘿，这就叫

因为养蚕，人们得以养家糊口、延续生命；也因为养蚕，人们落得一穷二白、负债累累。"桑树"呼应了前篇《春蚕》的故事，将桑树视作仇人，暗喻了穷人们真正的仇人是国民政府、地主阶级和高利贷者。

作'真人不露相'！慢点儿，等我想一想。对了，是今年夏天的时候，这孩子，真命天子，一场大病，死去三日三夜，醒来后就是'金口'了！人家本来也不知道，八月半那天，他跟了人家去拔芋头，田塍上有一块大石头——就是大石头，他喊一声'滚开'，当真！那石头就骨碌碌地滚开了！他是金口！"

听的人都睁大了眼睛看着赵阿大，又转脸去看四大娘背后瘦得不成样子的小宝。

有人松一口气似的小声说：

"本来真命天子早该出世了！"

"金口还说了些什么？阿大！"

阿四不满足地追问。但是赵阿大瞪出了眼睛，张大着嘴巴，没有回答。他是不会撒谎的，有一句说一句不能再添多。过一会儿，他发急了似的乱嚷道：

"各村坊里都讲开了，'人'是在那里！十一二岁，拖鼻涕，跟小宝差不多！"

"唉！还只得十一二岁！等到他坐龙庭，我的骨头快烂光了！"

四大娘忽然插嘴说，怕冷似的拱起了两个肩膀。

"谁说！当作是慢的，反而快！有文曲星武曲星帮忙呢！福气大的人，十一二岁也就坐上龙庭了！要等到你骨头烂，大家都没命了！"

荷花找到机会，就跟四大娘抬杠。

"你也是'金口'吗？不要脸！"

四大娘回骂，心里也觉得荷花的话大概不错，而且盼望它不错，可是当着那么多人面前，四大娘嘴里怎么肯认输。这两个女人又要吵起来了。黄道士一向没开口，这时他便拦在中间说道：

"自家人吵什么！可是，阿大，七家浜离这里多少路！不到'一九'罢？那，我们村坊正罩在'血光'里了！几天前，桥头小庙里的菩萨淌眼泪，河里的水发红光，——哦！快了！半年，一年！——记牢！"

最后两个字像猫头鹰叫，听的人都打了个寒噤，希望中夹着害怕。黄道士那三个古怪草人都浮出在众人眼前了，草人上挂着一些纸条。于是已经花了五百文的人不由得松一口气，虔诚地望着黄道士的面孔。

"这几天里，松树砍去了三棵！"

荷花喃喃地说，脸向着村北的一团青绿的张家坟。

大家都会意似的点头。有几个嘴里放出轻松的一声嘘。

赵阿大料不到真命天子的故事会引出这样严重的结果，心里着实惊慌。他还没在黄道士的草人身上挂上纸条，他和老婆为了这件事还闹过一场，现在好像要照老婆的意思破费几文了。五百个钱虽是大数目，可是他想来倒还有办法。保卫团捐，他已经欠了一个月，爽性再欠一个月，那不就有了吗？派到他头上的捐是第三等，每月一角。

不单是赵阿大存了这样的心。早已有人把保卫团捐移到黄道士的草人身上了。他们都是会打算盘的：保卫团捐是每月二角，——也有的派到每月二角，可是黄道士的草人却只要一次的五百文就够了，并且村里人也不相信那驻在村外三里远的土地庙里的什么"三甲联合队"的三条枪会有多少力量。在乡下人眼里，那什么"三甲联合队"队长，班长，兵，共计三人三条枪，远不及黄道士的三个草人能够保佑村坊。

他们也不相信那"三甲联合队"真是来保卫他们什么。那三条枪是七月里来的，正当乡下人没有饭吃，闹哄哄地抢米的时候，饭都没得吃的人，还有什么值钱的东西要保卫吗？

可是那"三甲联合队"三个人"管"的事却不少。并且管事的本领也不小。虽然天气冷，他们三个人成天躲在庙里，他们也知道七家浜出了"真命天子"，也知道黄道士家里有什么草人，并且那天赵阿大他们在稻场上说的那些话也都落到他们三个人耳朵里了。

并且，村里的人不缴纳保卫团捐却去送钱给黄道士那三个草人的事，也被"三甲联合队"的三个人知道了！

就在赵阿大讲述"真命天子"故事的三四天以后，"三甲联合队"也把七家浜那个"金口"的拖鼻涕孩子验明证身捉到那土地庙里来了。

这是在微雨的下午，天空深灰色，雨有随时变作雪的样子。土地庙里暗得很。"三甲联合队"的全体——队长，班长，和士兵，一共三个人，因为出了这一趟远差，都疲倦了，于是队长下命令，就把那孩子锁在土地公公的泥腿上，班长改作"值日官"，士兵改作门岗兼"卫兵"，等到明天再报告基干队请示发落。

那拖鼻涕的"真命天子"蹲在土地公公泥脚边悄悄地哭。

队长从军衣口袋掏出一支香烟来，烟已经揉曲了，队长慢慢地把它弄直，吸着了，喷一口烟，就对那"值日官"说道：

"咱们破了这件案子，您想来该得多少奖赏？"

"别说奖赏了，听说基干队的棉军衣还没着落。"

值日官冷冷地回答。于是队长就皱着眉头再喷一口烟。

天色更加黑了，值日官点上了洋油灯，正想去权代那"卫兵"做"门岗"，好替回那"卫兵"来烧饭，忽然队长双手一拍，站起来拿那洋油灯照到那"真命天子"的脸上，用劲地看着。看了一会儿，他就摆出老虎威风来，吓唬那孩子道：

"想做皇帝吗？你犯的杀头罪，杀头，懂得吗？"

孩子不敢再哭，也不说话，鼻涕拖有半尺长。

"同党还有谁？快说！"

值日官也在旁边吆喝。

回答是摇头。

队长生气了，放下洋油灯，抓住了那孩子的头发往后一揪，孩子的脸就朝上了，队长狞视着那拖鼻涕的脏瘦脸，厉声骂道：

"没有耳朵吗？谁是同党？招出来，就不打你！"

"我不知道哟！我只知道拾柴捉草，人家说我的什么，我全不知道。"

"混蛋！那就打！"

队长一边骂，一边就揪住那孩子的头到土地公公的泥腿上重重地碰了几下。孩子像杀猪似的哭叫了。土地公公腿上的泥簌簌地落在孩子的头上。

值日官背卷着手，侧着头，瞧着土地公公脸上蚀剩一半的白胡子。他知道队长的心事，他又瞧出那孩子实在笨得不像人样。等队长怒气稍平，他扯着队长的衣角，在队长耳边轻轻说了一句，两个人就踅到一边去低声商量。

孩子头上肿高了好几块，睁大着眼睛发愣，连哭都忘记了。

"明天把黄道士捉来，就有法子好想了。"

值日官最后这么说了一句，队长点头微笑。再走到那孩子跟前，队长就不像刚才那股凶相，倒很和气地说：

"小孩子，你是冤枉了，明天就放你回去。可是你得告诉我，村里哪几家有钱？要是你不肯说，好，再打！"

突然队长的脸又绷紧了，还用脚跺一下。

孩子仰着脸，浑身都抖了。抖了一会儿，他就摇头，一边就哭。

"贱狗！不打不招！"

队长跺着脚咆哮。值日官早拾起一根木柴，只等队长一声命令，就要打了。

但是庙门外蓦地来了一声狂呼，队长和值日官急转脸去看时，灯光下照见他们那卫兵兼门岗抱着头飞奔进来，后边是黑魆魆几条人影子。值日官丢了木柴就往土地公公座边的小门跑了。队长毕竟有胆，哼了一声，跳起来就取那条挂在泥塑"功

阅读笔记 曹"身上的快枪，可是枪刚到手，他已经被人家拦腰抱住，接着是兜头吃了一锄头，不曾再哼得一声，就死在地上。

卫兵被陆福庆捉住，解了他身上的子弹带。

"逃走了一个！"

多多头抹着脸，大声说。队长脑袋里的血溅了多多头一脸和半身。

"三条枪全在这里了，子弹也齐全。逃走的一个，饶了他罢。"

这是李老虎的声音。接着，三个人齐声哈哈大笑。

多多头揪断了那"真命天子"身上的铁链，也拿过洋油灯来照他的脸。这孩子简直吓昏了，定住了眼睛，牙齿抖得格格响。陆福庆和李老虎搀他起来，又拍他的胸脯，揪他的头发。孩子惊魂中醒过来，第一声就哭。

多多头放下洋油灯，笑着说道：

"哈哈！你就是什么"真命天子"吗？滚你的罢！"

这时庙门外风赶着雪花，磨旋似的来了。

名师伴你读

▶ **品读与赏析**

福庆、多多头和李老虎失去踪影多日，但村里人却都在关注张家祖坟上的松树，黄道士的一派胡言使村民们将信将疑，"真命天子"的出现更是搅得人心惶惶，善良愚昧的人们把保卫团捐都给了黄道士祈求保佑，由此引发了"三甲联合队"捉拿"真命天子"并准备借此升官发财，最终在土地庙被多多头三人缴械。村民们是愚昧落后的，所以他们期待的改变是带有浓重的封建迷信色彩且不可行的，多多头等三人是底层人民中的先进代表，在经历了无穷无尽的压迫剥削之后，他们已经不再相信通过辛勤的劳动能改变自己的命运。在外敌入侵、政治腐败、社会黑暗的时代背景下，逆来顺受、安分守己只会使自己的境况更加困苦，剥削阶级毫无人性和怜悯可言，人民唯有从思想上彻底觉醒，看清造成自己悲惨命运的罪魁祸首，用武装斗争去打破身上的枷锁、冲破紧锁的牢笼、争取自己的权利，才能真正改变自己的命运。

▶ 学习与借鉴

1. **正面描写与侧面衬托相结合**：通过正面描写与侧面衬托相结合，充分揭露出"三甲保卫团"残酷、贪婪、腐朽的统治阶级本性。

2. **埋下伏笔**：以"村里少几个青年人"埋下伏笔，使文末多多头等人袭击土地庙等情节更加合情合理，文章结构更加严密紧凑。

有志者

一

睁开眼来，两片嘴唇轻轻一松，就有一个烟圈儿从嘴边腾起，摇摇摆摆去了一段路，然后停住，好像不知道上前好呢还是转弯好，得站住了转一转念头，这当儿，那圈子一点儿一点儿扩大，那烟色也一点儿一点儿变淡起来，大到不能再大，淡到不能再淡，烟圈儿也就没有。

这不过是几秒钟的事情，然而躺在那里看着的他，却觉得很久。他第二次（略为有点儿性急）把嘴唇再那样一松，这回是两个烟圈儿出来了，厮赶着似的，一前一后，前面那一个在一尺路以内就胀破了，后面那一个却赶过头去，——去得很快，因为很快就来不及扩大，他一边看着，一边心里就想着，"这一个也许可以达到帐顶罢？"但是忽然像中了风，那烟圈儿一下子就消失得毫无影踪。

他有点儿失望。再张嘴。可没有烟圈儿，只有一团淡到几乎看不见的口气和烟的混血儿。于是下意识地把香烟屁股放在嘴角，用力吸一口，屏住气，打算如法炮制，这当儿，他夫人的脚步声从房门外来了——是夫人的脚步声，决不会错，老是像拖着鞋皮——拖噜拖噜。他一听见就会头痛。他会立刻想象到自己的脑袋摊平了成为地板，而他夫人的鞋底——拖过！而且，他好像已经是地板了，他看得见夫人鞋底粘着的煤屑、鱼鳞、青菜梗。他忘记了吹烟圈圈儿，忘记了有满嘴的烟在那里，烟呛住了喉咙，咳咳咳——他两手捧住脑袋，睁圆着一对恨极了的眼睛。

"又是我打搅你了。"夫人是一目了然的，"可是，你看，阿大撒了我一身尿，不换件衣服怎么成？"

他苦笑。夫人进来总是有理由的。然而，他讨厌夫人屡屡进来，也是有理由的：他不趁这暑假期间写成一篇"创作"，难道等开了学一星期二十小时的课，百来本作文簿那时倒写得成吗？难道因为阿大会撒尿，夫人要换衣，他就活生生"牺牲"了稳可以到手的"创作家"的头衔吗？不成的！那怎么对得起他自己呢！——他的"人生经验"，他的"天才"，他的五年来朝思暮想的一鸣惊人的大抱负大计划！五年前他毕业的当儿，不是早已在师长和同学面前——简直是在全世界面前，宣言他要精心"创"一部"作"吗？已经蹉跎了五年了呀！不成的！那——简直不成话！

然而夫人进来总是有理由的，他只好苦笑。

然而更糟的是夫人换衣服竟比他做文章还难。这个女人总是那么拖拖沓沓！而且阿大又在下边哭起来了。这孩子，哭门一开，起码得二十分钟，像母亲。他忍无可忍似的从床上跳起来发话道：

"嘿！你这人，阿大总是要撒尿，你总是要换衣服——嗯，要换衣服呢，那——你不好把衣服多放几件在下边吗？"

"哎哎，只有你才想得周到呀，这已经是换到第三件了，这一早上！"

他夫人一面说，一面把一件淡灰色很短的单旗袍拎在手里相了一相，就披上身去。她扣好了大襟头的钮子，低头看看，忽然自己笑起来。"从前就时兴这么短！"她自言自语，再扭过头去看看后身。皇天在上！她穿一件衣服也像他做文章！

他无可奈何地再往床上一躺，叹口气，喃喃地说：

"哎，哎，总得有个书房——书房；没有书房，创作不出——哎，伟大的——"

他还没有说完全，就觉得喉咙头梗住了。"哇——哇——"下边的阿大即已由示威变成了开火。夫人赶快跑，到房门边，她又回头朝她丈夫看了一眼，像是含嗔又像是安慰，轻声说：

"何苦呢！暑假末，休息休息好啦！"

他皱了皱眉头，不回答。"何苦呢！"他心里也这么说了一句，可是——

阿大要撒尿，夫人要换衣服，当真比他的"事业"还重要吗？笑话！可是，可是，夫人这句"何苦呢"，近来常常挂在嘴边了。真不应该！人家做老婆的，激励丈夫，给丈夫安排着一个适宜于"创作"的环境，她呢，反倒打退堂鼓。气数！而且——而且，她自己整天捧住个阿大，就好像人生的意义整个有了。"看我，五年前的计划、理想，还不是一古脑儿收起？"她还这么说呢！没志气！想不到她会变成这么平凡的！"只好随她去，然而害得我也平凡，却是不可恕的。"——他心里流泪地说，点着了一支香烟，又叹气。

这一回，他不制造烟泡泡儿，烟从口里接连喷出来，又从他鼻孔里；不多会儿，他的脸上罩满了一片白烟，他在烟中看见了五年来的"过去"。他在烟中看见了新婚不久后的他夫人和他自己。夫人那时穿的正是刚才换上的那件短得奇怪的淡灰色单旗袍，然而比现在美。

名师伴你读

▶品读与赏析

本篇讲述了一个怀有"大抱负大计划"的中学教员的故事，他想趁暑假期间创作出一篇一鸣惊人的作品。但是他并没有将心思和精力用到创作上，而是过多地纠结于外部环境和客观条件。他百无聊赖地吐着烟圈儿，进行着毫无意义的深思；"他讨厌他夫人屡屡进来"，埋怨夫人多次到楼上来换衣服打扰他的创作；他寄希望于暑假中的创作，忽略文学创作需要日积月累一点一滴的沉淀；他抱怨家里没有书房，嘈杂的环境影响了他的灵感，甚至把妻子关切的安慰都当作是给他打"退堂鼓"。

虽然只有一小节文字，但故事情节相对完整，对"有志者"的塑造，既有神情、动作、语言、心理等正面描写，又有侧面烘托，形象地展现出一个滑稽、迂腐、空有大志的中学教员形象，他有信心却没行动，相信自己是"天才"，却迟迟没有付诸行动；他有理想却不实干，五年前就宣布要精心创作出一部作品，然而五年后还在计划中；他有追求却没毅力，专注度不够，儿子的哭声、妻子的脚步声都能使他分心。正是因为他过于强调客观因素和外部环境，加之主观上的心浮气躁、用心不专、拖沓慵懒，我们可以预见他的"大抱负大计划"的实现必将是空中楼阁。

▶学习与借鉴

　　1. **语言生动形象**：文中对吐烟圈的情景、夫人"拖噜拖噜"的脚步、人物的对话等描写，形象生动，符合人物性格特征，生活气息浓厚。

　　2. **修辞使用得当**：综合使用多种修辞方法，尤其是多次出现反问句式，加深了艺术效果。

二

吃过午饭，阿大照例睡午觉了，夫人在楼下轻手轻脚地料理些杂务，时时侧着耳朵听。橐橐橐的皮鞋声在楼板上响到窗前又响回去。夫人听了会儿，忍不住抿嘴笑，笑过了又皱眉头。这样难产的"创作"应当是好的罢？

忽然皮鞋声橐橐橐地响到楼梯头了，忽然又停住。夫人关心地朝楼梯那边望了一眼，忽然皮鞋声响下楼梯来了，丈夫脸上是一股心事。

夫人赶快迎上去，一个笑靥，低声说：

"怎么下来了？要什么，你叫一声就好啦，我老在这里留心听你。"

他摇了摇头，朝他夫人脸上看着，似乎有话要说，但是眉头轻轻一皱，就橐橐地走到客堂里，那走法大有神经病的样子。"轻些！阿大——"夫人跟在后面警告。他好像浑身一跳，就站住了，朝摇篮里睡着的阿大看一眼，懒洋洋地坐到一张椅子里去了。夫人跟到椅子边，一手搭在他肩上，正想开口，他倒先说了，一个个字都像经过咬嚼：

"想来，想去。这——环境里，断乎——断乎，写不出，好创作。"

"那你就先不用写罢。暑假——"

"哎，先来个'不用'，——不是办法！"摇着头，加强那"不是"的力量。

"那怎么办呢？衣服什么的都搬到楼下来罢？"

夫人诚恳地说，眼睛看住她丈夫。一个停顿。他像是在沉吟，又像是在斟酌；终于，眉毛一挺，毅然决然了：

"怎么办吗？只有一个办法！——嗯，衣服什么的，不是主要；怎么你会把衣服什么的看成了主要？不然，不然！唯一的办法是——嗯！我考虑过无数遍了，嗯，只有离开这环境，我——我到什么山里，什么庙里，聚精会神完成——完成我的创作！唯一的——唯一的办法！"

夫人不回答，出神地看着一只墙角。等了一会儿，他不耐烦地说：

"不明白吗？你看不到这个必要罢？"

"哎。是的，是的！不过，不过，"她勉强笑了一笑，"不过我想起四年前我们刚认识的时候，你就已经要——要写一部创作？你那时住在一座庙里，虽不是山里，倒也跟山里差不多，可是你那时老追着我说：寂寞呀，空虚呀，创作不了；你说我们一块儿就好了，你那时不是说得很认真的吗？——"

她说不下去了。她绷紧着脸轻声笑，忽然掉落一对眼泪来，但是眼泪挂在面颊上，她倒真心地笑了起来。过去的追忆，似乎毕竟也还甜蜜。

他似乎有点儿窘。用手在脸上抹了一把，急口地叫道：

"那，那，也不是我的错呀；这个，此一时，彼一时呀！这个，不到一年，就有了他呀！"手指着摇篮里睡着的阿大，却又顿着脚，"该死，该死，没等我创了作，他就来了！所以，这个环境，埋没天才，非——非离开不可！"

夫人早已笑不出了，看看他，又看看摇篮，赶快伸一条腿过去，脚尖点住了摇篮边轻轻摇了一摇，可是来不及了，阿大一双小手已经狠命揉着他的小脸，——这是要哭。夫人跑过去，一把抱了起来，已经哇的一声哭出来了。

他觉得背上全是汗，洋纱短衫粘住了，就反过手去拎一拎空。

"不成！真不成！非得——非离开这环境不可！"他说着又叹一口气，便橐橐地开正步走上楼去。

名师伴你读

▶ 品读与赏析

为了不打扰他所谓的"创作"，体贴宽容的夫人把衣服杂物都搬到了楼下，轻手轻脚地料理家务，独自一人照看阿大，可以说已经极尽可能地给他创造一个安静的写作环境。可是这心中豪情万丈、脑中却空无一物的主人公，宁愿在屋里来回踱步，也不坐下来静静思考，还在为自己匮乏的文思和浅薄的底蕴找出诸多借口，甚至怪罪于尚在襁褓里的孩子。最终他决定去山里或庙里聚精会神地创作。这一小节篇幅不长，但通过对主人公的正面描写和夫人的侧面衬托，把这个小资产阶级文人"皮厚嘴尖腹中空"的滑稽形象进一步丰富起来。

三

过了几天，他居然独个人住到庙里去了。庙就是从前他恋爱"发祥"的那只庙，可不在山里，而在小小的乡镇。他分了三分之一的家用——四十块钱，预定要在这庙里住上六个星期。

第一天是要布置出一个适宜于"创作"的书房来，一眨眼便已经天暗。他也累了，朝一盏美孚灯呆坐了会儿，听听窗外草里的络丝娘，自觉得"灵感"还没来，就上床睡觉。

他有梦。当然是"创作"成功的梦。他读过孙博翻译的《沉钟》。他知道剧中的铸钟匠亨利那口钟就是"伟大的艺术"的象征。他坚信着自己这见解，谁要说他解释错了，他准要吵架。现在他梦中就看见他的"艺术的大钟"居然成功，而且没有掉在湖里，却高高地挂在庄严华丽的钟楼上。而且他亲手拿着檀香的大杵，凛凛然撞这口"艺术的大钟"了。

洪……洪……洪……

他梦中笑醒来还听得这庄严的钟声在耳边响。他揉了揉眼睛，把小指头放到嘴里轻轻咬一下。不错，他感觉到痛，他不是在梦中。但是那钟声明明从窗外飞来：洪……洪……"当真和拜伦一样，我一觉醒来就看见自己是文坛名人了吗？"他这样想着，就赶快穿衣下床 。这当儿，他的脑细胞一定是下了紧急全体动员令了。他平日读过的一切外国（自然没有中国）文豪成功史都一齐涌现来了。他眼前突然来了大仲马的比皇宫还富丽些的Monte-Cristo①，他便立刻拿定主意他决不像大仲马那样做孟尝君。他也许一星期请一次客——咳，在他的Monte-Cristo请一次客，然而绝不让比他次等的文人天天来揩油。而且也许他要养几条狗防防贼，可绝不能让他的狗带进半条野狗来帮着吃。不，一百个一万个不！他可不能像大仲马那么糊涂！

"不！"他跳下床在那破碎的方砖上顿了一下脚。像踏着了火砖似的，

---

① Monte-Cristo：法国作家大仲马著的小说《基度山恩仇记》中的人物；这里是指他所住的豪华雄伟的爵府。（作者原注）

他的脚立刻缩起来，双手抱住了。他还没有穿袜子，破方砖刺痛了脚底心了。他抱着痛脚倒在床里，无端地哈哈狂笑。

洪……洪……洪……钟声还是一声声响着。

他揉着那只痛定了的脚，渐渐想起这是庙里的老和尚在撞大殿上的那口钟罢，便觉着有点儿扫兴。于是穿上袜子，趿着鞋皮，小小心心踏在那些破碎的方砖上，推开了一扇窗，他就唤小和尚打洗脸水。

到乱草野花的石阶上站了一会儿，他就信步踱出庙门来了。一边踱着，一边就心里打起算盘来。庙里一个半月的租钱——不，香金，去了十块。茶水灯火在内。倘使带一份斋，那么按日三毛大洋，三三得九，一三是三，三五十五，——哦哦，该是十三块五角罢，当然轻而易举，但是，但是——他是为"创作"而来的，用脑的，总不成餐餐豆腐青菜会产生出雄伟浓艳的作品罢，好在镇上有的是小馆子，新鲜的鱼虾，肥嫩的鸡鸭，每天花上——唉，小镇里的物价总不至于贵到哪儿去。

他挺了挺胸脯，觉得自己的思虑真是周密之至。

"不过这会儿是早饭呀，该吃点儿什么好呢？"走近了市廛的时候，他猛地这么想起。他站住了向街上街下张望着，原来有小馆子也有带卖点心的茶馆。他就自然而然跑进了茶馆去。"按照卫生，早上不宜荤腥油腻，品一会儿茗提提神是好的"，——他给自己的行动解析出坚实的学理。

然而因为茶，他就联想到咖啡。对不起，他在家里并不是每天早上都有咖啡喝的，——不，简直是一星期一次也没有。不过此番是大规模地潜心来"创作"，应当备一点儿咖啡。对了，咖啡是不可少的。不是巴尔扎克的《人间喜剧》全仗了二万几千杯咖啡吗？

"哎，哎，怎么从前就忘记了呢！损失！天大的损失！不然！我的杰作早已产生了，何待今日！"捧着茶杯的他这样想着就喝了一口，同时他又喊了一客葱花猪油烧饼和一客肉馒头。

名师伴你读

▶ 品读与赏析

　　终于，他带着三分之一的家用独自住到了庙里，在精心布置的适合创作的书房里等待灵感的到来。创作成功的梦让他欣喜若狂、信心倍增，醒来之后更是全身心地酝酿着如何为"创作"打造万事俱备的条件：雄伟浓艳的作品断然离不开鸡鸭鱼虾的滋补，奇思妙想的灵感更是有赖于咖啡香茗的诱引。更具讽刺意味的是，"按照卫生，早上不宜荤腥油腻"这一坚实的学理，片刻间就被"一客葱花猪油烧饼和一客肉馒头"所推翻。随着描写的一步步深入，那适合创作的环境也一点点完备，然而那恼人的灵感却迟迟不到，文章的讽刺意味进一步加深。

▶ 学习与借鉴

　　1. 描写细腻：对主人公在庙里的行为和心理描写地细致入微，展现出主人公过分关注客观条件、不思创作的滑稽形象。
　　2. 讽刺强烈：文中主人公混乱的心理、神经质般的举动、自我矛盾的言行，流露出愈发强烈的讽刺意味。

四

　　夫人将他指定要的黑咖啡买好寄了来时，已经是他在庙里的第四个黄昏。三天来他的生活很有秩序：早上吃茶，半小时；午饭晚饭，要是碰到闹讯，那就费掉一个钟头也还算幸气。余下的时间就是摊好原稿纸坐了下去。捧着脑袋构思了一会儿，好像"灵感"还没来，便点起一支香烟催一催；坐着抽烟又好像不得劲，便躺到床上去，也照例制些烟泡泡儿；于是再坐到原稿纸面前去。再捧着头，再点着烟，再到床上躺一会儿。这些是刻板的。有例外，便是在两支香烟中间偶然不回到原稿纸面前去，而到房外那乱草天井中踱这么一刻钟二十分。

　　这样秩序整然地过了三天，原稿纸撕掉过十几张，但是摊在书桌上的原稿纸依然只标着一个大大的"一"字。

　　这怪得他吗！夫人还没把黑咖啡寄来呢！这个责任自然是夫人负的！

　　然而现在黑咖啡终于寄到了，他的脑细胞又立刻下了全部紧急动员令。他一面在美孚灯上烧咖啡，一面就把生平听到的外国大文豪的轶事一古脑儿想起：司各德一个早晨要写二三万字呢！丹农雪乌白天骑马游玩，晚上开夜工，二十万言的小说也不过一星期就脱稿呢！——"哈哈！咖啡！咖啡万岁！"他不期然喊出了口。

　　那一晚，他开了第一次的夜工。

　　似乎黑咖啡当真有点儿魔力的。他坐在原稿纸前面不到十分钟，便觉得文思汹涌，仿佛那未来的"杰作"的全部结构蓦地耸现在他脑子里；"哈，原来早已成熟了在那里！"——他夹忙中还能自己评赞了一句。他像大将出阵似的撸起袖子，提起笔来，就准备把那"原来早已成熟了的"移到纸上去。他奋笔写了一行。核桃大的字！然而，然而，干吗了？脑袋里"早已成熟了的"东西忽然逃走！真有那样没耐心多等一会儿的！

　　于是他不能不捧着脑袋了，不能不搁笔了。约莫又是十分钟。他听得络丝娘在窗外草堆里刮拉刮拉，多么有劲，他又听得金铃子唧铃铃地摇着金铃。他脑子里"杰作"的形体渐渐又显形。他眼睛里闪着光芒，再奋起他的

fountain pen①，又是核桃大的字，然而，不到半行，猛地腿上来了一锥，他反射作用地拍了一下，半手掌的红血！就在这当儿，脑子里的东西就又逃走。

现在他觉得占有这书房的，不是他而是蚊子。无数的蚊子，呐喊着向他进攻。他赶快朝桌子底下一看，原来蚊烟香已经被他自己踏熄了。这一定是刚才第一次文思汹涌时他不知足之蹈之闯下的小小乱子。他只好再搁笔了。再烧起一盘蚊烟香，于是第二杯咖啡。

照例第二次的东西总得差些。黑咖啡也不能例外自居。他苦苦地要把雾一样的脑膜上的影像捉到纸上去，然而每次只捉得一点点。而且那些影像真是世界上最胆怯的东西。络丝娘的刮拉刮拉，金铃子的唧铃铃，都足够吓得它们立刻逃走。第一次的黑咖啡召了它们来时，它们可还不是这样"封建思想"的小姑娘似的！

不过还有第三第四杯黑咖啡。

不过第三第四杯黑咖啡的效力一定还得依次更差些！

而且美孚灯也要宣告罢工了，灯焰突突地跳，跳一跳便小一些。

他的一双眼睛也有点儿不听指挥，他轻轻叹一口气站起身来，看看原稿纸，还是第一张，十来行核桃大的字；看看地上，香烟屁股像窗外天空中的星！

很委屈地躺在床上的时候，十分可惜那第一杯黑咖啡召来的第一次"灵感"没有全数留住。"怪不得人家说汉字应当废除呢！要不是为的笔画太多，耽搁了工夫，我那第一次的想象岂不是全可以移在纸上吗？——至少是大部分！"他这样想着，翻一个身。

"听说西洋的大文章，比如伊伯尼兹罢，从来不作兴自己动笔的；他们有女打字。他们拿着咖啡杯，一面想，一面口说，女打字就嚓嚓地打在纸上。对呀，说比写快，打字又跟说一样快，那灵感自然逃不走！要自己写，还要那样麻烦的汉字，真太不像话呢！"他一面搔着腿上背上的蚊虫疤，一面这么想着，就觉得有点儿悲哀了。

但是再翻一个身，他的悲哀又变为愤怒。都是受了生活压迫的缘故，使

---

❶ fountain pen：英语。意为自来水笔。

他不得不在暑假"创作"，使他不得不来这草镇破庙受蚊虫叮，而且使他没有女打字！要是他此番当真还是"创"不成"作"，那责任该当由"生活"由社会去负，他是被牺牲了的，他有什么错呢！

他诅咒又诅咒，终于在诅咒中睡了去。

名师伴你读

▶ 品读与赏析

在黑咖啡的魔力下，在香烟的引诱下，在丹农雪乌开夜工的启示下，期待许久的文思终于汹涌而来，那未来"杰作"的全部结构仿佛蓦地耸现在他脑子里，然而核桃大的字才落笔一行，脑袋里"早已成熟了的"东西却忽然逃走。搜肠刮肚费尽周折直到美孚灯罢工，也才凑得十来行核桃大的字。他抱怨黑咖啡的效力差，抱怨汉字笔画太多耽搁了工夫，抱怨没有女打字留住自己的灵感，抱怨生活的压迫牺牲了他的创作。本篇讲述了他在庙里创作的一段经历，通过心理、动作、环境等方面的描写，形象地表现了这个小资产阶级文人空有大志、文思匮乏、刚愎自用、善于推脱的丑恶嘴脸，在可笑可气中开始变得可恨。

▶ 学习与借鉴

1. **描写细致全面**：综合运用比喻、拟人、夸张等修辞手法，对人物心理、动作、环境等进行了全面细致的描写。

2. **情节曲折起伏**：通过精巧的构思，讲述了主人公艰难波折的"创作历程"，故事情节在跌宕起伏中曲折展开。

五

以后是他历试西洋大文豪们各种各样地写作习惯的时期。

因为第一次开夜工的成绩太坏，他就不敢再学巴尔扎克。"这一位巴老先生好个结实的身体呵！听说他的头颈就比别人粗，头发跟马鬃似的，身材又高又大，定是有水牛般的精力，我怎么学得了他呢！而且他的书房里一定没有蚊子！"他感伤地想着，不免也带便恨到他爹娘为什么不把他生得又高又大些。但是他不能不"创作"。而"创作"又必须有"方法"，于是他就想到了司各德。这位老先生脚有点儿跛，身体似乎差些，他是早上写文章的。对了，早上，吃早饭之前，古哲说的什么"平旦之气"①。

心理描写

这段心理活动描写，体现出主人公生搬硬套、盲目模仿的创作方式和推脱责任、怪罪外因的拙劣性格。

他决定主意要起早了，虽然起早也并不容易。预定是六点钟，可是睡眠之神偏偏让他七点钟醒来。"哦，得有一个闹钟呀！"他打着呵欠想。也照黑咖啡的老例叫夫人寄一个罢，不成！家里没有闹钟，得现买。买买恐怕又得好几天。而且夫人肯不肯买也还成问题呢！上次寄黑咖啡时就已经唠唠叨叨说上半车子话，说家里剩的几个钱算算总不够，阿大肚子不好也还没有看医生，糟糕！

然而他不是轻易地就会屈伏的人呵！一定得想法买个闹钟来。

那天从茶馆里用过早饭回庙的时候，他就跟庙里的老和尚商量，请他每天早上六点钟权充个"报晓头陀"。

"哦——六点钟吗，出家人没有自鸣钟呀。"老和尚懒洋洋地说。

他搔了搔头皮，心想还是叫夫人买个闹钟寄来罢，但一转

---

❶"平旦之气"：指清晨的新鲜空气。

念，就歪着脑袋问道："你每天是什么时候起来的？"

"我吗？头鸡鸣啼就打坐念经了。"老和尚一对鸡婆眼直盯住了他的脸。

"好好，就是头鸡鸣啼罢。——头鸡鸣啼来叫我！"他把问题解决。

为的是要划一时代，这天白天里他就爽性不创作。他躺在床上喷了几个烟圈儿以后，猛地又想起何不同时学一次丹农雪乌，总该也有点儿益处。他当然没有一匹骏马，但乡下人有的是牛，一头黄牛或水牛想来也使得。

于是他在上午就出发了。离庙不到一百步，就有田。绿油油一片。可是不见牛呵！他用了写实主义作家实地视察的勇气跑过了三四道田塍，果然远远地望见近一条小河处耸露起一只牛角。他禁不住心里一喜，脚下就更有劲了。他一口气奔了好大段的路，整个牛都看见了，然而糟啦，一个不识趣的乡下人刚刚牵那条牛到水车边，看样子是要上工了。等到他赶到跟前时，那头牛早已很驯良地在盘着水车，牛脸上一副大眼罩。

"一切的一切都是在阻碍我创作天才的自由发展呵！"他这样想着，没精打采地走着回头路。肚子倒饿起来了，田里可又没有小饭馆。

但是这一点儿挫折只使他更加坚决。午饭后他换个方向去找，居然有了，三四条，黄牛水牛全有，都不在工作时间，躺在大树根下乘风凉。他和看守的乡下孩子办了个交涉，两个铜子骑一骑。什么都得花点儿本钱，他很懂得；可不是他创作成了后他也不能让书店里欠版税？

他把那几条牛一条一条都骑过。他骑得不很在行，然而他满意。骑到最后一头，——那是黄牛的时候，猛地他觉得"灵感"来了，他预定的小说人物之一，可巧也是个牧童什么的，骤然从他脑子里跳出来，活灵活现地站在那里。"哈哈！"他狂笑了一声，滚下牛背，搓搓手，然而，笔呀，纸呀，工具都不在手里，他再搓搓手，扫兴地叹口气。

不过无论如何他这次"拟丹农雪乌"是成功了的。他在夕阳影中回到庙里，心里是愉快的，充满着希望的。照理他接着就该开这么一个全夜工。因为丹农雪乌的"方法"确确凿凿是那样的。但是他为的已经"把一颗信仰的心献给了司各德"，而且四肢百体也好像要不依，所以他用过夜饭后只把笔墨稿纸香烟，还有黑咖啡，都安排得整整齐齐，就放心睡觉了。

他不知道睡了多少时候，也不知道做了梦没有，总而言之，他恍惚滑下了黄牛背似的浑身一跳，吃惊地睁开眼来的当儿，一条太阳光正在他额角上游戏。他赶快从枕头底下摸出表来一看，他妈的！又是七点钟多点儿。

他这一气非同小可。"咳咳，一盘新计划，又被破坏了！"——他穿着袜子的时候这么说。"而且，可恶的，老和尚可恶！干吗他也要存心破坏我的创作计划呢！"——提上鞋子的时候又气冲冲地说。

等不及洗脸他赶到"方丈"那里大声叫道：

"呔！昨天谈判好了的，你一早叫醒我，怎么你偏偏不叫呢？"

笃笃笃地老和尚起劲敲着木鱼正做早课，只把眼皮抬起来朝他看了一下，嘴里依然喃喃地念经。旁边的小和尚却连木鱼也忘记敲了，乌溜溜两只眼睛只朝他头上看到脚底。

秃——老和尚的木鱼槌子忽然敲到小和尚头上了。秃秃！又连两记。老和尚不念经了，侧过脸去。小和尚却涨破了喉咙，"南无佛，南无法"地乱嚷起来。老和尚赌气似的再敲了小和尚头一记，就喝道：

"你贪懒！你不曾去叫罢！"

"哼哼，这样大的事件你交给一个小和尚怎么成呢！"

"我叫的，叫的，"小和尚明白过来似的急口说，"他不醒呀！我叫的！"

"胡说八道！我没有不醒的！大事情在我身上呢！"他气得跺脚。

"我叫的！我在窗外叫了半天，你不醒！"小和尚差一些要哭了。

"出家人不打诳语。先生，实在是你睡性好了点儿。"

老和尚望望小和尚，又望望他，慢吞吞地说。他气得想不出回答。忽然他伸手到左口袋右口袋乃至裤口袋里乱摸了一通，他是想摸出他的表来给老和尚看看，这早晚已经是什么时候，因而他的预定计划全毁了，这责任是该当谁负，然而表没有，表忘记带在身边了。这当儿，老和尚却又慢吞吞说：

"先生，莫怪叫不醒你。我们头鸡啼起来，你刚刚在头聪①里。"

"头鸡啼，头鸡啼吗？头鸡啼约莫是几点钟呢？"他搔着头皮。

"不知道是几点钟，"老和尚闭着眼睛摇了摇头，"寒鸡半夜啼，这会儿是热天，头鸡啼总在五更不到，四更过点儿。"

他听得呆了，他妈的，头鸡啼原来有那么早的！怪不得司各德早饭之前能够写那么两万字，想来他也是头鸡啼起身的。得了，就是头鸡啼罢。

"老和尚，你不知道我身上有件大事呢！明天千万头鸡啼就来叫，叫不醒，打门，打门再不醒——哦哦——"他搔了搔头皮，"总之一定要叫我醒就是！千万不要忘记！"

---

❶ 头聪：入睡后的第一觉。

名师伴你读

▶ 品读与赏析

　　本篇讲述了主人公逐个尝试西洋大文豪们各种各样写作习惯的经历。为了学习司各德，他索性白天不创作；为了学习丹农雪乌，他游荡于田间去骑牛。然而事与愿违，牛背上得来的灵感却没有纸笔去记录，由于懒惰的睡性也错过了早上的创作时间，满怀希望却没创作出半点儿成果。文章通过叙述主人公模仿大文豪的经历，体现出主人公盲目跟随、浅尝辄止、呆板固执的性格特点。

▶ 学习与借鉴

　　1. **行文连贯**：承接了上一篇主人公滑稽的"创作历程"，引出本篇主人公历试各大文豪写作习惯的可笑经历。

　　2. **对比强烈**：主人公市井小人的语言风格，与其"一代文豪"的雄心壮志，形成强烈的对比和反差。

　　3. **情节曲折**：主人公创作的历程充满"故事"和"事故"，曲折离奇的经历吸引读者一步步读下去。

六

现在他知道头鸡啼离天亮远得很呢，他不能不预先布置。

他自己买了一罐子煤油，省得跟老和尚要添，惹气。他不"拟丹农雪乌"了，却睡了个中觉。出去吃夜饭的时间提前一小时，——六点整，想起蚊烟香不多了，便又带回一盒。他格外又想到头鸡啼起来乌黑黑地给美孚灯加油是不方便的，而且他也不能让加煤油什么的琐事扰乱了他的"平旦之气"，于是他趁天还没有黑就把美孚灯要了来，一看果然只有半肚子油，他立刻把它加得满满的。也没敢多点，只对着它抽了一支香烟，就赶快吹熄，上床睡觉。

然而也许因为白天睡过中觉，也许因为踌躇满志，他倒睡不着了。他在床上翻来覆去，想想还有什么应该先布置好的没有。什么都妥当周密之至，只有一件：说不定老和尚跟小和尚自家倒睡过了头，这可不是玩的。他连忙爬起来，就那么黑地里——幸而星光好得很，摸过了大殿，到和尚房门外笃笃地敲了两下。咳咳咳，是老和尚的声音，再笃笃笃。

"谁呀？"仍是老和尚的声音。

"是我！喂，老和尚，头鸡啼——"

"还早呢！"声音里带点儿惊异。

"啊啊，这个，我知道的。我是特来关照你，不要错过了头鸡啼。"

"不会的！咳咳——嘿——"

他这才放了心，照旧摸回去，却在大殿上看见一轮明月正从一块乌云里钻出来，天空还有几朵白云，此外是一色碧青。他也不敢多赏玩，赶快回到自己房里钻进了蚊帐，便闭了眼睛。明天的事情要紧，他不能再不睡。

但是愈想睡，偏不能睡。不睡倒也罢了，忽然脑膜上飘飘忽忽地移过了一些影像。那不是他那"创作"的"灵感"还会是别的不成！"怎么来得这般早呢！太早了！等到头鸡啼行不行？"——他拍着床带几分不愿意的神气自己对自己说。可是那些影像却作怪地愈来愈多，断断续续地，这个隐去了，那个却又显出来，好比天上的浮云。他简直窘了。末了他决定起身先来写这么一点儿再说。然而他刚刚坐起身来，那些影像却又模糊了。他喃喃地说了一句"还是等到头鸡啼再来罢"，便又躺了下去。于是过不了多久他也就蒙眬入睡。

　　这回是皇天保佑，他没有睡得像死人似的。小和尚在窗外喊了第一声时，他就蓦然惊醒；第二声喊得响些，他已经跳起身来忙应了一句。

　　下床来第一件事是点灯。第二件是煮咖啡。他看见灯焰四周有很大的一圈晕。这晕在抖，抖一下就好像大一些，有些金色和银色的星在晕圈里飞。他揉揉眼睛，伸一个懒腰，便觉得自己的脑袋也有点儿不大对，——昏昏的，又颇胀闷。他举起双手，用力在脸上抹了一把，走到房外在石阶上站了一会儿。天空的星星好像减少了，远处树梢白茫茫的，像挂着一层雾气。他惘然定睛看着，足有四五分钟之久，然后猛地惊觉了似的，转身回房，便坐在他的"岗位"里。

　　灯焰已经没有晕了，他的脑袋也回复了常态。他左手的中指和食指抵住了太阳穴，头微偏着，便提起笔来；笔尖像寻食的鸡喙，刚要落到纸上，便又缩回，最后第五次这才啄到了，是两个大字："陶醉"。他这篇大作虽然核桃大的字还不满一千，可是"故事"已经到了紧张关头，一对不知从哪里跳出来的青年男女由"一见目成"——这四个字他得来全不费力，他曾经归功于他的黑咖啡，——的经过，此时正坐在大树下谈心。得了，谈心！他嘴唇喷地响了一声，便很快地写下去："在大自然的怀抱中"。沉吟。笔尖又从纸面缩起。笔尖再逡巡落到纸面的时候，煮着的咖啡放出咝咝的细声音，他朝咖啡看了一眼，便毅然决然圈掉了一个"的"字，却在"中"字下写了三个字："的他们"。咖啡的声音越来越响了。他把全句念了一遍，终于再添上个"俩"字，便赶快放下笔，捧起了咖啡杯子。

　　一口一口啜着那热咖啡的时候，他眼睛望着刚写成的一句。字眼儿美丽，音调也好，特别是不能再增减一字——这是他平日给学生改作文簿的时候屡次提出来谆谆诲诫的；这都应当归功于"平旦之气"。

　　咖啡以后，他要放手写了。于是——"神秘的甜蜜的诗意，闪耀在她那一双黑钻石一般的美目里"——一句。他满意地松一口气，忽然左手在桌子边上拍一下，赶快加添了"白如云石"四个字，左手再支着脑袋，又添了两字："黑如"。侧着头再看一遍，终于再改，成为"……那一双白的地方像云石，黑的地方像黑钻石的美目里"。他觉得无可再改了，微微一笑，接着便要写那男的。

这样一字一字"斗争"下去，不知不觉满了一张稿纸。应该再喝一杯咖啡了，但是肚子里咕咕叫起来，似乎说：要一些填得饱的。不成！还没达到司各德的十分之一呢！肚子应该再等一等。而且"灵感"正在"油然作云"呢！

他左手揉着肚子，右手捉住"灵感"，依然一字一字"斗争"下去。可是肚子是讲不通的，咕咕地越叫越响，不管那可怜的"灵感"吓得簌簌颤抖。"灵感"的线愈抖愈细，终于，一下子断了，再也接不起。那刚是第三张原稿纸写满了一半的时候。

"该死，该死！"他搁下了笔，咬紧了牙关说。两手交叉在胸前，朝美孚灯发怔。窗外透着鱼肚白了，大殿里传来匀整的木鱼声。

毁了！这一回又不顺利。然而他想想也不能太怪怨肚子。肚子原是不大讲理的，肚子得用点儿东西喂，正像他的脑筋得用咖啡喂。为什么他昨天竟没想到这一点呢？那是不是脑筋的责任？不要多抱怨脑筋罢，它要招呼的事原就太多了！应该让它专管"创作"。司各德"创作"的时候难道也要自家留心灯油、蚊烟香，乃至点心？这些杂务，一定有他家里人代他用脑筋！

"哎哎！没有安定的生活呵！生活是虐杀创作的！"他赌气站起来，就跑出了房门。

名师伴你读

▶ 品读与赏析

本篇详细描述了主人公学习司各德创作的经历。他在万事俱备、踌躇满志中等待着"司各德时间"的到来，不惜拒绝那提前飘然而至的创作灵感。创作的过程就是"一字一字的斗争"，终于在"第三张原稿纸写满了一半的时候"，咕咕的肚子响吓跑了可怜的灵感，主人公的创作再一次被"生活"虐杀。作者在本篇浓墨重彩地描绘了主人公"字斟句酌"创作修改的场景，一幅本应严肃深沉的创作画面却充满着幼稚和滑稽，使读者在忍俊不禁的同时又充满强烈的鄙夷和痛恨。

七

预定的六个星期过到一半时，黑咖啡早已用尽，而他的钱袋也已空空。他写给夫人要钱的信一连有三封，但只得了要求数目的三分之一——十块大洋。夫人信上说：这十块钱还是奔走了三天的结果。他还清了小饭馆和茶店里的欠帐，剩下的钱只够坐四等车。

他终于回家去了，手提柳条箱里有"未完成的杰作"，肚子里有海样深的对于"生活"的仇恨。不！对于一切的仇恨，络丝娘，金铃子，不知名的野狗，老和尚小和尚的木鱼声——它们都曾联合起来打扰他，阻挠他"天才"的"自由发展"，当他依照"司各德方法"的时候。

而还有老鼠，也几次破坏他的工作。他为了"司各德方法"不得不备些点心，然而那可恶的老鼠竟有好几次偷吃了一半多！他能发誓，司各德家里一定没有那样该死的老鼠！

然而他并不灰心。一来他"发见"了"司各德方法"颇合实用，二来他到底"创作"了四十多张原稿纸了，虽然是核桃大的字，虽然算字数也许五千还差点儿。要不是生活压迫，他这次准定会完成他的"杰作"，——这个，他有确信。

"没有生活，就没有创作！"

他和夫人见面的时候劈头就这么说了。看着他夫人似乎一时还不能领悟，他叹了口气解释道："一定要有司各德的生活，——有司法部的干薪好拿，有舒服的住宅，不用自己加灯油，不用怕蚊子咬，也不用自己备点心，而点心也没有老鼠来偷，——要这样，才能够谈到创作！"

"那么，依我说，不创作也就罢了。"夫人宽慰他。

"咦咦！你——你——"他跳了起来大叫，"哎，你为什么总是那样不坚决呀！喂，得坚决一些，不行吗？还有明年呢！我不灰心呵！不过，先要把我的生活布置好。能有司各德的那样一半，哦，就是一半的一半罢，也就够了，我有把握！"

于是他昂起头想了一会儿，自言自语地微喟着说：

"难道社会就这样不宝贵一个意志坚决的天才吗？"

1935年5月12日。

名师伴你读

▶ 品读与赏析

　　本篇篇幅虽小，却将作品的讽刺意味推向了高潮：三个星期之后，他终于回家去了，手提柳条箱里有核桃大将近五千字的"未完成的杰作"，肚子里有海样深的对于"生活"的仇恨。这是多么强烈的反差，遍试了文豪的创作方式，喝光了夫人寄来的咖啡，还清了茶馆饭馆的欠债，怀着对一切的仇恨，只写得四十多页所谓的文章。他确信"没有生活，就没有创作！"却不知最平凡的生活也能酝酿出最伟大的作品；他怨恨"难道社会就这样不宝贵一个意志坚决的天才吗？"却不知社会不会埋没任何一个真正的天才。作者通过对这个中学教员暑假创作经历的描述，强烈地表达了对当时一部分小资产阶级文人狂妄自大、心浮气躁、怨天尤人、不思进取的批判和鞭挞。

▶ 学习与借鉴

　　1. **修辞巧妙**：综合运用比喻、拟人、夸张、排比、反复等修辞手法，尤其是文章结尾的反问，将作品的讽刺和批判意味展现得淋漓尽致。

　　2. **收束巧妙**：以一句反问结尾，既呼应前文主人公滑稽的作为，又凸显其平庸无能，意蕴深刻，深化了整篇小说的主题。

　　3. **用词准确**："六个星期""一连三封""十块大洋""一连三天""五千多字"等，多次罗列精确的数字，更加凸显主人公心高气傲的心态、平庸无能的资质和怨天尤人的性格。

大鼻子的故事

一

在"大上海"的三百万人口中，我们这里的主角算是"最低贱"的。

我们有时瞥见他偷偷地溜进了三层楼"新式卫生设备"的什么"坊"什么"村"的乌油大铁门，爬在水泥的大垃圾箱旁边，和野狗们一同，掏摸那水泥箱里的发霉的"宝贝"。他会和野狗抢一块肉骨头，抢到手时细看一下，觉得那粘满了尘土的骨头上实在一无可取，也只好丢还给本领比他高强的野狗。偶然他捡得一只烂苹果或是半截老萝卜，——那是野狗们嗅了一嗅掉头不顾的，那他就要快活得连他的瘦黑指头都有点儿发抖。他一边吃，一边就更加勇敢地挤在狗群中到那水泥箱里去掏摸，他也像野狗们似的伏在地上，他那瘦黑的小脸竟会钻进水泥箱下边的小门里去。也许他会看见水泥箱里边有什么发亮的东西，——约莫是一个旧酒瓶或是少爷小姐们弄坏了的玩具，那他就连肚子饿也暂时忘记，他伸长了小臂膊去抓着掏着，恨不得连身子都钻进水泥箱去。可是，往往在这当儿，他的屁股上就吃了粗牛皮靴的重重的一脚：凭经验，他知道这一脚是这"村"或"坊"的管门巡捕赏给他的。于是他只好和那些尾巴夹在屁股间的野狗们一同，悄悄逃出那乌油大铁门，再到别地方进行他的"冒险"事业。

有时他的运气来了，他居然能够避过管门巡捕的眼睛，蹩到三层楼"新式卫生设备"的一家的后门口，而又凑巧那家的后门开着，烧饭姨娘正在把隔夜的残羹冷饭倒进"泔脚桶"去，那时他可要开口了；他的声音是低弱到听不明白的，——听不明白也不要紧，反正那烧饭姨娘懂得他的要求，这时候，他或者得半碗酸粥，或者只得一个白眼，或者竟是一句同情的然而于他毫无益处的话语："去，不能给你！汏脚是有人出钱包了去的！"

以上这些事，大概发生在每天清早，少爷小姐们还睡在香喷喷的被窝里的时候。

这以后，我们也许会在繁华的街角看见他跟在大肚子的绅士和水蛇腰长旗袍高跟鞋的太太们的背后，用发抖的声音低唤着"老爷，太太，发好心呀"。

在横跨苏州河的水泥钢骨的大洋桥脚下，也许我们又看见他忽然像一只老鼠从人堆里钻出来，蹿到一辆正在上桥的黄包车旁边，帮着车夫拉上桥去；他一边拉，一边向坐车的哀告："老爷，（或是太太，……）发发好心！"这是他在用劳力换取食粮了，然而他得到的至多是一个铜子，或者简直没有。

他这样的"出卖劳力"，也是一种"冒险生意"。巡捕见了，会用棍子教训他。有时巡捕倒会"发好心"，装作不见，可是在桥的两端有和他同样境遇然而年纪比他大，资格比他老的同业们，却毫不通融，会骂他，打他，不许他有这样"出卖劳力"的自由！

就是这样的"冒险生意"也有人分了地盘在"包办"，而且他们又各有后台老板，不是随便可以"自由营业"的。

但是我们这位主角也有极得意的时候。

这，通常是在繁华的马路上耀亮着红绿的"霓虹灯"，而僻静的小巷里却只有巷口一盏路灯的冷光的时候。我们的主角，这时候，也许机缘凑巧，联合了五六个乃至十来个和他年纪相仿的同志，守在这僻静的小巷里。于是守着守着，巷口会发现一副饭担子，也不过是一个十二三岁的孩子挑着，是从什么小商店里回来的。这是一副吃过的饭担子了，前面的竹篮里也许只有些还剩得薄薄一层油水的空碗空碟子，后面的紫铜饭桶里也许只有不够一人满足的冷饭，但是也许运气好，碗里和碟里居然还有呷得起的油汤或是几根骨头几片癞菜叶，桶里的冷饭居然还够喂一条壮健的狗；那时候，因为优势是在我们的主角和他的同志这边，挑空饭担的孩子照例是不抵抗的。我们的主角就此得了部分的满足，舐过了油腻的碟子以后，呼啸而去。

然而我们这位主角的"家常便饭"终究还是挨骂，挨棍子，挨皮靴；他的生活比野狗的还艰难些。

名师伴你读

▶品读与赏析

本篇讲述了我们的主人公——一个无家可归流落大上海街头的小男孩艰难悲惨的生存状态。他在街头巷尾的垃圾箱里与野狗争食，他在深宅大院的后厨里向厨娘讨饭，有时也会乞求老爷太太们的一点儿恩赏，有时也会"出卖劳力"借以乞食，甚至是成群结队"抢劫"挑空饭担的孩子——为了那油腻的碟子和桶里的冷饭。然而大多时候他的"家常便饭"终究还是忍饥挨饿、挨打受骂，像野狗一样游荡、觅食——甚至比野狗还艰难些。文中通过对主人公几个生活片段的描写，使读者直观地感受到在旧上海街头流浪的孩子们的悲惨、低贱、艰难的生存状态，让人不由得揪心——揪心苦苦挣扎在生死边缘的底层人民，让人不由得憎恨——憎恨那黑暗的社会和残酷的统治。作者没有刻意地描述主观的悲惨和痛苦，而是带着一丝轻快和童真，从一个贫苦孩童的视角去展现旧时代生活的艰辛和苦楚，使得讽刺和批判反而更加饱满。

▶学习与借鉴

1. **描写细腻：**文中对主人公进行了全方位的描写，准确地把握了他的心理、神态、动作、语言等细节特征。

2. **用词准确：**对主人公日常行为和生存状态的描写，用词准确，表现生动，展现其饱满、鲜活的人物形象。

3. **行文自然流畅：**带着一丝轻快和童真，从一个贫苦孩童的视角去展现旧时代生活的艰辛和苦楚，文章开篇自然顺畅，故事情节展开合理。

二

在"大上海"的三百万人口中，像我们这里的主角那样的孩子究竟有多少，我们是不知道的。

反过来说，在"大上海"的三百万人口中，究竟有多少孩子睡在香喷喷的被窝，而且他们玩厌了弄坏了的玩具丢在垃圾箱里引得我们的主角爬进去掏摸，因此吃了管门巡捕一脚的，我们也不大晓得。或者两方面的数目差得不多罢，或者睡香喷喷的被窝的，数目少些，我们也暂且不管。

可是我们却有凭有据地晓得：在"大上海"的三百万人口当中，大概有三十万到四十万跟我们的主角差不多年纪的孩子，在丝厂里，火柴厂里，电灯泡厂里，以及其他各式各样的工厂里，从早上六点钟到下午六点钟让机器吮吸他们的血！是他们的血，说一句不算怎么过分的话，养活了睡香喷喷被窝的孩子们以及他们的爸爸妈妈的。

我们的主角也曾在电灯泡厂或别的什么厂的大门外看见那些工作得像人蜡似的孩子们慢慢地走出来。那时候，如果他的肚子正在咕咕地叫，他是羡慕他们的，他知道他们这一出来，至少有个"家"（即使是草棚）可归，至少有大饼可咬，而且至少能够在一个叫作屋顶的下面睡到明天清早五点钟。

他当然想不到眼前他所羡慕的小朋友们过不了几年就会被机器吮吸得再也不适用，于是被吐了出来，掷在街头，于是就连和野狗抢肉骨头的本领也没有，就连"拉黄牛"过桥的力气也没有，就连……不过，这方面的事，我们还是少说些罢，我们还是回到我们的主角身上。

他不是生下来就没有"家"的。怎样的一个"家"，他已经记不明白。他只模糊记得：那一年上海忽然打起仗来①，"大铁鸟"在半空中撒下无数的炸弹，有些落在高房子上，然而更多的却落在他"家"所在的贫民窟，于是他就没有"家"了。

同时他亦没有爸爸和妈妈了。怎样没有了的，他也不知道；爸爸妈妈是

---

❶ 那一年忽然上海打起仗来：指1932年的"一·二八"事变。

怎样个面目，现在他也记不清了，那时他只有七八岁光景，实在太小一点儿；而且爸爸妈妈在时，他也不曾看清过他们的面目。天还黑的时候他们就出去，天又黑了他们才回来，他们也是喂什么机器的。

不过，他有过爸爸妈妈，而且他怎样变成没有爸爸妈妈，而且是谁夺了他的爸爸妈妈去，他是永久不能忘记的。他又明白记得：没有了爸爸妈妈以后，他夹在一大群的老婆子和孩子们中间被送进了一个地方，倒也有点儿薄粥或是发霉的大饼吃。约莫过了半年，忽然有一天一位体面的先生叫他们一伙到一间屋子里去一个一个问，问到他的时候，他记得是这样的：

"你有家吗？"

他摇头。

"你有亲戚吗？"

他又摇头。

于是那位体面的先生也摇了摇头。用一支铅笔在一张纸上画一笔，就叫着另外一个号头了。

这以后，不多几天，他就糊里糊涂地被掷在街头了，他也糊里糊涂地和别的同样情形的孩子们做伴，有时大家很要好，有时也打架，他也和野狗做伴，也和野狗打架；这样居然拖过了几年，他也惯了，他莽莽漠漠只觉得像他这样的人大概是总得这样活过去的。

名师伴你读

▶ 品读与赏析

本篇简要讲述了主人公的出身，客观描绘了时代背景。日寇入侵的战火夺去了他的父母，黑暗的社会将他抛掷街头，使其成为旧上海成千上万流浪街头的孩童中的一员。他羡慕那些在工厂做工的"有家可归"同龄人，虽然他不知道工厂的机器"喝"的是血；他懵懂地觉着像他这样的人总得这样活着，因为他想象不到香喷喷的被窝和玩厌了的玩具。战争最大的受害者永远是底层人民，他们无处可躲；黑暗社会最大的受害者依然是底层人民，他们无力抵抗。

当达官贵人的孩子们在香喷喷的被窝里酣睡时，穷苦人家的孩子正在轰鸣的机器前流血流汗，无家可归的孩子正在垃圾桶里和野狗争食。这种强烈的对比，是含着泪的呐喊，是和着血的控诉，深深地揭露了社会的不公和统治的黑暗。

▶ 学习与借鉴

1. **描写简洁传神**：文中主人公和体面先生的对话场景简短有力，形象地表现出主人公的无助和统治阶级的冷酷。

2. **表现手法多样**：运用铺垫、对比、烘托等表现手法，将主人公悲惨命运的原因及现状交代得清楚明了。

三

照上面所说，我们这里的主角的生活似乎颇不平凡然而又实在平凡得很。他天天有些"冒险"经历，然而他这样的"冒险"经历连搜奇好异的"本埠新闻"版的外勤记者也觉得不够新闻资格呢。

好罢，那么，我们总得从他的不平凡而又平凡的生活中挑出一件"奇遇"来开始。

何年何月何日弄不清楚，总之是一个不冷不热没有太阳也没刮风也没下雨的好日子。

这一天之所以配称为他生活史上的"奇遇"，因为有这么一回事。

大约是午后两点钟光景，他蹲在一个"公共茅厕"的墙脚边打瞌睡。这是他的地盘，是他发现，而且曾经流了血来确定了他的所有权的。提到他这发见，倒也有一段小小的历史，那是很久的事了。他第一次看见这漂亮的公共茅厕就觉得诧异：这小小的盖造得颇讲究的房子到底是"人家"呢，还是"公司"呢？那时正有一位大肚子穿黑长衫的走了进去，接着又是一位腰眼里挂着手枪的巡捕，接着又是一位洋装先生，——嘿，都是阔人，都是随时有权力在他身上踢一脚的阔人，他就不敢走近去。他断定这小屋子至少也是"写字间"了，不免肃然起敬。然而忽然间他又看见从另一门里走出一个女人来，却不像阔人们的女人。接着又有一个和他差不多的孩子也进去了，这可使得他大大不平，而且也胆壮起来了，他偷偷地趱近些一看，这才恍然大悟：原来那些阔人们进去办的是那么一桩"公"事！他觉得被欺骗了，被冤枉地吓一下了，他便要报仇；他首先是想进去也撒他妈的一泡尿，然而蓦地又见新进去一人把一个铜子给了门口的老婆子，他又立即猜想到中间一定还有"过门"，不可冒昧，便改变方针，只朝那小屋子重重吐一口唾沫，同时拣定门边不远的墙脚蹲了下去，算是给这骇了他的小屋子一种侮辱。

那时，他并没有把这公共茅厕的墙脚作为他的地盘的意思。然而先前进去的和他差不多的那个孩子在这当儿出来了，忽然也蹲到他身边，也像他那样背靠着墙，伸长两条腿，摆成一个"八"字。他又大大地不平。

"嗨！哪里来的小乌龟！"他自言自语地骂起来。

"骂谁？小瘪三！"那一个也不肯示弱。

于是就扭打起来了。本来两方是势均力敌的，但不知怎的，他的脑袋撞在墙壁上，见了红，那一个觉得已经闯祸，而且也许觉得已经胜利，便一溜烟逃走。只留下我们的主角，从此就成为这公共茅厕墙脚的占有人了。

现在呢，他对于这公共茅厕的"知识"，早已"毕业"了；他和那"管门"的老婆子也居然好像有点儿"交情"。现在，当这不冷不热又没太阳又不下雨刮风的好日子，他蹲在他的地盘上，打着瞌睡，似乎很满意。

这当儿，公共茅厕也不是"闹汛"，那老婆子扭动着她的扁嘴，似乎在咀嚼着什么东西。她忽然咀嚼出话来了，是对墙脚地盘的"领主"：

"喂，喂，大鼻子！你来代我管一管，我一会儿就回来的。"

什么？大鼻子！谁是大鼻子？打瞌睡的他抬起头来朝四面看一下，想不到是唤他自己，然而那老婆子又叫过来了：

"代我管一管罢，大鼻子；我一会儿就回来。谢谢你！"

他明白"大鼻子"就是他了，就老大不高兴。他的爸爸妈妈还在的时候，他有过一个极体面的名字，他自己也叫得出来；可是自从做了街头流浪儿以后，他就没有一定的名字。最初，他也曾把爸妈叫他的名字告诉了要好的伙伴，不料伙伴们都说"不顺口"，还是瞎七瞎八乱叫一阵，后来就连他自己也忘记了他的本名。然而，伙伴们却从没叫过他"大鼻子"。他的鼻子也许比别人的大一些，可是并没大到惹人注意。他和他的伙伴对于名字是有一种"信条"的：凡是自己身体上的特点被人取作名字，他们便觉得是侮辱。例如他们中间有一个叫作小毛的癞痢孩子，他们有时和他过不去，便叫他"癞痢"。

因此，他忽然听得那老婆子叫他"大鼻子"，他就老大不高兴，然而不高兴中间又有点儿高兴，因为从来没有谁把他当一个人托付他什么事情。

"代你管管吗？好！可是你得赶快回来呢！我也还有事情。"

他一边说，一边就装出"忙人"的样子来，伸个懒腰站起了身子。

老太婆把一叠草纸交给他，就走了。但是走不了几步，又回头来叫道：

"廿五张草纸，廿五张，大鼻子！"

"嘿嘿，那我倒要数一数。"

他头也不抬地回答，一边当真就数那一叠草纸。

过不了十分钟，他就觉得厌倦了。往常他毫无目的毫不"负责"地站在一个街角或蹲在什么路旁，不但是十分钟就是半点钟他也不会厌倦，可是现在他却在心里想道：

"他妈的，老太婆害人！带住了我的脚了！走他妈的！"

他感到负责任的不自由，正想站起来走，忽然有人进来了，噗的一声，丢下一个铜子。

从手里递出一张草纸去的时候，"大鼻子"就感到一种新鲜的趣味。他居然"做买卖"了，而且颇像有点儿威权：没有他的一张草纸，谁也不能进去办他的"公"事。

他很正经地把那个铜子摆在那一叠草纸旁边，又很正经地将草纸弄整齐起来。

似乎公共茅厕也有一定的时间是"闹市"，而现在呢，正是适当其时了。各色人等连串地进来，铜子噗噗地接连丢进那放草纸的纸匣里，顷刻之间就有五六枚之多。这位代理人倒有点儿手忙脚乱了。一则，"做买卖"他到底还是生手；二则，他从来不曾保有过那么多的铜子。

他趁空儿把铜子叠起来。叠到第四个时，他望了望已经叠好的三个，又将手里的一个掂掂分量，似乎很不忍和它分手。可是他到底叠在那第三个上面了，接着又叠上第五第六个去。

还是有人接连着进来，终于铜子数目增加到十二，这是最高的纪录了。以后，这位代理人便又清闲了。

十二个铜子呢！寸把高的一个铜柱子。像捉得了老鼠的猫儿似的，不停手地搬弄这根铜柱子，他掐断了一半，托在手掌里轻轻掂了几下，又还过一个去，然后那手——自然连铜子！——便往他的破短衫的口袋边靠近起来了。然而，蓦地他又——猫儿噙住了老鼠的半个身子却又吐了出来似的，把手里的铜子叠在纸匣里的铜子上面，依然成为寸把高的铜柱子。

第二次再把铜柱掐断，却不托在手掌里掂几掂了，只是简洁老练地移近他的破口袋去。手在口袋边，可又停住了，他的眼光却射住了纸匣里的几个铜子；如果不是那老太婆正在这当口回来，说不定他还要再吐出来一次。

"啊，老太婆，回来了吗？"

他稍稍带点儿意外的惊异说，同时他那捏着铜子的手便渐渐插进了衣袋里。

老太婆走得上气不接下气似的，只把扁嘴扭了几扭，她的眼光已经落在那一叠减少了的草纸以及压在草纸上面的铜子。

"你看！我管得好不好？明天你总得谢谢我呢！"

他说着，睞了一下眼睛，站起来就走。

走了几步，他又回头来看时，那老婆子数过了铜子，正在数草纸。于是他便想到赶快溜，却又觉得不必溜。他高声叫道：

"老太婆！风吹了几张草纸到尿坑里去了！你去拾了来晒干，还好用的！"

老婆子也终于核算出铜子数目和草纸减少的数目不对，她很费力地扭动着扁嘴说道：

"不老实，大鼻子！"

"怪得我？风吹了去的！"

他生气似的回答，转身便跑。然而跑得不多几步又转身擎起一个拳头来叫道：

"老太婆！猜一猜，什么东西？猜着了就是你的。哈哈哈！"

他一边笑，一边就飞快地跑过了一条马路。

名师伴你读

▶ 品读与赏析

我们的主角在一个不冷不热没有太阳又不下雨又不刮风的日子里，蹲在自己"流血"争来的公共厕所边打瞌睡，看厕所的老太婆称其为"大鼻子"，并让"大鼻子"代看厕所。作者通过对"大鼻子"语言、神态、动作、心理的描写，给读者展现出一个长期在街头流浪的孩子的复杂性格：愚昧、自私、狡黠、无赖、调皮、乐观、纯真，同时又有强烈的自尊心。他和其他孩子一样，有完整的人格，有复杂的心理，有着同龄孩子该有的一切特点——除了父母家庭和正常的生活。从这里的描述我们可以体会出，他的悲惨遭遇并不仅仅是个人悲剧，而是社会的悲剧，他只能毫无选择地承受这时局和社会给底层人民带来的痛苦和磨难。文中依然是客观地描述现状，不修饰、不掩饰、不强调、不突出，给读者留出极大的空间去想象和体会主人公所遭受的一切。

▶ **学习与借鉴**

1. **描写细腻**：通过对大鼻子语言、神态、动作、心理的综合描写，展现出一个长期在街头流浪的孩子的鲜活形象。

2. **语言简洁朴实**：文中对话简洁明了，符合各自人物的性格特征；对主人公以客观描述为主，并未刻意评论其遭遇，给读者留出较大的想象空间。

3. **选材恰当**：文章围绕主人公与"公共茅厕"之间的联系选择材料，生动形象地讲述了发生的故事，完整地表现出主人公复杂的性格特征：愚昧、自私、狡黠、无赖、调皮、乐观、纯真，同时又有强烈的自尊心。

四

我们这位主角终于由跑步变为慢步了，手在衣袋里数弄着那些铜子。

一共是五枚。手里同时有五个铜子，在他确是第一次。他觉得这是一笔不小的财产了，可以派许多用场。他走得更慢了，肚子里在盘算："弄点儿什么来修修五脏庙罢？"然而他又想买一颗糖来尝尝滋味。对于装饱肚子这一问题，他和他的伙伴们是另有一番见解的：大凡可以用讨乞或者比讨乞强硬的手段（例如在冷巷里拦住了一副吃过的饭担子）弄得到的东西，就不应该花钱去买；花钱去买的，就是傻子！

至于糖呢，可就不同了。向人家讨一粒糖，准得吃一记耳光，而且空饭担里也绝不会有一粒糖的。现在我们的主角手里有了五个铜子，就转念想到糖一类的东西上了。特别是因为他有一次吃过半粒糖，所以糖的引诱力非常大。

他终于站住了。在一个不大干净的弄堂口，有三四个小孩子（其中也有比他高不了多少的）围住一个摊子。这却不是卖糖，而是出租"小书"（连环图画故事）的"街头图书馆"。

对于这一类的"小书"，我们的主角也早已有过非分之想的。他曾经躲在人家的背后偷偷地张望过几眼，然而往往总是他正看得有点儿懂了，人家就嗤的一声翻了过去。这回他可要自己租几本来享受个满足了。

"一个铜子租二十本罢？当场看过还你。"

他装出极老练的样子来，对那摆摊子的人说。

那位"街头图书馆馆长"朝他睄了一眼，就轻声喝道：

"小瘪三！走你的！"

"什么！开口骂人！我有铜子，你看！"

他将手掌摊开来，果然有五个铜子，汗渍得亮晶晶的。

书摊子的人伸手就想抓过那五个铜子去，一面说：

"一个铜子看五本，五个铜子，便宜些，看三十本。"

"不成不成！十五本！喂，十五本还不肯？"

他将铜子放回衣袋去，一面忙着偷看别人手里的"小书"。

成交的数目是十本。他只付了两个铜子，拣了二十本，都是道士放飞剑，有使刀的女人的。

他不认识"小书"上面的字，但是他会照了自己的意思去解释"小书"里的图画。那些图画本来是"连环故事"，然而因为画手不大高明，他又不认识字，所以前后两幅画的故事他往往接不起来。

可是他还是耐心地看下去。

有一幅画是几个凶相的男子（中间也有道士）围住了一个女人和一个小孩子打架。半空中还有一把飞剑向那女人和那孩子刺去。飞剑之类，他本来佩服得很，然而这里的飞剑却使他起了恶感。

"妈的！打落水狗，不算好汉！"

他轻声骂着，就翻过一页。这新一页上仍旧是那女人和孩子，可是已经打败了，正要逃到一个树林里去，另外那几个凶相的男子和半空中那把飞剑在后追赶。他有点儿替那女人和孩子着急，赶快再看第二页。还好，那女人在树林边反身抵抗那些"追兵"了。然而此时图画里又加添出一个和尚，也拿着刀，正从远处跑来，似乎要加入"战团"。

"和尚来帮谁呢？"他心焦地想着，就再翻过一页。他觉得那和尚如果是好和尚一定要帮那女人和小孩子，他要是自己在场一定也帮女人和小孩子的。然而翻过来的一页虽然仍旧画着那一班人，却已经不打架了，他们站在那里像是说话，和尚也在内。

如果他识字，他一定可以知道那班人讲些什么，并且也可以知道那和尚到底帮谁，因为和尚的嘴里明明喷出两道线，而且线里写着一些字，——这是和尚在说话。

他闷闷地再看下面一幅画，可是仍旧看不出道理来。打架确是结束了，这回是轮到那女人嘴里喷出两道线，而且线里也有字。

再下一幅图仍有那女人和孩子，其余的一些人（凶相的男子们，道士，连和尚），都已经不见；并且也不是在树林边，而是在房子里了，女人手里也没有刀，她坐在床前，低着头，似乎很疲倦，又似乎在想心事；孩子站在她跟前，孩子的嘴里也喷出两道线，线里照例有一些可恨的方块字。

这可叫他摸不着头脑了。他不满意那画图的人："要紧关口，他就画不出来，只弄些字眼来搪塞。"他又觉得那女人和孩子未免太不中用，怎么就躲到家里去了。然而他又庆幸那女人和孩子终于能够平安回到了家——他猜想他们本来就是要回家去的。

总而言之，对于这"来历不明"的女人和孩子，他很关心，他断定他们一定是好人。他热切地想要知道他们后来怎样，他单拣那些画着这女人和这孩子的画儿仔细看。有时他们又在和别人打架了，他就由着自己的意思解释起来，并且和前面的故事串连起来。不多一会儿，二十本"小书"已经翻完。

"喂，拿回去，二十本！还有吗，讲女人和孩子的？"

他朝那书摊子的人说，同时扪着自己的肚子；这肚子现在轻轻地在叫了。

书摊子的人一面招呼着另一个"小读者"，一面随手取了一套封面上画着个女人的"小书"给了我们的主角。

然而这个"女人"不是先前那个"女人"了，从她的装束上就看得出来。她既不拿刀，也不使枪，可是她在书里好像"势头"大得很，到处摆架子。

我们的主角匆匆翻了一遍，老大不高兴，蓦地他又想起这一套新的"小书"还没付租钱，便赶快叠齐了还给那书摊子的人，很大方地说一声"不好看"，就打算走了。

"钱呢？"书摊子的人说，查点着那一套书的数目，"也算你两个铜子罢！"

"什么，看看货色对不对，也要钱吗？"

"你没有先说是看样子，你没有罢？看样子，只能看一本，你刚才是看了一套呢！不要多赖，两个铜子！"

"谁赖你的！谁……"我们的主角有点儿窘了，却越想越舍不得两个铜子，"那么，挂在账上，明天——"

"知道你是哪里来的杂种；不挂账。"

"连我也不认识吗？我是大鼻子。你去问那边管公坑的老太婆，她也晓得！"

一边说，一边就跑，我们的主角在这种事情上往往有他的特别方法的。

他保全了两个铜子，然而他也承认了自己是"大鼻子"了。他觉得就叫"大鼻子"也不坏，因为在他和他的伙伴中间，"鼻子"，也算身体上名贵

的部分，他们要表示自己是一条"好汉"的时候就总指自己的"鼻子"，可不是？

名师伴你读

▶ **品读与赏析**

　　口袋里揣着从老太婆那里"偷"来的五个铜子，抵挡住了食物和糖的巨大诱惑，"大鼻子"选择了去读书——连环画。本篇着重描写了他认真、耐心地读连环画的过程。他很善良，关心书中"来历不明"的女人和孩子，也很有正义感，鄙视恃强凌弱的行为。通过本篇我们可以了解到，主人公是一个有求知欲、有想象力的孩子，不识字并不能阻挡他对知识的渴望和对更广阔世界的好奇，虽然他面临着特别艰苦的环境和非常悲惨的遭遇，但他依然没有泯灭掉对更多的知识、更广的眼界、更好的生存状态的追求，这也为下文他的觉醒和改变埋下了伏笔。

▶ **学习与借鉴**

　　1. **布局详略得当**：本篇着重描写了他认真、耐心地阅读连环画的过程，体现了主人公善良、正义的一面。

　　2. **埋下伏笔**：主人公是一个有求知欲、想象力丰富的孩子，不识字并不能阻挡他对知识的渴望和对更广阔世界的好奇，为下文他意识上的觉醒埋下伏笔。

　　3. **构思巧妙**：先描写了食物和糖对主人公的巨大诱惑，而后讲述了他选择去读小人书，进一步衬托出他的性格特点。

五

我们的主角，——不，既然他自己也愿意，我们就称他为"大鼻子"罢，也还有些更出色的事业。

照例是无从查考出何年何月何日，总之是离开上面讲过的"奇遇"很久了，也许已经隔开一个年头，而且是一个忽而下雨忽而出太阳的闷热天。

是大家正要吃午饭的时候，马路上人很多。我们的"大鼻子"站在一个很妥当的地点，猫一样地窥伺着"幸福的"人们，想要趁便也沾点儿"幸福"。

他忽然轻轻一跳，就跟在一对漂亮的青年男女身后，用了低弱的声音求告道："好小姐，好少爷，给一个铜子。"凭经验，他知道只要有耐心，跟的时候多了，往往可以有所得的。他又知道，在这种场合，如果那女的噘起嘴唇似嗔非嗔地说一句"讨厌，小瘪三"，那男的就会摸出一个铜子或者竟是两个，来买得耳根的清净，——也就是买得那女人的高兴。

可是这一次跟走了好远一段路，却还不见效果。这一男一女手臂挽着手臂，一路走着，自顾咬耳朵说话。

他们又转弯了。那马路的转角上有一个巡捕。大鼻子只好站住了，让那一对儿去了一大段，他自己这才不慌不忙地从巡捕面前踱过。

过了这一道关口，他又赶快寻觅他的目的物，不幸得很，相离已经太远，他未必追得上。然而也还不至于失望，因为这一对儿远远站在那里不动了。

大鼻子立刻用了跑步。他也看清了另外有一个女人正在和那一对儿讲话。忽然两个女人争执起来，扭打起来了，那男的急得团团转，夹在中间，劝劝这个，又劝劝那个。大鼻子跑到了他们近旁时，已经有好几个闲人围住了他们乱出主意了。忽然有一个小小的纸袋（那是讲究的店铺子装着十来个铜子做找头的）落在地下了，只有大鼻子看到。他立刻"当仁不让"地拾了起来，很坚决地往口袋里一放，就从人层的大腿间钻出去，吹着口笛走到对面的马路上。

逢到这样的机会，大鼻子常常是勇敢的。他就差还没学会怎样到人家口袋里去挖。

逢到这样的机会，他又是十分坚决的。如果从前他"揩油"了管公共茅厕的那个老婆子的五个铜子，——这一项"奇遇"的当时，他颇显得优柔寡断，那亦不是因为那时还"幼稚"，而是因为他不肯不顾信用：人家当他朋友似的托付他的，他倒不好意思全盘没收。

名师伴你读

▶ 品读与赏析

本篇讲述了大鼻子的另一项"事业"：在混乱打斗的人群中"捡"得几个铜子。篇幅很短，交代的内容也不多，但读者也能从中挖掘出很多信息。大鼻子喜欢跟在"幸福的"人们身后，因为"幸福的"人们才有多余的铜子；一个小小的纸袋，"那是讲究的店铺子装着十来个铜子做找头的"，穷人断然不会拥有这讲究店铺子里的找头；"他就差还没学会怎样到人家口袋里去挖"，侧面表现出他还没有在生活的压迫下彻底堕落；他"揩油"管公厕的老婆子的铜子，是因为顾及"信用"不好意思全盘没收。这些表现，一定程度上能够体现出他对上层社会的仇视和痛恨、对底层人民的同情和怜悯。

▶ 学习与借鉴

1. **描写生动形象**：对主人公、青年男女等人物的描写用词恰当、准确到位、形象生动，符合各自的角色定位。

2. **使用反语**："奇遇""出色的事业""沾点幸福"等词语的使用，更加衬托出主人公卑微的地位以及悲惨的生存状态。

六

天气暖和时，大鼻子很可以到处为"家"。像他这样的人很有点儿古怪：白天，我们在马路上几乎时时会碰见他，但晚上他睡在什么地方，我们却难得看见。不过他到晚上一定还是在这"大上海"的地面，而不会飞上天去，那是可以断言的。

也许他会像老鼠一样有个"地下"的"家"罢？作者未曾调查过，相应作为悬案。

然而作者可以负责声明：大鼻子的许多无定的"家"之一，却是既不在天上又不在地下的。

想来读者也都知道，在"大上海"的北区，"华""洋""交界"之地带，曾经受过"一·二八"炮火之洗礼的一片瓦砾场，这几年来依然满眼杂草，不失纪念。这可敬的"大上海"的疤痕上，有几堵危墙依然高耸着，好像永远不会塌。墙近边有从前"繁华"时代的一口水泥垃圾箱，现在被断砖碎瓦和泥土遮盖了，远看去只像一个土堆。不知怎的，也不知是何年何月，我们的大鼻子发现了这奇特的"地室"，而且立刻很中意，而且大概也颇费了点儿劳力罢，居然把它清理好，作为他的"冬宫"了。

这，大概不是无稽之谈，因为有人确实看见他从这不在天上也不在地下的"家"很大方地爬了出来。

这一天不是热天，照日历上算，恰是一年的第一个月将到尽头，然而这一天又不怎样冷。

这一天没有太阳。对了，没有太阳。老天从清晨起，就摆出一副哭丧脸来。

这一天，在"大上海"的什么角落里，一定有些体面人温良地坐着，起立，"静默三分钟"。于是上衙门的上衙门，到"写字间"的到"写字间"……

然而这一天，在"大上海"纵贯南北的一条脉管（马路）上，却奔流着一股各色人等的怒潮，用震动大地的呐喊，回答四年前的炮声。

我们的大鼻子那时正从他的"家"出来往南走，打算找到一顿早饭。

他迎头赶上了这雄壮的人流，以为这是什么"大出丧"呢。"妈的！小五子不够朋友！有人家大出丧，也不来招呼我一声么！"大鼻子这样想着，觉得错过了一个得"外快"的机会。他站在路边，想看看那"不够朋友"的小五子是不是在内捐什么"挽联"或是花圈之类。

没有"开路神"，也不见什么"顶马"①。走在前头的，是长衫先生，洋装先生，旗袍大衣的小姐，旗袍不穿大衣的小姐，长衣的像学生，短衣的像工人，像学徒，——这样一群人，手里大都有小旗。

这样的队伍浩浩荡荡前来，看不见它的尾巴。不，它的尾巴在时时加长起来，它沿路吸收了无数人进去，长衣的和短衣的，男的和女的，老的和少的。

有些人（也有骑脚踏车的），在队伍旁边，手里拿着许多纸分给路边的看客，也和看客们说些话语。忽然，震天动地一声喊——

"中华民族解放万万岁！"

这是千万条喉咙里喊出来的！这是千万条喉咙合成一条大喉咙喊出来的！大鼻子不懂这喊的是一句什么话，但他却懂得这队伍确不是什么"大出丧"了。他感得有点儿失望，但也觉得有趣。这当儿，有个人把一张纸放在他手里，并且说：

"小朋友！一同去！加入爱国示威运动！"

大鼻子不懂得要他去干什么，——这里没有"挽联"可捐，也没有"花圈"可背，然而大鼻子在人多热闹的场所总是很勇敢很坚决的，他就跟着走。

队伍仍在向前进。大鼻子的前面有三个青年，男的和女的；他们一路说些大鼻子听不懂的话，中间似乎还有几个洋字。大鼻子向来讨厌说洋话的，因为全说洋话的高鼻子固然打过他，只夹着几个洋字的低鼻子也打过他，而且比高鼻子打得重些。这时有一片冷风像钻子一般刺来，大鼻子就觉得他那其实不怎么大的鼻子里酸酸的有些东西要出来了。他随手一把捞起，就偷偷地撩在一个说洋话的青年身上。谁也没有看见。大鼻子感到了胜利。

似乎鼻涕是有灵性的。它看见初出茅庐的老哥建了功，就争着要露脸

---

❶ 没有"开路神"，也不见什么"顶马"：没有旧时用于"大出丧"仪仗前列的纸人、纸马。

了。大鼻子把手掌掩在鼻孔上，打算多储蓄一些，这当儿，队伍的头阵似乎碰着了阻碍，骚乱的声浪从前面传过来，人们都站住了，但并不安静，大鼻子的前后左右尽是愤怒的呼声。大鼻子什么都不理，只伸开了手掌又这么一撩，不歪不斜，许多鼻涕都趴在一个女郎的蓬松的头发上了，那女郎大概也觉得头上多一点儿东西，但只把头一缩，便又胀破了喉咙似的朝前面喊道：

"冲上去！打汉奸！打卖国贼！"

大鼻子知道这是要打架了，但是他眨着眼睛得意地望着那些鼻涕像冰丝似的从女郎的头发上挂下来，巍颤颤地发抖，他觉得很有趣。

队伍又在蠕动了。从前面传来的雄壮的喊声像晴天霹雳似的落到后面人们的头上——

"打倒一切汉奸！"

"'一·二八'精神万岁！"

"打倒×——"

断了！前面又发生了骚动。但是后面却拾起这断了的一句，加倍雄壮地喊道：

"打倒××帝国主义！"

大鼻子跟着学了一句，可是同时，他忽然发现他身边有一个学生，披一件大衣，没有扣好，大衣襟飘飘地，大衣口袋子露出一个钱袋的提手。根据新学会的本领，大鼻子认定这学生的手袋分明在向他招手。他嘴里哼着"打倒——他妈的！"身子便往那学生这边靠近去。

但是正当大鼻子认为时机已到的一刹那，几个凶神似的巡捕从旁边冲来，不问情由便夺抢队伍里人们的小旗，又喝道：

"不准喊口号！不准！"

大鼻子心虚，赶快从一个高个儿的腿缝间钻到前面去。可是也明明看见那个穿大衣的学生和那头发上顶着鼻涕的女郎同巡捕扭打起来了，——他们不肯放弃他们的旗子！

许多人帮着那学生和那女子。骑脚踏车的人叮令令急驰向前面去。前面的人也回身来援救。这里立刻变成一个争斗的旋涡。

喊"打"的声音从人圈中起来，大鼻子也跟着喊。对于眼前的事，大鼻子是懂得明明白白的。他脑筋里立刻排出一个公式来——"他自己常常被巡捕打，现在那学生和那女子也被打；他自己是好人，所以那两个也是好人；好人要帮好人！"

谁的一面旗子落到地下了，大鼻子立刻拾在手中，拼命舞动。

这时，纷乱也已过去，队伍仍向前进。那学生和那女郎到底放弃了一面旗子，他们和大鼻子又走在一起。大鼻子把自己的旗子送给那学生道：

"不怕！还有一面呢！算是你的！"

学生很和善地笑了。他朝旁边一个也是学生模样的人说了一句话，而是大鼻子听不懂的。大鼻子觉得不大高兴，可是他忽然想起了似的问道：

"你们到哪里去？"

"到庙行去！"

"去干什么？这旗子可是干什么的？"

"哦！小朋友！"那头发上有大鼻子鼻涕的女郎接口说，"你记得吗，四年前，上海打仗，大炮，飞机，××飞机，炸弹，烧了许多许多房子。"

"我记得的！"大鼻子回答，一只眼偷偷地望着那女郎的头发上的鼻涕。

"记得就好了！要不要报仇？"

这是大鼻子懂得的。他做一个鬼脸表示他"要"，然而他的眼光又碰着了那女郎头发上的鼻涕，他觉得怪不好意思，赶快转过脸去。

"中华民族解放万万岁！"

这喊声又震天动地来了。大鼻子赶快不大正确地跟着学一句，又偷眼看一下那女郎头发上的鼻涕，心里盼望立刻有一阵大风刮来把这一抹鼻涕吹得干干净净。

"打倒××帝国主义！"

"'一·二八'精神万岁！"

怒潮似的，从大鼻子前后左右掀起了这么两句。头上四个字是大鼻子有点儿懂的，他胀大了嗓子似的就喊这四个字。他身边那个穿大衣的学生一面喊一边舞动着两臂。那钱袋从衣袋里跳了出来，只有大鼻子是看见的。他敏捷地拾了起来，在手里掂了一掂，这时——

"打倒一切汉奸！"

"到庙行去！"

大鼻子熟练的手指轻轻一转，将那钱袋送回了原处。他忽然觉得精神百倍，也舞动着臂膊喊道：

"打倒——他妈的！到庙行去！"

他并不知道庙行是什么地方，是什么东西，然而他相信那学生和那女郎不会骗他，而且他应该去！他恍惚认定到那边去一定有好处！

"中华民族解放万万岁！"

这时队伍正走过了大鼻子那个"家"所在的瓦砾场了。队伍像通了电似的，像一个人似的，又一句：

"中华民族解放万万岁！"

1936年5月27日。

名师伴你读

▶品读与赏析

当"大鼻子"从他的"家"出来打算找一顿早饭时，遇上了雄壮的游行人群。这些人喊着他不明白的口号，奔往他不明白的方向，为了热闹，也为了寻机填饱肚子，"大鼻子"也加入其中。在人群中他恶作剧地向他人身上抹鼻涕，觊觎旁人口袋里的钱包，身边的一切都像是玩笑。

然而，思想的开化和态度的转变往往就在那一句话、一个举动的瞬间。当游行的人们遭到巡捕的阻拦和围攻时，他脑筋里立刻排出一个公式来："他自己常常被巡捕打，现在那学生和那女子也被打；他自己是好人，所以那两个也是好人；好人要帮好人！"当头发上带着自己的鼻涕的女郎宣讲："你记得吗，四年前，上海打仗，大炮，飞机，××飞机，炸弹，烧了许多许多房子。""记得就好了！要不要报仇？"多么直白的语言，多么朴素的道理！他未必懂得民族大义、家国情怀，可是他牢牢记得战争使他家破人亡、流落街头；他未必懂得白色恐怖、革命斗争，可是他牢牢记得谁在打骂他，驱赶他，不把他当人看。

当他把觊觎许久的钱包捡起来，放回原处的时候，革命思想就已经在他心里朴素地萌芽和觉醒，他就已经明白了自己是谁、敌人是谁，就知道了队伍在哪里、道路在哪里，"中华民族解放万万岁!"喊出了历史的最强音，我们的"大鼻子"也必将在革命的浪潮中争取到自己光明幸福的生活。

本篇依然延续了前文的写作风格，不宣讲、不说道，将民族大义、阶级矛盾、黑暗社会、白色恐怖、人民觉醒、革命浪潮融入小事件小人物上，将客观事件娓娓道来，在平铺直叙中展现出风起云涌、波澜壮阔的历史风云和时代浪潮。

▶ **学习与借鉴**

1. **主题深刻**：本篇依然延续了前文的写作风格，不宣讲、不说道，将民族大义、阶级矛盾、黑暗社会、白色恐怖、人民觉醒、革命浪潮融入小人物小事件中，将客观事件娓娓道来，在平铺直叙中展现出风起云涌、波澜壮阔的历史风云和时代浪潮。

2. **行文紧凑**：从大鼻子出来找吃的到加入游行队伍，时间跨度小、情节起伏大，故事展开顺畅，对话简短有力，说理形象透彻，在短短的篇幅内主人公完成了从小流浪者到觉醒青年的思想转变。

3. **描写生动**：通过环境、外貌、语言、动作、心理、神态、场面等描写，综合展现了游行队伍的壮大与激昂，反映了主人公思想的变化与觉醒，衬托出了时代浪潮的强劲与澎湃。

卖豆腐的哨子

　　早上醒来的时候，听得卖豆腐的哨子在窗外呜呜地吹。

　　每次这哨子声引起了我不少的怅惘。

　　并不是它那低叹哀泣似的声调在诱发我的漂泊者的乡愁；不是呢，像我这样的outcast①，没有了故乡，也没有了祖国，所谓"乡愁"之类的优雅的情绪，轻易不会兜上我的心头。

　　也不是它那类乎军笳然而已颇小规模的悲壮的颤音，使我联想到另一方面的烟云似的过去；也不是呢，过去的，只留下淡淡的一道痕，早已为现实的严肃和未来的闪光所掩煞所销毁。

　　所以我这怅惘是难言的。然而每次我听到这呜呜的声音，我总抑不住胸间那股回荡起伏的怅惘的滋味。

　　昨夜我在夜市上，也感到了同样酸辣的滋味。

　　每次我到夜市，看见那些用一张席片挡住潮湿的泥土，就这么着货物和人一同挤在上面，冒着寒风在嚷嚷然叫卖的衣衫褴褛的小贩子，我总是感到了说不出的怅惘的心情。说是在怜悯他们吗？我知道怜悯是亵渎的。那么，说是在同情他们罢？我又觉得太轻。我心底里钦佩他们那种求生存的忠实的手段和态度，然而，亦未始不以为那是太拙笨。我从他们那雄辩似的"夸卖"声中感到了他们的心的哀诉。我仿佛看见他们呼出的热气在天空中凝集为一片灰色的云。

---

　❶ outcast：英语。意为无家可归的人或漂流的人。

可是他们没有呜呜的哨子。没有这像是闷在瓮中，像是透过了重压而挣扎出来的地下的声音，作为他们的生活的象征。

呜呜的声音震破了冻凝的空气在我窗前过去了。我倾耳静听，我似乎已经从这单调的呜呜中读出了无数文字。

我猛然推开幛子，遥望屋后的天空。我看见了些什么呢？我只看见满天白茫茫的愁雾。

名师伴你读

▶ 品读与赏析

　　窗外呜呜的哨子，引起了作者无限的怅惘。时值大革命失败，作者身为中国最早的共产主义者，与党组织失去联系，深受国民党政府的迫害通缉，不得已而远走异国他乡，带着愤世嫉俗的不满和壮志未酬的悲壮，这怅惘必不是"优雅"的思乡之愁。经历过革命的波折起伏，作者见证了太多的杀戮背叛、流血牺牲，对革命斗争的残酷产生了清醒的认识，伊始的乐观幻想早已被血淋淋的现实和严峻的未来打磨殆尽。道路是曲折的，但前途是光明的，信仰是坚定的，这怅惘必不是"动摇"的理想之愁，也不是怜悯和同情。"我知道怜悯是亵渎的"，怜悯是居高临下的优越；"说是在同情于他们罢？我又觉得太轻"，同情是置身事外的洒脱。怜悯和同情显得廉价和肤浅。

　　文章围绕"听得卖豆腐的哨子在窗外呜呜地吹"后引发的"难言"的怅惘，一层层抽丝剥茧，一步步探究心路，在"难言"而隐晦中将自己的心路历程娓娓道来，内心的情感也逐渐升华。至此，我们知道作者心中横亘的"怅惘"，不是因为自己的名利荣辱、儿女情长，也不是对底层人民廉价的"怜悯""同情"，而是对黑暗社会的憎恨、对广大社会底层的无产阶级劳动者的敬仰、对他们所遭受的不公正的命运的强烈不满。作者虽流落异国他乡，却不以自身为悲，而视拯救天下苍生为己任，体现出其忧国忧民、悲天悯人的伟大情怀。

雾

雾，遮没了正对着后窗的一带山峰。

我还不知道这些山峰叫什么名字。我来此的第一夜就看见那最高的一座山的顶巅像钻石装成的宝冕似的灯火。那时我的房里还没有电灯，每晚在暗中默坐，凝望这半空的一片光明，这使我记起了儿时所读的童话。实在的呢，这排列得很整齐的依稀分为三层的火球，衬着黑魆魆的山峰的背景，无论如何，是会引起非人间的缥缈的思想的。

但在白天看来，却平凡得很。并排的五六个山峰，差不多高低，就只最西的一峰戴着一簇房子，其余的仅只有树；中间最大的一峰竟还有濯濯的一大块，像是癞子头上的疮疤。

现在那照例的晨雾把什么都遮没了，就是稍远的电线杆也躲得毫无影踪。

渐渐地，太阳光从浓雾中钻出来了。那也是可怜的太阳呢！光是那样地淡弱。随后它也躲开，让白茫茫的浓雾吞噬了一切，包围了大地。

我诅咒这抹煞一切的雾！

我自然也讨厌寒风和冰雪。但和雾比较起来，我是宁愿后者呵！寒风和冰雪的天气能够杀人，但也刺激人们活动起来奋斗。雾，雾呀！只使你苦闷，使你颓唐阑珊，像陷在烂泥淖中，满心想挣扎，可是无从着力呢！

傍晚的时候，雾变成了牛毛雨，像帘子似的老是挂在窗前。两三丈以外，便只见一片烟云——依然遮抹一切，只不是雾样的罢了。没有风。门前池中的残荷梗时时忽然急剧地动摇起来，接着便有红鲤鱼活泼泼的跳跃划破了死一样平静的水面。

我不知道红鲤鱼的轨外行动是不是为了不堪沉闷的压迫？在我呢，既然没有呆呆的太阳，便宁愿有疾风大雨，很不耐这愁雾后身的牛毛雨老是像帘子一样挂在窗前。

1928年11月14日。

名师伴你读

▶品读与赏析

作者用"雾"做意象，把强烈的主观感情与具有象征意义的景象融合在一起，深刻但直白地表达了景物描写背后所隐藏的主题，将内心强烈的情感展现在读者面前。

1927年"四·一二"反革命政变发生后，国民党当局对革命志士大肆搜捕屠杀，全国都笼罩在白色恐怖之中，茅盾也因积极从事革命斗争而遭到国民党政府通缉，蛰居上海，后于1928年7月初赴日本东京，同年至京都，本文即作于京都寓所。到1929年，国民政府狂风暴雨般的大肆屠杀有所收敛，但白色恐怖丝毫没有减弱，转而用封锁、孤立、收买、软化等方法来消磨革命者的意志，蒙蔽人们的视听，使观望中的人们更加迷惘惶惑。作者用"雾"来象征当时的险恶时局是十分恰当的。文中对"雾"描写的语句："遮没""什么都遮没了""吞噬""包围"等。文章通过上述语句将意象充分突出，形象地描绘出那遮掩一切、包围一切、吞噬一切的强大白色恐怖，所以"我诅咒这抹煞一切的雾！"第七段中，"我自然也讨厌寒风和冰雪。但和雾比较起来，我是宁愿后者呵！寒风和冰雪的天气能够杀人，但也刺激人们活动起来奋斗。雾，雾呀！只使你苦闷，使你颓唐阑珊，像陷在烂泥淖中，满心想挣扎，可是无从着力呢！"道出了作者当时的复杂心境：对现实感到苦闷、颓唐，想挣扎却无处着力，宁愿到前线，到血与火的战斗中去拼杀，也比在沉闷的雾气中被包围被吞噬痛快。但作者并不因苦闷而沉沦，结尾段反映出他希望有疾风骤雨去扫除这迷雾，流露出强烈的革命乐观主义精神。

▶ 学习与借鉴

1. **象征寓意深刻**：作者用"雾"做意象，把强烈的主观情感与具有象征意义的景象融合于一起，直白而深刻地表达了景物描写背后所隐藏的主题，将作者内心强烈的情感展现在读者面前。

2. **用词准确**：文中对"雾"的描写的词语准确到位，形象地描绘出那遮掩一切、包围一切、吞噬一切的恐怖力量。

3. **结构严密**：从描写自然界的雾到"我诅咒这抹煞一切的雾"再到意象中的"雾"，层次分明，条理清晰。

时髦病

所谓"时髦病"是矛盾混乱的社会里常见的一种流行病。"时髦"二字，在这里并不做通常的"趋时"的解释，而有"硬要出语惊人"的意义。

"时髦病"有好几种，这里只说那最普遍的一种。这一种的病象是——

打倒一切：什么都是要不得的了，但是谁也不配去执行那"打倒一切"的工作。

骂倒一切：觉得别人都是不彻底，都是错误的；但是他自己跳在云端里，永远不曾脚踏实地地走一步，所以他就永远彻底，永远不会错了。

不屑做平凡的事：看见人家做披荆斩棘探路的工作，他是要冷笑的；他说"只要跳过去就行了，谁耐烦这么枝枝节节地干！"可是他自己永远不曾跳给人家看。

他过着小布尔乔亚的生活，但口口声声咒骂别人是小布尔乔亚；他在封建思想和封建势力的包围中，但他以为封建思想早就没落了，封建势力只存半口残喘，因而假使还有人在那里攻击封建思想，在他看来，就是时代的落伍者。

他是独往独来的英雄，他否定客观的现实！

他嘴里从不说"我"，但他的心里常有一个大字——"我"！

他天天嚷着：要光明，要自由！但是他望见了那由黑暗到光明之间的一段半明半暗的路程就害怕了，而且他用美妙的词令来掩饰了他的害怕。他要自由，可是他不肯爬上那通往自由的梯子，因为他反对平凡的一步一步爬，他的理想是"飞"！

他的喜悦是：常常有材料给他骂，他因此是一个最勇敢最彻底的"革命者"。但他的悲哀是："革命"不了解他！

名师伴你读

▶ 品读与赏析

本篇是茅盾杂感随想的一篇小散文，篇幅极小但主题深刻，结构简洁但讽刺意味极强。作者通过对当时极为普遍的社会现象的描述，抨击了这样的一个小资产阶级群体：他们叫嚣着打倒一切，却不知道该由谁去"打倒"；他们盲目地攻击一切，自己却永远不曾脚踏实地地走出一步；他们"志向高远"，不屑于做披荆斩棘的探路工作，却又没有任何建设性的方法和举措；他们咒骂小资产阶级的落后和狭隘，自己却在小资产阶级的生活里悠然自得；他们强调内心的自我，否认客观的现实；他们向往光明和自由，却又畏惧付出和努力，逃避光明之路上的黑暗和险阻。文章形象地概括了一群所谓的小资产阶级"革命者"的滑稽形象，深刻地抨击了一些文人政客软弱、落后的革命投机主义的丑恶嘴脸。

▶ 学习与借鉴

1. **描写准确**：准确概括了描写对象"时髦病"的特征，生动地展现出其滑稽、丑恶、低劣的形象。

2. **结构简洁，表意有力**：布局简洁，层次清晰，内容描述到位，表意精确有力。

雷雨前

清早起来，就走到那座小石桥上。摸一摸桥石，竟像还带点儿热。昨天整天里没有一丝风。晚快边响了一阵子干雷，也没有风，这一夜就闷得比白天还厉害。天快亮的时候，这桥上还有两三个人躺着，也许就是他们把这些石头又炕得热烘烘。

满天里张着个灰色的幔，看不见太阳。然而太阳的威力好像透过了那灰色的幔，直逼着你头顶。

河里连一滴水也没有了，河中心的泥土也裂成乌龟壳似的。田里呢，早就像开了无数的小沟，——有两尺多阔的，你能说不像沟吗？那些苍白色的泥土，干硬得就跟水门汀差不多。好像它们过了一夜工夫还不曾把白天吸下去的热气吐完，这时它们那些扁长的嘴巴里似乎有白烟一样的东西往上冒。

站在桥上的人就如同浑身的毛孔全都闭住，心口泛淘淘，像要呕出什么来。

这一天上午，天空老张着那灰色的幔，没有一点点漏洞，也没有动一动。也许幔外边有的是风，但我们罩在这幔里的，把鸡毛从桥头抛下去，也没见它飘飘扬扬踱方步。就跟住在抽出了空气的大筒里似的，人张开两臂用力行一次深呼吸，可是吸进来只是热辣辣的一股闷气。

汗呢，只管钻出来，钻进来，可是胶水一样，黏得你浑身不爽快，像结了一层壳。

午后三点钟光景，人像快要干死的鱼，张开了一张嘴，忽然天空那灰色的幔裂了一条缝！不折不扣一条缝！像明晃晃的刀口在这幔上划过。然而划过了，幔又合拢，跟没有划过的时候一样，透不进一丝风。一会儿，长空一闪，又是那灰色的幔裂了一次缝。然而中什么用？

像有一只巨人的手拿着明晃晃的大刀在外边想挑破那灰色的幔，像是这巨人已在咆哮发怒越来越紧了，一闪一闪满天空瞥过那大刀的光亮，隆隆隆，幔外边来了巨人的愤怒的吼声！

猛地闪光和吼声都没有了，还是一张密不透风的灰色的幔！

空气比以前加倍闷！那幔比以前加倍厚！天加倍黑！

你会猜想这时那幔外边的巨人在揩着汗，歇一口气；你断得定他还要进攻。你焦躁地等着，等着那挑破灰色幔的大刀的一闪电光，那隆隆隆的怒吼声。

可是你等着，等着，却等来了苍蝇。它们从龌龊的地方飞出来，嗡嗡嗡的，绕住你，叮你的涂一层胶似的皮肤。戴红顶子像个大员模样的金苍蝇刚从粪坑里吃饱了来，专拣你的鼻子尖上蹲。

也等来了蚊子，哼哼哼的，像老和尚念经，或者老秀才读古文。苍蝇给你传染病，蚊子却老实要喝你的血呢！

你跳起来拿着蒲扇乱扑，可是赶走了这一边的，那一边又是一大群乘隙进攻。你大声叫喊，它们只回答你个哼哼哼，嗡嗡嗡！

外边树梢头的蝉儿却在那里唱高调："要死哟，要死哟！"

你汗也流尽了，嘴里干得像烧，你手里也软了，你会觉得世界末日也不会比这再坏！

然而猛地电光一闪，照得角里都雪亮。幔外边的巨人一下子把那灰色的幔扯得粉碎了！轰隆隆，轰隆隆，他胜利地叫着！胡——胡——挡在幔外边整整两天的风开足了超高速度扑来了！蝉儿噤声，苍蝇逃走，蚊子躲起来，人身上像剥落了一层壳那么爽。

霍！霍！霍！巨人的刀光在长空飞舞。

轰隆隆，轰隆隆，再急些！再响些吧！

让大雷雨冲洗出个干净清凉的世界吧！

名师伴你读

▶ 品读与赏析

　　文章以自然事物的客观存在为基础，紧紧抓住其典型特征，运用比拟、夸张等修辞手法，从事物的自身运动和相互矛盾中展现丰富的象征性寓意。开头描述了雷雨前令人窒息的闷热压抑，象征着国民党统治下的黑暗社会现实；接着指出统治阶级的腐朽和反动势力的强大，即"满天里张着个灰色的幔，看不见太阳""河里连一滴水也没有了，河中心的泥土也裂成乌龟壳似的""人像快要干死的鱼"，表达了黑暗统治之下民不聊生的悲惨情形；但残酷的压迫只会激起奋力的反抗，"巨人的手拿着明晃晃的大刀在外边想挑破那灰色的幔"；在激烈的斗争中，尽管帮凶们纷纷出来捣乱，然而革命者不畏强暴，迎着黑暗势力搏击，"巨人一下子把那灰色的幔扯得粉碎了"。文章抒发了革命终将胜利、美好社会必将到来的光辉前景，"让大雷雨冲洗出个干净清凉的世界！"这一系列紧张连贯、形象逼真、张力十足的描述，给人以身临其境的真切感受，使读者设身处地体会到国民党统治的恐怖，水到渠成地理解了作品的象征性寓意。

　　本篇文章发表于1934年，时值中国革命逐渐从大革命失败后的低潮中走出来，在中国共产党的领导下，工农武装割据、农村包围城市的革命浪潮涌遍中华大地。作品反映了当时国民党的腐朽统治，表达了革命者奋力摧毁国民党反动统治的坚定信心和昂扬斗志。

▶ 学习与借鉴

　　1. 描写准确：文章以自然事物的客观存在为基础，紧紧抓住其典型特征，运用比拟、夸张等修辞手法，从事物自身规律和矛盾中展现丰富的象征寓意。

　　2. 层次连贯：通过一系列紧张连贯、形象逼真、张力十足的描述，给人以身临其境、身受其害的真切感受。

　　3. 象征寓意强烈：作品反映了当时国民党白色恐怖的黑暗统治，表达了革命者奋力推翻国民党统治的坚定信心和昂扬斗志。

天　窗

　　乡下的房子只有前面一排木板窗。暖和的晴天，木板窗扇扇开直，光线和空气都有了。

　　碰着大风大雨，或者北风呼号的冬天，木板窗只好关起来，屋子里就黑得像在地洞里似的。

　　于是乡下人在屋面开一个小方洞，装一块玻璃，叫作天窗。

　　夏天阵雨来了时，孩子们顶喜欢在雨里跑跳，仰着脸看闪电，然而大人们偏就不许，"到屋里来呀！"孩子们跟着木板窗的关闭也就被关在地洞似的屋里了；这时候，小小的天窗是唯一的慰藉。

　　从那小小的玻璃，你会看见雨脚在那里卜落卜落地跳，你会看见带子似的闪电一瞥；你想象到这雨，这风，这雷，这电，怎样猛厉地扫荡了这个世界，你想象它们的威力比你在露天真实感到的要大这么十倍百倍。小小的天窗会使你的想象锐利起来！

　　晚上，当你被逼着上床去"休息"的时候，也许你还忘不了月光下的草地河滩，你偷偷地从帐子里伸出头来，你仰起了脸，这时候，小小的天窗又是你唯一的慰藉！

　　你会从那小玻璃上面的一粒星，一朵云，想象到无数闪闪烁烁可爱的星，无数像山似的，马似的，巨人似的，奇幻的云彩；你会从那小玻璃上面掠过的一条黑影想象到这也许是灰色的蝙蝠，也许是会唱的夜莺，也许是恶霸似的猫头鹰，——总之，美丽神奇的夜的世界的一切，立刻会在你的想象中展开。

啊唷唷！这小小一方的空白是神奇的！它会使你看见了若不是有了它，你就想不起来的宇宙的秘密；它会使你想到了若不是有了它，你就永远不会联想到的种种事件！

发明这"天窗"的大人们，是应得感谢的。因为活泼会想象的孩子们会知道怎样从"无"中看出"有"，从"虚"中看出"实"，比任何他看到的更真切，更阔达，更复杂，更确实！

名师伴你读

▶品读与赏析

《天窗》是茅盾先生写的关于童年生活的一篇小文章。作者运用丰富的想象，把天窗下的孩子描写得活灵活现，准确体现出孩子好动爱玩、充满幻想的特点。全文结构清晰明了，充满童真童趣，将小小的天窗赋予大大的魔力：它不仅给乡下的房子带来了光明，还放飞了乡下孩子的心灵，打开了一片更广阔、更真切、更复杂、更实在的世界。

▶学习与借鉴

1. **语言简洁生动**：通过简洁明了的语言和生动形象的描述，活灵活现地展现出天窗下孩子好动爱玩、充满幻想的特点。

2. **构思巧妙**：大人眼中遮风挡雨的天窗，却成了孩子们眼中瞭望世界的窗口，从孩子的角度切入，构思巧妙，立意深刻。

3. **行文紧凑**：篇幅短小，内容充实，结尾简洁，寓意丰富，通过大人和孩子眼中天窗的对比升华主题。

风景谈

前夜看了《塞上风云》的预告片，便又回忆起猩猩峡外的沙漠来了。那还不能被称为"戈壁"，那在普通地图上，还不过是无名的小点，但是人类的肉眼已经不能望到它的边际，如果在中午阳光正晒的时候，那单纯而强烈的反光会使你的眼睛不舒服；没有隆起的沙丘，也不见有半间泥房，四顾只是茫茫一片，那样的平坦，连一个"坎儿井"也找不到；那样的纯然一色，即使偶尔有些驼马的枯骨，它那微小的白光，也早溶入了周围的苍茫；又是那样的寂静，似乎只有热空气在作哄哄的声响。然而，你不能说，这里就没有"风景"。当地平线上出现了第一个黑点，当更多的黑点成为线，成为队，而且当微风把铃铛的柔声，叮当，叮当，送到你的耳鼓，而最后，当那些昂然高步的骆驼，排成整齐的方阵，安详然而坚定地愈行愈近，当骆驼队中领队驼所掌的那一杆长方形猩红大旗耀入你的眼帘，而且大小叮当的谐和的合奏充满了你的耳管，——这时间，也许你不出声，但是你的心里会涌上了这样的感想的：多么庄严，多么妩媚呀！这里是大自然最单调最平板的一面，然而加上了人的活动，就完全改观，难道这不是"风景"吗？自然是伟大的，然而人类更伟大。

于是我又回忆起另一个画面，这就在所谓"黄土高原"！那边的山多数是秃顶的，然而层层的梯田，将秃顶装扮成稀稀落落有些黄毛的癞头，特别是那些高秆植物颀长而整齐，等待检阅的队伍似的，在晚风中摇曳，别有一种惹人怜爱的姿态。可是更妙的是三五月明之夜，天是那样地蓝，几乎透明似的，月亮离山顶，似乎不过几尺，远看山顶的小米丛密挺立，宛如人头上的怒发，这时候忽然从山脊上长出两只牛角来，随即牛的全身也出现，掮着犁的人形也出现，并不多，只有三两个，也许还跟着个小孩，他们姗姗而下，在蓝的天，黑的山，银色的月光的背景下，成就了一幅剪影，如果给田园诗人见了，必将赞叹为绝妙的题材。可是没有完。这几位晚归的种地人，还把他们那粗朴的短歌，用愉快的旋律，从山顶上飘下来，直到他们没入了山坳，依旧只有蓝天明月黑魆魆的山，歌声可是缭绕不散。

另一个时间。另一个场面。夕阳在山，干坼的黄土正吐出它在一天内所吸收的热，河水汩汩急流，似乎能把浅浅河床中的鹅卵石都冲走了似的。这时候，沿河的山坳里有一队人，从"生产"归来，兴奋的谈话中，至少有七八种不同的方音。忽然间，他们又用统一的音调，唱起雄壮的歌曲来了，他们爽朗的笑声，落到水上，使得河水也似在笑。看他们的手，这是惯拿调色板的，那是昨天还拉着提琴的弓子伴奏着《生产曲》的，这是经常不离木刻刀的，那又是洋洋洒洒下笔如有神的，但现在，一律都被锄锹的木柄磨起了老茧了。他们在山坡下，被另一群所迎住。这里正燃起熊熊的野火，多少曾调朱弄粉的手儿，已经将金黄的小米饭，翠绿的油菜，准备齐全。这时候，太阳已经下山，却将它的余晖幻成了满天的彩霞，河水喧哗得更响了，跌在石上的便喷出了雪白的泡沫，人们把沾着黄土的脚伸在水里，任它冲刷，或者掬起水来，洗一把脸。在背山面水的这样一个所在，静穆的自然和弥漫着生命力的人，就织成了美妙的图画。

在这里，蓝天明月，秃顶的山，单调的黄土，浅濑的水，似乎都是最恰当不过的背景，无可更换。自然是伟大的，人类是伟大的，然而充满了崇高精神的人类的活动，乃是伟大中之尤其伟大者！

我们都曾见过西装革履烫发旗袍高跟鞋的一对，在公园的角落，绿荫下长椅上，悄悄说话，但是试想一下，如果在一个下雨天，你经过一边是黄褐色的浊水，一边是怪石峭壁的崖岸，马蹄很小心地探入泥浆里，有时还不免打了一下跌撞，四面是静寂灰黄，没有一般所谓的生动鲜艳，然而，你忽然抬头看见高高的山壁上有几个天然的石洞，三层楼的亭子间似的，一对人儿促膝而坐，只凭剪发式样的不同，你方能辨认出一个是女的，他们被雨赶到了那里，大概聊天也聊够了，现在是摊开着一本札记簿，头凑在一处，一同在看，——试想一想，这样一个场面到了你眼前时，总该和在什么公园里看见了长椅上有一对儿在偎倚低语，颇有点儿味儿不同罢！如果在公园时你一眼瞥见，首先第一会想是"这里有一对恋人"，那么，此时此际，倒是先感到那样一个沉闷的雨天，寂寞的荒山，原始的石洞，安上这么两个人，是一个"奇迹"，使大自然顿时生色！他们之是否恋人，落在问题之外。你所见的，是两个生命力旺盛的人，是两个清楚明白生活意义的人，在任何情形之下，他们不倦怠，也不会百无聊赖，更不至于从胡闹中寻求刺激，他们能够在任何情况之下，拿出他们那一套来，怡然自得。但是什么能使他们这样呢？

不过仍旧回到"风景"罢；在这里，人依然是"风景"的构成者，没有了人，还有什么可以称道的？再者，如果不是内生活极其充满的人作为这里的主宰，那又有什么值得怀念？

再有一个例子：如果你同意，二三十棵桃树可以称为林，那么这里要说的，正是这样一个桃林。花时已过，现在绿叶满株，却没有一个桃子。半爿旧石磨，是最漂亮的圆桌面，几尺断碑，或是一截旧阶石，那又是难得的几案。现成的大小石块作为凳子，——而这样的石凳也还是以奢侈品的姿态出现。这些怪样的家具之所以成为必要，是因为这里有一个茶社。桃林前面，有老百姓种的荞麦，也有大麻和玉米这一类高秆植物。荞麦正当开花，远望去就像一张粉红色的地毯，大麻和玉米就像是屏风，靠着地毯的边缘。太阳光从树叶的空隙落下来，在泥地上，石家具上，一抹一抹的金黄色。偶尔也听得有草虫在叫，带住在林边树上的马儿伸长了脖子就树干搔痒，也许是乐了，便长嘶起来。"这就不坏！"你也许要这样说。可不是，这里是有一般所谓"风景"的一些条件的！然而，未必尽然。在高原的强烈阳光下，人们喜欢把这一片树荫作为户外的休息地点，因而添上了什么茶社，这是这个"风景区"成立的因缘，但如果把那二三十棵桃树，半爿磨石，几尺断碣，还有荞麦和大麻玉米，这些其实到处可遇的东西，看成了此所谓风景区的主要条件，那或者是会贻笑大方的。中国之大，比这美得多的所谓风景区，数也数不完，这个值得什么？所以应当从另一方面去看。现在请你坐下，来一杯清茶，两毛钱的枣子，也做一次桃园的茶客罢。如果你愿意先看女的，好，那边就有三四个，大概其中有一位刚接到家里寄给她的一点儿钱，今天来请请同伴。那边又有几位，也围着一个石桌子，但只把随身带来的书籍代替了枣子和茶了。更有两位虎头虎脑的青年，他们走过"天下最难走的路"，现在却静静地坐着，温雅得和闺女一般。男女混合的一群，有坐的，也有蹲的，争论着一个哲学上的问题，时时哗然大笑。就在他们近边，长石条上躺着一位，一本书掩住了脸。这就够了，不用再多看。总之，这里有特别的氛围，但并不古怪。人们来这里，只为恢复工作后的疲劳，随便喝点儿，要是袋里有钱；或不喝，随便谈谈天；在有闲的只想找一点儿什么来消磨时间的人们看来，这里坐得不舒服，吃的喝的也太粗糙简单，也没有什么可供赏玩，至多来一次，第二次保管厌倦。但是不知道消磨时间为何物的人们却把这一片简陋的绿荫看得很可爱，因此，这桃林就很出名了。

因此，这里的"风景"也就值得留恋，人类的高贵精神的辐射，填补了自然界的疲乏，增添了景色，形式的和内容的。人创造了第二自然！

最后一段回忆是五月的北国。清晨，窗纸微微透白，万籁俱静，嘹亮的喇叭声，破空而来。我忽然想起了白天在一本贴照簿上所见的第一张，银白色的背景前一个淡黑的侧影，一个号兵举起了喇叭在吹，严肃、坚决、勇敢，和高度的警觉，都表现在小号兵的挺直的胸膛和高高的眉棱上边。我赞美这摄影家的艺术，我回味着，我从当前的喇叭声中也听出了严肃、坚决、勇敢，和高度的警觉来，于是我披衣出去，打算看一看。空气非常清冽，朝霞笼住了左面的山，我看见山峰上的小号兵了。霞光射住他，只觉得他的额角异常发亮，然而，使我惊叹叫出声来的，是离他不远有一位荷枪的战士，面向着东方，严肃地站在那里，犹如雕像一般。晨风吹着喇叭的红绸子，只这是动的，战士枪尖的刺刀闪着寒光，在粉红的霞色中，只这是刚性的。我看得呆了，我仿佛看见了民族的精神化身而为他们两个。

如果你也当它是"风景"，那便是真的风景，是伟大中之最伟大者！

1940年12月，于枣子岚垭。

名师伴你读

▶品读与赏析

1940年5月，茅盾离开新疆来到延安。他目睹了根据地蓬勃发展的景象，体会着热烈的革命气息，心中激荡着对根据地新生活的无比热爱，保持着对未来中国革命前途的坚定信心。短暂停留后，他被组织派到重庆国统区开展工作。《风景谈》一文写于1940年12月，此时的茅盾已离开延安，置身于国统区重庆的白色恐怖之中，这里没有创作的言论自由，但作者不畏险恶的处境，采用含蓄的艺术表现手法，去表达内心深刻而又强烈的思想感情。

《风景谈》是一篇熔叙述、写景、议论、抒情于一炉的文情并茂的优秀散文，既严谨凝练，又跌宕多姿，充分体现了散文自由活泼、无拘无束的艺术特点。文章以观看《塞上风云》影片引起的回忆开篇，借助丰富的艺术联想，纵横驰骋、文思飞扬，向读者展示了多种"风景"的片断：时而沙漠风光，时而高原夜色；时而晨光普照，时而晚霞满天；时而是剪影似的写意的"大场面"，时而是精工的"小镜头"。这些片段看似散漫随意，实则错落有致。文章给我们描绘了六幅和谐优美、寓意深邃的风景画：沙漠驼铃、高原晚归、沿河夕照、石洞雨景、桃林小憩、北国晨号。文章在结构布局上层层深入、步步推进，按照作者对人与自然、人与人之间关系的认识逐一深化的顺序，把六幅风景画有机巧妙地组合在一起，使之显得既舒展自如，又严谨有序，完满无缺，真正做到了"形散而神不散"。本文在和谐优美的风景描写中，把象征性的描写和哲理性的思辨融于一体，热情讴歌了延安军民火热的战斗和生活，赞美了延安军民崇高的精神面貌，同时也深深地表达了作者对革命理想的信仰、对党的领导的讴歌、对根据地军民生活的向往。

▶ 学习与借鉴

1. **行文跌宕多姿**：文章熔叙述、写景、议论、抒情于一炉，借助丰富的艺术联想，纵横驰骋、文情并茂、跌宕多姿，充分体现了散文自由活泼、无拘无束的艺术特点。

2. **意蕴深刻**：作者按照人与自然、人与人之间关系的认识不断深化的顺序，把象征性的描写和哲理性的思辨融于一体，通过丰富的象征意义表达强烈的思想感情。

白杨礼赞

白杨树实在是不平凡的，我赞美白杨树！

当汽车在望不到边际的高原上奔驰，扑入你视野的，是黄绿错综的一条大毯子；黄的，那是土，未开垦的处女地，几百万年前由伟大的自然力所堆积而成的黄土高原的外壳；绿的呢，是麦田，是人类劳力战胜自然的成果，和风吹送，翻起了一轮一轮的绿波——这时你会真心佩服昔人所造的两个字"麦浪"，若不是妙手偶得，便确是经过锤炼的语言的精华。黄与绿主宰着，无边无垠，坦荡如砥，这时如果不是宛若并肩的远山的连峰提醒了你（这些山峰凭你的肉眼来判断，就知道是在你脚底下的），你会忘记了汽车是在高原上行驶，这时你涌起来的感触也许是"雄壮"，也许是"伟大"，诸如此类的形容词，然而同时你的眼睛也许觉得有点儿倦怠，你对当前的"雄壮"或"伟大"闭了眼，而另一种味儿在你心头潜滋暗长了——"单调"！可不是，单调，有一点儿罢？

然而刹那间，要是你猛然抬眼看见了前面远远地有一排，——不，或者甚至只是三五株，一二株，傲然地耸立，像哨兵似的树木的话，那你恹恹欲睡的情绪又将如何？我那时是惊奇地叫了一声的！

那就是白杨树，西北极普通的一种树，然而实在不是平凡的一种树！

那是力争上游的一种树，笔直的干，笔直的枝。它的干呢，通常是丈把高，像是加以人工似的，一丈以内，绝无旁枝；它所有的桠枝呢，一律向上，而且紧紧靠拢，也像是加以人工似的，成为一束，绝无横逸斜出；它的宽大的叶子也是片片向上，几乎没有斜生的，更不用说倒垂的了；它的皮，光滑而有

银色的晕圈，微微泛出淡青色。这是虽在北方的风雪的压迫下却仍旧保持着倔强挺立的一种树！哪怕只有碗来粗细罢，它却努力向上发展，高到丈许，二丈，参天耸立，不折不挠，对抗着西北风。

这就是白杨树，西北极普通的一种树，然而绝不是平凡的树！

它没有婆娑的姿态，没有屈曲盘旋的虬枝，也许你要说它不美丽，——如果美是专指"婆娑"或"横逸斜出"之类而言，那么白杨树算不得树中的好女子；但它却是伟岸，正直，朴质，严肃，也不缺乏温和，更不用提它的坚强不屈与挺拔，它是树中的伟丈夫！当你在积雪初融的高原上走过，看见平坦的大地上傲然挺立这么一株或一排白杨树，难道你觉得树只是树，难道你就不想到它的朴质，严肃，坚强不屈，至少也象征了北方的农民；难道你竟一点儿也不联想到，在敌后的广大土地上，到处有坚强不屈，就像这白杨树一样傲然挺立的守卫他们家乡的哨兵！难道你又不更远一点儿想到这样枝枝叶叶靠紧团结，力求上进的白杨树，宛然象征了今天在华北平原纵横决荡用血写出新中国历史的那种精神和意志。

白杨不是平凡的树。它在西北极普遍，不被人重视，就跟北方农民相似；它有极强的生命力，磨折不了，压迫不倒，也跟北方的农民相似。我赞美白杨树，就因为它不但象征了北方的农民，尤其象征了今天我们民族解放斗争中所不可缺的朴质，坚强，以及力求上进的精神。

让那些看不起民众，贱视民众，顽固的倒退的人们去赞美那贵族化的楠木（那也是直干秀颀的），去鄙视这极常见，极易生长的白杨罢，但是我要高声赞美白杨树！

名师伴你读

▶ 品读与赏析

文章首句即直抒胸臆、照应题目，倾吐对白杨树的赞美之情，提笔峻拔有力，情感破空而来。接着笔锋骤转，绝口不提白杨树，而是尽情勾画了黄土高原那无边无垠、坦荡如砥、连峰并肩、麦浪翻滚的壮丽图景，化静为动，为全文铺展开一个雄壮的背景。而后笔锋再转，"雄壮""伟大"之中又有些单调、倦怠，随后突然转向描写白杨树，犹如异峰突起，精神为之一振，感情趋向炽烈。然后又是起落扬抑："算不得树中的好女子"，但却是"树中的伟丈夫"，同时展开丰富的联想，层层深入地揭示出白杨的象征意义。文章的思想开拓出新的境界，作者的感情也达到了高峰。

作者写高原、写白杨，选用的词语，都十分精准，贴切。如写高原的"大"，用"无边无垠"，写高原的"平"，用"坦荡如砥"；写白杨的高大，则用"伟岸""挺拔""参天耸立""傲然地耸立"。同是赞美白杨的"不平凡"，却用不同的句式，显出感情的变化。开头说"白杨树实在不是平凡的"肯定了白杨树超凡的气质，以后反复强调白杨树"不是平凡的"，从象征意义上驳斥了那种轻视北方民众抗日斗争的观点，以更激越的感情赞美白杨树超凡的精神气质。

本篇文章以白杨树象征中国共产党及其领导下的敌后抗日根据地的广大军民，歌颂了中国共产党领导下的抗日军民和整个中华民族的紧密团结、力求上进、坚强不屈的革命精神和斗争意志，思想内涵丰裕，艺术感染力极强。

▶ 学习与借鉴

1. **行文跌宕起伏**：文章首句即直抒胸臆，倾吐对白杨树的赞美之情，提笔峻拔有力；接着笔锋骤转，尽情勾画黄土高原无边无垠、坦荡如砥、连峰并肩、麦浪翻滚的壮丽图景，为全文铺展开雄壮的背景；然后笔锋再转，转回到描写白杨树犹如异峰突起，感情趋向炽烈。

2. **用词准确贴切**：如写高原的大，用"无边无垠"；写高原的平，用"坦荡如砥"；写白杨树的高大，则用"伟岸""挺拔""参天耸立""傲然地耸立"。

3. **意象深刻饱满**：通过丰富的联想，层层深入地揭示出白杨树的象征意义，以无比激越的感情赞美白杨树超凡的精神品质，有力地驳斥了轻视北方民众抗日斗争的观点。

秦岭之夜

下午三点钟出发，才开出十多公里，车就抛了锚。一个轮胎泄了气了。车上有二十三人。行李倒不多，但是装有商货（依照去年颁布的政令，凡南行的军车，必须携带货物，公家的或商家的，否则不准通行），两吨重的棉花。机器是好的，无奈载重逾额，轮胎又是旧的。

于是有组织的行动开始了。打千斤杠的，卸预备胎打气的，同时工作起来。泄气的轮胎从车上取下来了，可是要卸除那压住了橡皮外胎的钢箍可费了事了。绰号"黑人牙膏"的司机一手能举五百斤，是一条好汉，差不多二十分钟，才把那钢箍的倔强克服下来。

车又开动了，上坡，"黑人牙膏"两只蒲扇般的手把得定定的，开上头挡排，汽车吱吱地苦呻，"黑人牙膏"操着不很圆润的国语说："车太重了呀！"秦岭上还有积雪，秦岭的层峦叠嶂像永无止境似的。车吱吱地急叫，在爬。然而暝色已经从山谷中上来了。忽然车停了，"黑人牙膏"跳下车去，俯首听了听，又检查机器，糟糕，另一个轮胎也在泄气了，机器又有点儿故障。"怎么了呀？"押车副官问，也跳了下来。"黑人牙膏"摇头道："不行呀！可是不要紧，勉强还能走，上了坡再说。""能修吗？""能！"

挨到了秦岭最高处时，一轮满月，已经顶在头上。这里有两家面店，还有三五间未完工的草屋，好了，食宿都不成问题了，于是车就停下来。

第一件事是把全体的人，来一个临时部署：找宿处并加以分配，——这是一班；卸行李，——又一班；先去吃饭，——那是第三班。

未完成的草房，作为临时旅馆，说不上有门窗，幸而屋顶已经盖了草。但地下潮而且冷，秦岭最高处已近雪线。幸而有草，那大概是盖房顶余下来的。于是垫起草来，再摊开铺盖。没有风，但冷空气刺在脸上，就像风似的。月光非常晶莹，远望群山并列，都在脚下。

二十三人中，有六个女同志。车得漏夜修，需要人帮忙。车停在这样的旷野，也需得有人彻夜放哨。于是再来一个临时部署。帮忙修车，五六个人尽够了；放哨每班二人，两小时一班，全夜共四班。都派定了，中间没有女同志。但是Ｗ和Ｈ要求加入。结果，加了一班哨。先去睡觉的人，把皮大衣借给放哨的人。

跟小面店里买了两块钱的木柴，烧起一个大火堆。修车的工作就在火堆的光亮下开始了。原来的各组组长又分别通知："睡觉的尽管睡觉，可不要脱衣服！"但即使不是为了预防意外，在这秦岭顶上脱了衣服过夜，而且是在那样的草房里，也不是人人能够支持的；空气使人鼻子里老是作辣，温度无疑是在零下。

躺在草房里朝外看，月光落在公路上，跟霜一般，天空是一片深蓝，眨眼的星星，亮得奇怪。修车的同志们有说有笑，夹着工作的声音，隐隐传来。可不知什么时候了，公路上还有赶着大车和牲口的老百姓断断续续经过。鸣鞭的清脆声浪，有时简直像枪响。月光下有一个人影从草房前走过，一会儿，又走回来——这是在放哨。

"呵，自有秦岭以来，曾有过这样的一群人在这里过夜否？"思绪奔凑，万感交集，眼睛有点儿湿润了，——也许受了冷空气的刺激，脸上是堆着微笑的。

咚咚的声音，隐约可闻；这是把轮胎打了气，用锤子敲着，从声音去辨别气有没有足够。于是眼前又显现出两位短小精悍的青年，——曾经是锦衣玉食的青年，不过一路上你看他们是那样活泼而快活！

在咚咚声中，有些人是进了睡乡了，但有些人却又起来，——放哨的在换班。天明之前的冷是彻骨的。……不知那火堆还有没有火？

蒙眬中听得人声，猛睁眼，辨出草房外公路上已不是月光而是曙色的时候，便有女同志的清朗的笑声愈来愈近了。火堆旁围满了人，木柴还没有烧完。行李放上车了。司机座前的玻璃窗上，冰花结成了美丽的图案。火堆上正烧着一罐水。滚热的毛巾揩拭着玻璃上的冰花，然而随揩随又冻结。"黑人牙膏"和押车副官交替着摇车，可是车不动，因是汽油也冻了。

呵呵！秦岭之夜竟有这么冷呢！这时候，大家方始知道昨夜是在零下几度过去的。这发见似乎很有回味，于是在热闹的笑语中弄了草来烘汽车的引擎。

名师伴你读

▶ 品读与赏析

　　文章讲述了1940年冬作者从西安坐八路军的军车翻越秦岭、夜宿山顶的经历。抗日救国以及反抗国民党腐朽统治是这一时期茅盾先生的创作主题，本文通过描述乘车过秦岭途中发生的一系列波折和故事，表现了人们面对困难时依然乐观的态度和昂扬的斗志，赞扬了八路军军民不畏艰苦、团结一致的革命乐观主义精神。同时赞扬了那些为民族大义而舍弃了锦衣玉食生活的青年，他们经历了艰苦岁月和革命斗争的磨砺，必将成为未来中国革命和建设的中坚力量，表达了作者对中华民族前途命运充满希望的坚定信念。

▶ 学习与借鉴

　　1. **语言朴实贴切**：文章运用朴实的语言，描写了饱满的人物、简洁的对话、真实的环境和活泼的场面，贴近生活、贴近自然。

　　2. **行文自然流畅**：上山—抛锚—修车—夜宿—出发，按照事件的发生顺序行文，情节展开合理，故事叙述流畅。

大地山河

　　住在西北高原的人们，不能想象江南太湖区域所谓"水乡"的居民生涯；所谓"暮春三月，江南草长，杂花生树，群莺乱飞"，也还不是江南"水乡"的风光。缺少那交错密布的水道的西北高原居民，听说人家的后门外就是河，站在后门口（那就是水阁的门），可以用吊桶打水，午夜梦回，可以听得橹声欸乃，飘然而过，总有点儿难以构成形象的罢？

　　没有到过西北——或者就是豫北陕南罢，——如果只看地图，大概总以为那些在普通地图上有名有目的河流，至少比江南"水乡"那些不见于普通地图上的"港"呀，"汊"呀，要大得多罢？至少总以为这些河终年汤汤，可以行舟的罢？有一个朋友曾到开封，那时正值冬季，他站在堤上，却还不知道他脚下所站的，就是有名的黄河堤岸；他向下视，只见有几股细水，在淤泥黄沙中流着，他还问："黄河在哪里？"却不知这几股细水，就是黄河！原来黄河在水浅季节，就是几股细水！

　　大凡在地图上有名有目的西北的河，到了冬季水浅，就是和江南的沟渠一样的东西，摆几块石头在浅处，是可以徒涉的。

　　乌鲁木齐河，那也是鼎鼎大名的；然而当我看见马车涉河而过的时候，我惊讶于这就是乌鲁木齐河！学生们卷起裤管，就徒涉了延水的事，如果不是亲见，也觉得可惊，因为延水在地图上也是有名有目的呀！

　　但是当夏季涨水的当儿，这些河却也实在威风。延水一次上流涨水，把"女大"①用以系住浮桥的一垛几万斤重的大石头冲走了十多丈路。

---

　　① "女大"：延安中国女子大学。

光是从天空飞过，你不能具体地了解所谓"西北高原"的意义。光是从地上走过，你了解得也许具体些，然而还不够"概括"（恕我借用这两个字）。

你从客机的高度仪的指针上看出你是在海拔三千多公尺（公尺是米的旧称。——编者注）以上了，然而你从玻璃窗向下看，嘿，城郭市廛，历历在目，多清楚！那时你会恍然于下边是高原了。但你还得在地上走过，然后你这认识才能够补足。

你会不相信你不是在平地上。可不是一望平畴，麦浪起伏？可是你再极目远望，那边天际一道连山，不也是和你脚下的"平地"是并列的吗？有时你还觉得它比你脚下的低呢！要是凑巧，你的车子到了这么一个"土腰"，下面是万丈断崖，而这万丈断崖也还只是中间阶段而已，那时你大概才切实地明白了高原之所以为高原了罢？

这也不是凭空可以想象的。

谢家的哥哥以"撒盐"比拟下雪，他的妹妹说，"未若柳絮因风舞"。自来都认为后者佳胜。自然，"柳絮因风舞"，多么清灵俊逸；但这是江南的雪景。如果说北方，那么谢家哥哥的比拟实在也没有错。当然也有下大朵的时候，那也是"柳絮"了，不过，"撒盐"时居多。

积在地上，你穿了长毡靴走过，那煞煞的响声，那颇有燥感的粉末，就会完全构成了"盐"的印象。要是在大野，一望皆白，平常多坎陷与浮土的道路，此时砥平而坚实，单马曳的雪橇轻溜溜地滑过，那时你真觉得心境清凉，——而实在，空气也清洁得好像滤过。

我曾在戈壁中远远看见一片白，颇惊讶于五月有雪，后来才知道这是盐池！

1941年8月19日。

名师伴你读

▶ 品读与赏析

　　本篇文章与《白杨礼赞》同写于1941年，其时为抗日战争的战略相持阶段。这期间，作者深切体会到国民党消极抗日、积极反共的卑劣行径，也欣喜地看到北方军民在共产党的领导下，团结一致、同心同德，在艰苦卓绝的斗争中巩固和发展了敌后抗日根据地。作者在抗日军民身上看到了中华民族未来的前途和希望，满怀激情地写下了一系列斗志昂扬的文章。但迫于当时的政治环境，作者思想感情的表达较为含蓄，多用象征的手法热情讴歌共产党领导下的抗日军民英勇不屈的斗争精神。本文运用想象、衬托、渲染、对比、寓情于景等手法，把河流、高原和雪这些事物有机地连接起来，抒写了祖国西北大地山河的壮美雄伟，表达了对共产党领导下的广大抗日军民的赞颂，内容积极向上，寓意深远丰富。

▶ 学习与借鉴

　　1. **表现手法丰富**：本文运用想象、衬托、渲染、对比、寓情于景等手法，把河流、高原和雪这些画面有机地连接起来。

　　2. **感情含蓄充沛**：迫于当时的政治环境，作者思想感情的表达较为含蓄，用象征的手法热情讴歌了共产党领导下的抗日军民英勇不屈的斗争精神。

　　3. **语言简洁明了**：对地域、河流、高原等对象的描写，语言简洁、特点突出、用词准确。

我曾经穿过怎样的紧鞋子

我在小学的时候，最喜欢绘画。教我们绘画的先生是一位六十多岁的国画家。他的专门本领是画"尊容"，我的曾祖的《行乐图》就是他画的，大家都说像得很。他教我们临摹《芥子园画谱》，于是我们都买了一部石印的《芥子园画谱》。他说："临完了一部《芥子园画谱》，不论是梅兰竹菊，山水翎鸟，全都有了门径。"

他从不自己动手画，他只批改我们的画稿；他认为不对的地方，就赏一红杠，大书"再临一次"。

后来进了中学，那里的图画教师也是国画家，年纪也有点儿老了。不过他并不是"尊容专家"。他的教授法就不同了。他上课的时候在黑板上先画了一幅，一面画，一面叫我们跟着临摹；他说："画画儿最要紧的诀窍是用笔的先后，所以我要当场一笔一笔现画，要你们跟着一笔一笔现临；记好我落笔的先后哪！"有时他特别"卖力"，画好了那幅"示范"的画儿以后，还拣那中间的困难点出来，在黑板的一角另画一幅"放大"，好比影片中的"特写"。

这位先生真是又和气又热心，我到现在还想念他。不用说，他从前大概也曾在《芥子园画谱》之类用过苦功，但他居然不把《芥子园画谱》原封不动地掷给我们，却换着花样来教我们，在那时候已经十分难得了。

然而那时候我对于绘画的热情比起小学时代来，却差得多了。原因大概很多，而最大的原因是忙于看小说。课余的时间全部消耗在旧小说上面，绘画不过是在上课的时候应个景儿罢了。

国文教师称赞我的文思开展，但又不满意地说："有点儿小说调子，应该力戒！"这位国文教师是"孝廉公"，又是我的"父执"，他对于我好像很关切似的，他知道我看小说是家里大人允许的，他就对我说："你的老人家这个主张，我就不以为然。看看小说，原也使得，小说中也有好文章，不过总得等到你的文章立定了格局，然后再看小说，就没有流弊了。"过一会儿，他又摸着下巴说："多读读《庄子》和韩文（韩文指唐代文学家韩愈的文章。——编者注）罢！"

我那时自然很尊重这位老师的意见，但是小学时代专临《芥子园画谱》那样的滋味又回来了。从前临《芥子园画谱》的时候，开头个把月倒还兴味不差，——先生只叫我临摹某一幅，而我却把那画谱从头到底看了一遍，"欣然若有所得"；后来一部画谱看厌了，先生还是指定了那几幅叫我"再临一次"。又一次，我就感到异常乏味了。而这位老画师的用意却也和那位"孝廉公"的国文教师一样：要我先立定了格局！《庄子》之类，自然远不及小说来得有趣，但假使当时有人指定了某小说要我读，而且一定要读到我"立定了格局"，我想我对于小说也要厌恶了罢？再者，多看了小说，就不知不觉间会沾上"小说调子"，但假使指定了要我去临摹某一部小说的"调子"，恐怕看小说也将成为苦事了罢？

不过从前的老先生就要教人穿这样的"紧鞋子"。幸而不久就来了"辛亥革命"，老先生们喟然于"世变"之巨，也就一切都"看穿"些，于是我也不再逢到好意的指导叫我穿那种"紧鞋子"了。说起来，这也未始不是"革命"之赐。

名师伴你读

▶ 品读与赏析

本文是作者对他中小学求学生涯中三位老师的回忆，讲述了这几位老师给学生穿"紧鞋子"的经历。第一位教国画的老师，严格死板地让学生临摹《芥子园画谱》；第二位教国画的老师，却是和学生一笔一笔现画现临；第三位教国文的老师，要学生"先定了格局"，多读《庄子》和韩愈的文章。这些老师作为封建传统教育的形象代表，一味地强调"格局"，给学生们穿上"紧鞋子"，极大地限制了学生思想的发展和心智的进步，最终也必然在革命的浪潮和历史的进步中被淘汰。

▶ 学习与借鉴

1. **人物刻画形象**：文章对几位老师的性格特征和行事风格描写准确，生动刻画出惯于给孩子们穿"紧鞋子"的老夫子形象。

2. **结构紧凑精练**：文章条理清晰，层次简洁明了，在短短的篇幅内描绘了丰满的人物形象。

3. **中心思想明确**：结尾点明主题，表达了作者对穿"紧鞋子"的不满和批判。

我的小学时代

　　大约是民国前八九年罢，我的故乡×镇开始有小学。我就是这小学的第一班学生。

　　比这小学略早，×镇又有一个非中非小的"中西学校"。据说开办的时候，课程就只有中西两门——半日读《东莱博议》之类的书，半日读英文。后来，那位英文教员因为自己也懂得一点儿笔算，便提议加一门算学，于是直到现在还是中学校里三个权威的"国、英、算"，名义上是齐全了。"中西学校"第二个半年开始时，加聘了一位算学教员，可巧他又懂得物理和化学，于是课程上又多了两门。但是，我所进的×镇第一个小学却是一开头就排定了整整齐齐的课程：修身、国文、历史、地理、算学、体操。没有音乐，因为那时候连"中西学校"也还没有音乐。

　　那时小学的学费差不多等于零，然而教科书和石板、石笔之类，到底比《千字文》《花夜记》，乃至《大学》《中庸》贵些罢，所以有的家长还是不让他的子弟进小学。开学那天，居然有五六十个学生，那就幸赖校长是一乡人望，能够号召；另一原因是校址在人烟稠密的市中心。

　　无所谓入学试验，学生按年龄分班，大些的进甲班，小的进乙班；甲乙班的课程实在差不多，除了修身一门。我还依稀记得，甲班的修身是读《论语》，而乙班的却是读文明书局出版的《修身教科书》。上课一星期以后，甲、乙班的学生又互有调动，我被编进甲班去了。

　　教员只有两位，各教一班。甲班的教员不是本镇人，大家都说他"新学"确有根基；这是说他的算学好，而那时小学的课程能使一位教员表示他真懂"新学"的，恐怕也只有算学这一门。我的父亲是酷嗜算学的，曾经自修到微积分，那时他卧病在床已经两年了，还常常托人去买新出的算学书来，要母亲翻开了竖着给他读，——因为他患的是"骨痨"，手上活动不便。他见我转进了甲班，很高兴，为的是得了好的先生；但我倒担心，我对于算学已是惊弓之鸟，未进这小学的时候，曾受学于父亲，可是，你想，他卧病在床，连手也不大能动，单靠口说，叫我怎么弄得懂？父亲因此常常纳闷：为什么我于算学那样的"不近"。

甲班的先生，手是能够动的，能够用粉笔将复位乘法的过程在黑板上演算出来，并且教得又慢，所以我也慢慢地"近"起来了。同时，我也亲自体验了为什么人家说甲班先生的"新学"有根基；因为他写阿拉伯数目字实在比乙班先生熟练得多。乙班先生写那"8"字始终是一对连接的圈子，这是他读"文章"打双圈时弄熟了的一手。

进这小学以前，我读过家塾，也读过私塾；念过《三字经》后，父亲就给我读"新学"了，那是从《正蒙必读》的《天文歌诀》节录出来的《天文歌略》。那时父亲还没病倒，他每天亲自节录四句，要我读熟，他说："慢慢地加上去，到一天十句为止。"可是我却慢慢地缩下来，每天读熟两句也还勉强。这一件事，也曾惹得父亲十分的烦恼。

这使得我那时幼稚的头脑对于所谓"新学"者，既害怕又憎恶。同时却又使我对于我所进的小学发生好感，因为这里的课程都比《天文歌略》容易记，也有兴味，即使是《论语》罢，孔子和弟子们的谈话无论如何总比天上的星座多点儿人间味。

但《论语》只是"修身"，作为国文课本的，却是新编的《文学初阶》和《速通虚字法》。——乡下人称为"洋书"者是。这两本书都有图画，尤其是《速通虚字法》的插图，大大使我爱好。我现在回想起来，觉得《速通虚字法》的编者和画者，实在是了不起的儿童心理学家；它的例句都能形象化，并且有鲜明的色彩。例如用"虎猛于马"这一句来说明"于"字的一种用法，同时那插图就是一只咆哮的老虎和一匹正在逃避的马；又如解释"更"字，用"此山高，彼山更高"这么一句，插图便是两座山头，一高一低，中间有两人在那里指手画脚，仰头赞叹。

《速通虚字法》帮助我造句，也帮助我能够读浅近的文言，更引起了我对于图画的兴味。我家屋后堆破烂东西的平屋里，有不知属于哪一位叔曾祖的一板箱旧小说——当时称之为"闲书"，都是印刷极坏的木板书，虽有"绣像"，实在不合我的脾胃。画手和刻手都太拙劣，倒在其次；主要的原因是其中的人物都是"古衣冠"，而表情也和我们活人不同。可是这板箱里还有几十张石印的极工细的"平定发逆"①的宣传画。这大概是我的曾祖在汉口寄回来的。这里的人物全是现代衣冠了，而且有兵，有大炮，有大刀队、钢叉队，非常热闹。我找得以后，高兴极了，但微感失望的，是重复太多，几十张只有五六种名目，再则，上面虽有文字说明，可又深奥，读不懂。

木板的"闲书"中就有《西游记》。因为早就听母亲讲过《西游记》中片断的故事，这书名是熟悉的，可惜是烂木板，有些地方连行款都模糊成一片黑影。但也拣可看的看下去。不久，父亲也知道我在偷看"闲书"了，他说："看看闲书也可把'文理看通'。"就叫母亲把一部石印的《后西游记》给我看，为什么给《后西游记》呢？父亲的用意是如此：为了使得国文长进，小孩子想看"闲书"也在所不禁，然而倘是有精致的插图的"闲书"，那么小孩子一定没有耐心从头看下去，却只拣插图有趣的一回来看了，这是看图而非看书，所以不行。那部石印的《后西游记》是没有插图的。

那时小学校每月有考试。单试国文一题，可是郑重其事地要出榜，而且前几名还有奖赏，无非是铅笔之类。暑假年假大考自然也有奖赏，那就丰厚一点儿，笔墨等文具之外，也有书，——下学期用的教科书。可是有一次却奖赏了两本童话：《无猫国》和《大拇指》，我于是知道了有专给小孩子看的"闲书"。不过我那时因为已经看了《西游记》《三国演义》等等旧小说，习惯于大人的事情，对于《无猫国》之类并不怎样感到兴趣。这两本童话就送给了弟弟，他看着书中的图画，母亲讲给他听。

每星期一篇作文，题目老是史论。教员在黑板上写好了题目，一定要讲解几句，指示怎样立论，——有时还暗示着怎样从古事论到时事。当然不会怎

❶ 发逆：清朝时期对于太平天国起义者的蔑称。

样具体的，我们也似懂非懂；但我们都要争分数，先生既然说过应该带到现在，我们怎肯不带呢？结果就常常用一句公式的话来收梢："后之为（××）者可不×乎？"这一个公式实在是万应灵符，因为上半句"为"字下边可以填"人主""人父""人友""将帅"……什么都行，而下半句"不"字下边也可以随便配上"慎""戒""惧""勉"等等。

说来有点儿好笑，那时我们中间最大的不过十五六岁，小的十一二，照年龄而言，都还不是老气横秋地论古评今的时期，然而每星期一篇的史论把我们变成早熟，可又实在没有论古道今的知识和见解（先生也知道，所以出了题目一定要讲解），"硬地上掘鳝"，就弄出一套公式来了。这一套公式是三段的：第一，将题中的人或事叙述几句；第二，论断带感慨；第三就是上面说过的那一道万应灵符来收梢。这样的作文每星期一次，倘要说于我们有什么好处，那至多亦不过很肤浅地弄熟一点儿史实，以及练习练习之乎者也的摆布罢了。对于思想的发展，毫无帮助。可是我现在想来，当时那位先生老叫我们做史论，也有他的用意；他是想叫学生留心家国大事。他自己是"新派"，颇有点儿政治思想。

最可怪的，我们弄惯了史论那一套公式，有时先生例外出个非史论的作文题，例如游××记之类，我们倒有点儿感到手足无措了。

两年以后，我就做了这小学的第一班毕业生。时在冬季。离这半年前，我的父亲故世。他卧床三年，肌肉落尽，那年夏天极热，他就像干了膏油的一盏灯，奄奄长眠了。那年春天，他已自知不起，叫我搬出他的书籍和算草来整理；有几十本《新民丛报》①，几套《格致汇编》②，还有一本《仁学》③，他吩咐特别包起来，说："不久你也许能看了。"特别是那本《仁学》，他叮嘱我，将来不可不读。他似乎很敬重这位"晚清思想界的慧星"谭嗣同先生。那时我曾把《仁学》翻了一下，可是不懂。

小学毕业那年，"中西学校"也迁到镇里来了（本来在市外），并且改

---

① 《新民丛报》：辛亥革命前资产阶级改良派的重要刊物，梁启超主编。
② 《格致汇编》：清末在上海出版的包括物理、化学和博物等学科的科普读物。
③ 《仁学》：谭嗣同的哲学著作，共两卷。

名为高等小学校，我就进了这学校的三年级。虽然名为高等小学校，但最高年级（五年级，那时中间空一级，没有四年级的学生）却有几何、代数；英文读《纳氏文法》第三本。几何的课本是《形学备旨》，这是开天辟地那位教几何的先生选定的课本，后来那先生走了，这课本却传了代，直到后来我学的也还是这一本有光纸印的厚厚的线装的老家伙。

名师伴你读

▶ **品读与赏析**

　　本篇讲述了茅盾小学时代的经历。文中体现出茅盾的启蒙教育开始较早，进小学前便读过家塾、私塾，在父亲的影响下开始接触"新学"。茅盾在小学里接触到修身、国文、历史、地理、算学、体操等课程，对绘画也产生了极大的兴趣。在开明父母的允许下，茅盾可以读《西游记》《三国演义》等小说，而在当时人们封建陈旧的观念里，小说之类被称为诲淫诲盗的"闲书"，是不准孩子们看的。每星期一篇的作文，让年幼的茅盾感到索然无味，认为这对思想的发展毫无意义，后来才明白老师的良苦用心。通过其小学时代的求学历程，我们可以看出开明的父母、丰富的课程、知识渊博的老师，对茅盾以后的求学、成长、创作、革命历程产生的巨大而深远的影响，这也使茅盾能够怀着宽宏谦逊的心态，无限深情地去回忆久远的小学时代。

▶ **学习与借鉴**

　　1. **语言简洁朴实**：作者在文中将自己小学时代的经历娓娓道来，语言简洁朴实，感情自然深沉。

　　2. **描写细腻准确**：文中描写了作者小学时代学习的课程、阅读的书籍、经历的事件等内容，体现出作者对这段经历的深刻记忆。

忆冼星海

　　和冼星海见面的时候，已经是在听过他的作品（抗战以后的作品）的演奏，并且是读过了他那万余言的自传以后。（这篇文章发表在延安出版的一个文艺刊物上，是他到了延安以后写的。编者注。）

　　那一次我所听到的《黄河大合唱》，据说还是小规模的，然而参加合唱人数已有三百左右；朋友告诉我，曾经有过五百人以上的。那次演奏的指挥是一位青年音乐家（恕我记不得他的姓名），是星海先生担任鲁艺音乐系的短短时期内训练出来的得意弟子；朋友又告诉我，要是冼星海亲任指挥，这次的演奏当更精彩些。但我得老实说，尽管"这是小规模"，而且由他的高足，代任指挥，可是那一次的演奏还是十分美满；——不，我应当承认，这开了我的眼界，这使我感动，老觉得有什么东西在心里抓，痒痒的又舒服又难受。对于音乐，我是十足的门外汉，我不能有条有理告诉你，《黄河大合唱》的好处在哪里。可是它那伟大的气魄自然而然使人鄙吝全消，发生崇高的情感，光是这一点也就叫你听过一次像灵魂洗过澡似的。

　　从那时起，我便在想象：冼星海是怎样一个人呢？我曾经想象他该是木刻家马达（凑巧他也是广东人）那样一位魁梧奇伟、沉默寡言的人物。可是朋友们又告诉我：不是，冼星海是中等身材，喜欢说笑，话匣子一开就会滔滔不绝的人。

　　我见过马达刻的一幅木刻：一人伏案，执笔沉思，大的斗篷显得他头部特小，两眼眯紧如一线。这人就是冼星海，这幅木刻就名为《冼星海作曲图》。木刻很小，当然，面部不可能如其真人，而且木刻家的用意大概也不在

"写真"，而在表达冼星海作曲时的神韵。我对于这一幅木刻也颇爱好，虽然它还不能满足我的"好奇"。而这，直到我读了冼星海的自传，这才得了部分的满足。

从冼星海的生活经验，我了解了他的作品之所以能有这样大的气魄。做过饭店堂倌，咖啡馆杂役，做过轮船上的锅炉间的火夫，浴堂的打杂，也做过乞丐，——不，什么都做过的一个人，有两种可能：一是被生活所压倒，虽有抱负，但只成为一场梦；又一是战胜了生活，那他的抱负不但能实现，而且必将放出万丈光芒。"星海就是后一种人！"——我当时这样想，仿佛我和他已是很熟悉的了。

大约三个月以后，在西安，冼星海突然来访我。

那时我正在候车南下，而他呢，在西安已住了几个月，即将经过新疆而赴苏联。当他走进我的房间，自己通了姓名的时候，我吃了一惊，"呀，这就是冼星海吗！"我心里这样说，觉得很熟识，而也感得生疏。和友人初次见面，我总是拙于言词，不知道说些什么好，而在那时，我又忙于将这坐在我对面的人和马达木刻中的人做比较，也和我读了他的自传以后在想象中描绘出来的人做比较，我差不多连应有的寒暄也忘记了。然而星海却滔滔不绝说起来了。他说他刚出来，就知道我进去了，而在我还没到西安的时候就知道我要来了；他说起了他到苏联去的计划，问起了新疆的情形，接着就讲他的《民族交响乐》的创作。我对于音乐的常识太差，静聆他的议论（这是一边讲述他的《民族交响乐》的创作计划，一边又批评自己和人家的作品，表示他将来致力的方向），实在不能赞一词。岂但不能赞一词而已，他的话我记也记不全呢。可是，他那种气魄，却又一次使我兴奋鼓舞，和上回听到《黄河大合唱》一样。拿破仑说他的字典上没有"难"这一字，我以为冼星海的字典上也没有这一字。他说，他以后的十年中将以全力完成他这创作计划；我深信他一定能达到。

我深信他一定能达到。因为他不但有坚强的意志和伟大的魄力，并且因为他又是那样好学深思，勇于经验生活的各种方面，勤于收集各地民歌民谣的材料。他说他已收到了他夫人托人带给他的一包陕北民歌的材料，可是他觉得还很不够，还有一部分材料（他自己收集的）却不知弄到何处去了。他说他将在新疆逗留一年半载，尽量收集各民族的歌谣，然后再去苏联。

现在我还记得的，是他这未来的《民族交响乐》的一部分的计划。他将从海陆空三方面来描写我们祖国山河的美丽、雄伟与博大。他将以"狮子舞""划龙船""放风筝"这三种民间的娱乐，作为他这伟大创作的此一部分的"象征"或"韵调"。（我记不清他当时用了怎样的字眼，我恐怕这两个字眼都被我用错了。当时他大概这样描写给我听：首先，是赞美祖国河山的壮丽、雄伟，然后，狮子舞来了，开始是和平欢乐的人民的娱乐，——这里要用民间"狮子舞"的音乐，随后是狮子吼，祖国的人民奋起反抗侵略者了。）他也将从"狮子舞""划龙船""放风筝"这三种民族形式的民间娱乐，来描写祖国人民的生活、理想和要求。"你预备在旅居苏联的时候写你这作品吗？"我这么问他。"不！"他回答，"我去苏联是学习，吸收他们的好东西。要写，还得回中国来。"

那天我们的长谈，是我和他的第一次见面，谁又料得到这就是最后一次呵！"要写，还得回中国来！"这句话，今天还在我耳边响，谁又料得到他没能回来了！

这也就是为什么我在写这小文的时候还觉得我是在做噩梦。

我看到报上的消息时，我半晌说不出话。

这样一个人，怎么就死了！

昨晚我忽然这样想：当在国境被阻，而不得不步行万里，且经受了生活的极端的困厄，而回莫斯科去的时候，他大概还觉得这一段"傥来"的不平凡的生活经验又将使他的创作增添了绮丽的色彩和声调；要是他不死，他一定津津乐道这一番的遭遇，觉得何幸而有此罢？

现在我还是这样想：要是我再遇到他，一开头他就会讲述这一段颠沛流离的生活，而且要说，"我经过中亚细亚，步行过万里，我看见了不少不少，我得了许多题材，我作成了曲子了！"时间永远不能磨灭我们在西安的一席长谈给我的印象。

一个生龙活虎般的具有伟大气魄，抱有崇高理想的冼星海，永远坐在我对面，直到我眼不能见，耳不能听，只要我神志还没昏迷，他永远活着。

1946年1月5日。

名师伴你读

▶ **品读与赏析**

本篇围绕作者对冼星海的印象,大致可分为三个部分:想象中、长谈时、记忆里。第一部分运用铺垫的手法,描述了作者想象中的冼星海,使读者对冼星海有一个大致的了解,更加突出冼星海的鲜明形象,为接下来更加深入细致地描写冼星海打下基础。第二部分描写了与冼星海的见面长谈,体现了冼星海滔滔不绝的谈吐、勤奋不懈的创作、勇于体验的精神和忧国忧民的情怀,表现出他热情开朗的性格、坚强的意志和炽热的爱国情怀。第三部分通过几个设想中的画面,体现了作者记忆中对冼星海的印象,刻画出一个具有伟大气魄、抱有崇高理想的冼星海。

文章紧紧围绕主题,精心选择材料,将听《黄河大合唱》、看冼星海木雕像、西安见面等看似不连贯的材料进行糅合,使之紧扣文章主题、服务中心思想;运用铺垫、正面描写和侧面描写等写作手法,完整地表现了一位人民音乐家乐观、坚强的形象;通过对冼星海的回忆,赞扬了冼星海高尚的精神品格、真挚的爱国情操和雄厚的音乐才华,表达了作者对人民音乐家冼星海诚挚的崇敬和怀念之情。

▶ **学习与借鉴**

1. **材料选择准确**:文章紧紧围绕主题,精心选择材料,将听《黄河大合唱》、看冼星海木雕像、西安见面等看似不连贯的材料匠心糅合,使之紧扣文章主题,服务于中心思想。

2. **描写手法多样**:运用铺垫、正面和侧面描写等手法,完整地表现了一位人民音乐家的乐观与坚强。

3. **行文自然流畅**:围绕对冼星海想象中、长谈时、记忆里的印象进行描写,生动地刻画出一位人民音乐家的光辉形象。

《林家铺子》读后感

    人总是有很多种的：有人喜欢轰轰烈烈，有人喜欢平平凡凡，有人喜欢忙忙碌碌，有人喜欢简简单单。人生也总是有很多种的：有的人生绚烂无比，有的人生悲惨凄切，有的人生平淡如水，有的人生浓如咖啡。然而形成这一切的原因，除了个人本身，也包含时代的因素。

    时代，可以成就一代人，也可以毁灭一代人，一切都是那么自然，那么随意。小说《林家铺子》通过对一个小市镇杂货铺倒闭经过的描写，揭示了20世纪30年代初中国民族产业凋敝衰落，农村经济走向破产的社会现实。

    林老板不问世事，一心只知道做生意，谨小慎微，兢兢业业，手段也算得上精明。但是在这个混乱年代，他还是难以摆脱悲剧的命运。农民破产，购买力下降，他一再减价，销路仍不佳，欠账也难以追回。受上海战事影响，年关迫近，他不但在生意上举步维艰，而且债主登门催逼。更雪上加霜的是，党部借战乱之机敲诈、派饷，甚至要他的女儿给局长做小老婆。同时资本较为雄厚的同业也趁机造谣中伤，并廉价盘走了店里的全部余货。最后难以应付的林老板只有破产，一走了之。

    通过林家铺子的遭遇，我们可以看到都市上海的战火，江南农村的破败，市镇平民的厄运，国民党统治的凶残腐败。林家铺子，让我们看到了旧社会"大鱼吃小鱼，小鱼吃虾米"的残酷并深刻地反映出真正置劳苦大众于死地的是外敌入侵和国民党的腐朽统治。

在那个战乱动荡的年代，社会矛盾尖锐，人物关系更是错综复杂。那时，底层的人们挣扎在生死线上，活下去是那么困难，那么不易。上层社会的官僚资本家们，为了自己的利益，为了自己的贪念，拼命地打击压迫下层的劳苦民众。在他们眼中，只有自己是高贵的，下层人民是卑微的，他们必须要听命于自己；在他们眼中，人命是可有可无的，他们可以为了一件小事，不惜牺牲他人的性命。这样的社会，是多么黑暗，多么可怕。所以身处旧社会的人民想要幸福，就要拿起反抗的武器。

中考真题回放

阅读下面的文字，完成（1）～（4）题。

林家铺子（节选）

茅　盾

天又索索地下起冻雨来了。一条街上冷清清地简直没有人行。自有这条街以来，从没见过这样萧索的腊尾岁尽。朔风吹着那些招牌，嚓嚓地响。渐渐地冻雨又变成雪花的模样。沿街店铺里的伙计们靠在柜台上仰起了脸发怔。

林先生和那位收账客人有一句没一句地闲谈着。林小姐忽然走出蝴蝶门来站在街边看那索索的冻雨。从蝴蝶门后送来的林大娘的打呃的声音又渐渐加勤。林先生嘴里应酬着，一边看看女儿，又听听老婆的打呃，心里一阵一阵酸上来，想起他的一生简直毫没幸福，然而又不知道坑害他到这地步的，究竟是谁。那位上海客人似乎气平了一些了，忽然很恳切地说：

"林老板，你是个好人。一点儿嗜好都没有，做生意很巴结认真。放在二十年前，你怕不发财吗？可是现今时势不同，捐税重，开销大，生意又清，混得过也还是你的本事。"

……忽然那边林小姐转脸对林先生急促地叫道：

"爸爸，寿生回来了！一身泥！"

……

……林先生凝神想了半晌，斜眼偷看了坐在那里吸烟的上海客人几次，方才叹一口气，割肉似的拿起那两张庄票和四百元钞票捧到上海客人跟前，又说了许多话，方才得到上海客人点一下头，说一声"对啦"。

……

此时已有十一点了，天还是飘飘扬扬落着雪。买客没有半个。林先生纳闷了一会儿，和寿生商量本街的账头怎样去收讨。两个人的眉头都皱紧了，都觉得本镇的六百多元账头收起来真没有把握。

……

雪是愈下愈密了，街上已经见白。偶尔有一条狗垂着尾巴走过，抖一抖身体，摇落了厚积在毛上的那些雪，就又悄悄地夹着尾巴走了。自从有这条街以来，从没见过这样冷落凄凉的年关！而此时，远在上海，日本军的重炮正在发狂地轰毁那边繁盛的市廛。

（1）下列对本选文思想内容与艺术特色的分析和鉴赏，分别判断其正误。

A．本文讲述了年关发生的"收账"的故事，描写的人物不多，却在有限的篇幅内展示了众多的时代场景，能够让读者窥见广阔的社会生活。

（　　）

B．林小姐百无聊赖地"站在街边"看"冻雨"，这引发了林先生酸楚的情绪；"转脸对林先生急促地叫道"使情节突起波澜，制造悬念，推动故事情节发展。

（　　）

（2）选文段末写到日本军重炮轰毁上海市廛这一情节，暗示日军侵华是林家铺子面临倒闭的直接原因，与选文前段哪句话形成呼应？

_____

（3）选文中有关环境描写的部分有多处关于"雪"的特写，请问有什么作用？

（4）林先生是一个怎样的人？请结合选文简要分析。

_____

阅读达标训练

❶ 小说《林家铺子》的作者是（　　　）

　　A.鲁迅　　　B.巴金　　　C.老舍　　　D.茅盾

❷ 茅盾本名_____，字_____，现代著名_____、_____和_____，_____运动先驱者之一，我国_____奠基人之一。

❸ 阅读下面的片段，回答问题。

　　林先生坐在账台上，抖擞着精神，堆起满脸的笑容，眼睛望着那些乡下人，又带睨着自己铺子里的两个伙计，两个学徒，满心希望货物出去，洋钱进来。但是这些乡下人看了一会儿，指指点点夸美了一会儿，竟自懒洋洋地走到斜对门的裕昌祥铺面前站住了再看。林先生伸长了脖子，望到那班乡下人的背影，眼睛里冒出火来。他恨不得拉他们回来！

　　"呃——呃——"

　　坐在账台后面那道分隔铺面与"内宅"的蝴蝶门旁边的林大娘把勉强忍住了半晌的"呃"放出来。林小姐倚在她妈的身边，呆呆地望着街上不作声，心头却是扑扑地跳；她的新衣服至少已经走脱了半件。

（1）选文节选自名著《_____》。

（2）第一段末"他恨不得拉他们回来！"请问林先生此时有怎样的心理活动？

_____

_____

（3）选文中作者主要运用了_____和_____两种描写方式来表现人物形象和性格特点。

（4）选文中含有一处贯穿全文的线索，请问是_____，这一线索在选文中的作用是_____。

参 考 答 案

中考真题回放

江苏盐城卷

（1）A√　B√

（2）与选文第二段"又不知道坑害他到这地步的，究竟是谁"形成呼应。

（3）渲染了一种冷落萧索、凄清的氛围，增强了故事的悲剧意味；为人物出场做铺垫，烘托人物无助、凄凉的内心世界；"雪"从无到有、由少到多，暗示林家铺子逐渐恶化的悲剧命运。

（4）林先生看清单，打算盘，点检银钱数目，是个精明能干的人；关心妻女，担心收账，忧虑时局，是个本分怕事的人；想方设法还账，毫不隐瞒收入，是个诚信厚道的人。

阅读达标训练

1.D

2.沈德鸿　雁冰　作家　文学评论家　社会活动家　"五四"新文化　革命文艺

3.（1）林家铺子

（2）林先生原本满怀期望，而后又失望的情绪落差，体现了林先生在失去潜在顾客时急躁、无奈、可怜却又不甘心放弃的复杂心理。

（3）动作描写、心理描写、神态描写、语言描写等（回答两点即可）

（4）林大娘"打呃"　用"打呃"的方式来体现林大娘的忧伤、绝望，传情达意准确有力，使读者能更好地领会；同时，读者也可以了解到林家铺子和林家正在遭受煎熬的命运。